Johanna Ofner · Wellenschlag

D1729280

Johanna Ofner

Wellenschlag

Wohin die Reise auch führt

AUGUST VON GOETHE LITERATURVERLAG

FRANKFURT A.M. • WEIMAR • LONDON • NEW YORK

Die neue Literatur, die – in Erinnerung an die Zusammenarbeit Heinrich Heines und Annette von Droste-Hülshoffs mit der Herausgeberin Elise von Hohenhausen – ein Wagnis ist, steht im Mittelpunkt der Verlagsarbeit. Das Lektorat nimmt daher Manuskripte an, um deren Einsendung das gebildete Publikum gebeten wird.

Bibliografische Information der Deutschen Nationalbibliothek
Die Deutsche Nationalbibliothek verzeichnet diese Publikation in der Deutschen Nationalbibliografie; detaillierte bibliografische Daten sind im Internet abrufbar über http://dnb.d-nb.de.

Lektorat: Dr. Helga Miesch
Titelbild: Johanna Ofner

Websites der Verlagshäuser der Frankfurter Verlagsgruppe:

www.frankfurter-verlagsgruppe.de
www.frankfurter-literaturverlag.de
www.frankfurter-taschenbuchverlag.de
www.publicbookmedia.de
www.august-goethe-literaturverlag.de
www.fouque-literaturverlag.de
www.weimarer-schiller-presse.de
www.deutsche-hochschulschriften.de
www.deutsche-bibliothek-der-wissenschaften.de
www.haensel-hohenhausen.de
www.prinz-von-hohenzollern-emden.de

Gedruckt auf säurefreiem, alterungsbeständigem Papier, hergestellt aus chlorfrei gebleichtem Zellstoff (TcF-Norm).

Printed in Germany

ISBN 978-3-8372-1650-9
ISBN 978-0-85727-243-0

©2015 FRANKFURTER LITERATURVERLAG FRANKFURT AM MAIN

Ein Unternehmen der Holding
FRANKFURTER VERLAGSGRUPPE AKTIENGESELLSCHAFT
In der Straße des Goethehauses/Großer Hirschgraben 15
D-60311 Frankfurt a/M
Tel. 069-40-894-0 • Fax 069-40-894-194
E-Mail lektorat@frankfurter-literaturverlag.de

Für Pedro

Inhalt

Prolog 9

Kapitel 1 17

Kapitel 2 39

Kapitel 3 45

Kapitel 4 63

Kapitel 5 74

Kapitel 6 98

Kapitel 7 120

Kapitel 8 128

Kapitel 9 140

Kapitel 10 154

Kapitel 11 160

Kapitel 12 182

Kapitel 13 193

Kapitel 14 214

Kapitel 15 219

Kapitel 16 226

Kapitel 17 237

Kapitel 18 254

Kapitel 19 260

Kapitel 20 267

Prolog

Der Abend senkte sich langsam nach einem jener scheinbar endlo-sen Sommertage herab, den Carola wie die meisten jener goldenen Ferientage verbracht hatte, die später in der Erinnerung zu einer gleichförmigen Kette an hellen Stunden verschmelzen würden. Tage, an denen die Sonne, die Neugier auf den neuen Tag und die Lust, sich zu bewegen, sie weckte, und nicht der Wecker, der sie in die Schule rief. Tage, an denen das Butterbrot in der Früh einen besonders satten Geschmack hatte und die Bienen über den blühen-den Sommerwiesen lauter summten als an anderen Tagen. Tage, von denen sie Stunden mit Träumen verbrachte und damit, auf dem Rücken im Gras zu liegen und den vorbeiziehenden Wolken dabei zuzusehen, wie sie sich über den tiefen Himmel schoben und dabei ihre Gestalt von einer Figur in die andere schmelzen ließen. Tage, die so rochen, so schmeckten und sich so anfühlten wie die vielen Tage ihrer Kindheit, an denen ihre Gedanken noch vollkommen im Jetzt und ihr Geist noch lange nicht von der Welt der Erwachsenen vorgezeichnet worden war. Tage, an denen es nichts anderes gab und nichts anderes geben konnte, als einfach hier zu sein, wo es vollkommen genügte, zu atmen, zu staunen und wo die Gedanken und Vorstellungen keine Grenzen kannten, wo der Körper vor Kraft bebte und die Seele vor Leichtigkeit über alle Hügel schwebte.

Im Herbst würde Carola in die vierte Klasse kommen, ihr achtes Schuljahr insgesamt und ihr letztes Jahr in der Hauptschule. Carola war froh, wie es alle Kinder sind, die mit Sehnsucht darauf warten, erwachsen zu werden, dass die Zeit verging, die sie kontinuierlich weiter vorrücken ließ auf der Stufenleiter und in der Hierarchie der Schulklassen, war froh, dass sie schon dreizehn war und dass die Zeit der Kindheit, das empfand sie mit einer dumpfen Gewissheit, so gut wie hinter ihr lag, dass sie irgendwann in letzter Zeit die Schwelle zu einem neuen Lebensabschnitt überschritten hatte, wann und wo genau hätte sie nicht sagen können, aber dass es so war, fühlte sie mit Deutlichkeit. Sie war bereits so groß wie ihre Mutter und ihr Körper hatte vor drei Jahren damit begonnen, sich zu verändern. Heute war er nicht mehr der eines Kindes, sondern er glich in vielem schon dem einer Frau. Carola hatte Brüste bekommen und bald würde sie einen BH tragen. Die meisten Mädchen in ihrer Klasse hatten schon einen. Und seit einem guten Jahr kam ihre Periode mit schöner Regelmäßigkeit. Natürlich maßte sie sich nicht an, erwachsen zu sein, und das wollte sie auch gar nicht. Aber groß werden, endlich mehr Freiheit bekommen – das war etwas, das sie als drängende Sehnsucht in ihrem Herzen verspürte. So sehr sie ihren Vater mochte und ihre Mutter liebte – so spürte sie doch fast die meiste Zeit eine seltsame und scheinbar grundlose Wut und Aggression gegen sie, hatte das Gefühl, dass sie sie nicht oder nicht mehr verstanden, dass sie, die ihr doch am nächsten waren, keine Ahnung hatten, wer sie war. Und manchmal, heimlich, träumte Carola von Jungs, davon, wie es wohl wäre, einen richtigen Freund zu haben, einen, mit dem man ging, mit dem man zusammen war, und was man dann so miteinander anfangen könnte. Wie es sich wohl anfühlte zu küssen?

Es gab Mädchen in Carolas Klasse, die von solchen Dingen erzählten – vom Küssen und vom Miteinandergehen. Wenn sie ehrlich zu sich selbst war, wusste Carola nicht recht, was sie von solchen Erzählungen halten sollte – das begann schon damit, dass ihr nicht ganz klar war, wo die anderen Mädchen diese Jungen, die man küssen konnte, überhaupt kennenlernten. In anderen Schulen mochte das vielleicht nahe liegen, aber in Carolas Schule gab es keine Jungs.

Und selbst wenn sie nicht auf eine reine Mädchenschule gegangen wäre: Carola war sich sehr wohl bewusst, dass sie nicht gerade zu der Sorte von Mädchen gehörte, auf die Jungs standen – sie hatte eine Zahnspange, Sommersprossen und rote Haare. Na ja, nicht wirklich rot, mehr rotbraun – „kastanienbraun" sagten ihre Eltern dazu und Carola fand, dass der Begriff den Farbton recht gut beschrieb. Auch hatte ihr Haar, obwohl es sich von Natur aus und besonders wenn es nass wurde, in Locken legte, den glatten, glänzenden Schimmer von reifen Kastanien, es fühlte sich sogar so ähnlich an, fand Carola, seidig und irgendwie kühl. Sie selbst mochte ihr Haar und die anderen machten sich auch nicht eigentlich darüber lustig. Aber es war etwas, was Carola von den anderen Mädchen unterschied. Und es war nicht das Einzige. Carola fühlte sich in der Gesellschaft ihrer Klassenkameradinnen meist unwohl – die anderen redeten viel und laut, Carola behielt ihre Gedanken im Allgemeinen lieber für sich. Die anderen liebten Ballspiele und eine bestimmte Art von Musik. Carola konnte mit beidem nichts anfangen. Auch der Sitte, sich in Rudeln zusammenzufinden und klug daherzuschwatzen, konnte sie nichts abgewinnen. Am liebsten hatte Carola ihre Ruhe und vertiefte sich in ein Buch. Im Lernen war sie die Beste, bis auf Mathe, da war sie Durchschnitt. Aber in den anderen Fächern, vor allem in Deutsch und in Zeichnen, konnte ihr niemand das Wasser reichen. Das entschädigte sie insgeheim dafür, dass sie nie wirklich dazugehört hatte.

Carola war das im Grunde egal. Sie wollte gar nicht so sein wie die anderen Mädchen in der Klasse. Viel eher wollte sie – anders sein. Anders als die anderen.

Es war schon August und wie jedes Jahr waren die Eltern mit ihr in ihr Ferienhaus in die Südsteiermark gefahren. Papa musste zwar wochentags nach Graz arbeiten fahren, aber Mama war immer hier, denn sie war Lehrerin und hatte ebenso lange Ferien wie sie selbst. Das fand Carola spitze, denn sie war gern hier. Besonders lustig war es freilich, wenn Alexandra vorbeikam, das war ein Mädchen aus der Nachbarschaft, ihre Eltern waren Weinbauern und eigentlich kam sie fast jeden Tag. Alexandra war nicht so wie die Mädchen in Carolas Schule in der Stadt. Alexandra war – anders. Nicht auf dieselbe Weise wie sie, aber doch eindeutig anders als ihre Mitschülerinnen. Alexandra war ein bisschen pummelig und wollte nicht cool sein und über Jungs reden. Sie redete zwar auch gern und viel, aber was sie sagte, war interessant – zum Beispiel, dass sie, wenn sie groß war, Tierärztin werden wollte. Die beiden konnten sich stundenlang über Tiere unterhalten, über das Leben auf dem Land, über den Wald. Gern malten sie sich aus, wie es wäre, im Wald zu leben, ganz allein, ohne Erwachsene. Wenn sie selbst für sich sorgen müssten, wenn sie sich ein Baumhaus bauen könnten und wenn sie jagen müssten, sich Pfeil und Bogen schnitzen, Beeren und Kräuter sammeln und am Ende des Sommers auf den Feldern die reifen Maiskolben stehlen und die Trauben aus den Weinbergen. Ein Feuer machen und miteinander singen und sich Geschichten erzählen. Ritter spielen, Burgfräulein und Hofdame, Prinzessin und Prinz oder Hexenschwestern.

Mit Alexandra verging die Zeit immer wie im Flug und Mama regte sich zum Glück nicht auf, wenn sie stundenlang unterwegs waren. Sehr gern gingen sie auch mit Hasso spazieren, das war Alexandras Hund – also nicht ihr persönlicher, sondern der ihrer Familie. Mit ihm spazieren zu gehen war ursprünglich Carolas Idee gewesen und Alexandra hatte sie deshalb ausgelacht. „Hier geht niemand mit seinem Hund spazieren!", hatte sie gesagt und dabei ihren dunklen Haarschopf geschüttelt. Aber dann hatte sie die Idee doch spannend gefunden, und Carolas Mama war mit den beiden in die nächste Stadt gefahren und sie hatten sich ein Hundehalsband und eine Leine besorgt. Hasso hatte – nach gewissen Anfangsschwierigkeiten – ebenfalls Gefallen daran gefunden, mit den beiden jungen Frauerln unterwegs zu sein in Wald und Feld und Wiese.

Für Carola war Hasso ein Freund wie Alexandra ihre Freundin war. Es war schön, sein Fell zu streicheln, mit ihm herumzutollen oder Rücken an Rücken mit ihm dazuliegen.

Heute war Alexandra nicht da gewesen, denn sie war mit ihren Eltern und ihren beiden Schwestern übers Wochenende zu Verwandten in die Obersteiermark gefahren, irgendeine Tante hatte Geburtstag und da blieben sie gleich länger.

Somit hatte der ganze Tag nur ihr gehört, ihr und ihren Träumen. Und sie hatte stundenlang zu dem Zeit gehabt, was sie am liebsten tat, wenn sie allein war: Sie hatte gezeichnet.

Unten war die Mutter damit beschäftigt, das Abendessen herzurichten. Wenn Papa kam, würden sie sie rufen und dann würden sie essen. Carola war der Mutter dankbar, dass sie nicht immer im Haushalt mithelfen musste, nur wenn sie Lust dazu hatte. Das war ohnehin meistens, aber eben nicht immer der Fall.

Jetzt zum Beispiel stand sie viel lieber an dem kleinen Dachfenster in ihrem Zimmer, denn das Licht war in dieser Stunde so golden und ließ die Konturen von allem so deutlich hervortreten, dass Carola jedes Mal wieder von neuem fasziniert davon war. Es war das beste Licht, sich Geschichten auszudenken. Carola liebte dieses

Licht, das es nur im Sommer, nur zu einer bestimmten Tageszeit gab.

Carola stand unbeweglich am Fenster und hielt ihren Blick auf die Hügel geheftet, die sich bis zum Horizont vor ihr ausbreiteten und jede Faser ihres Inneren hängte sich an das unspektakuläre und doch für sie so berührende Schauspiel, wie sich über die hügelige Landschaft, über die sie blicken konnte, das glühende Licht des Abends mit dem Grün der Wiesen zu einer ganz eigentümlichen Stimmung vermählte. Das Leuchten schien dann gleichsam von oben und von unten gleichzeitig zu kommen, aus dem Himmel, auf dem die Sonne sich langsam in Richtung Horizont bewegte, aber zugleich auch war es, als würde es von dem Grün der Erde hervorbrechen. Es war einfach unglaublich schön.

Durch das weit geöffnete Fenster spürte Carola eine leichte Brise, die über ihr Gesicht streichelte, und ihr Blick ging weit in die Ferne. Das Gras stand hoch, wenn sie durchlaufen würde, würde es ihr bis übers Knie reichen. Der Wind, der mit dem Abend aufgekommen war, strich mit einer großen, fließenden Bewegung leise durch die hohen Halme und setzte sie sanft in Bewegung. Wenn man es aus der Entfernung betrachtete, sah es so aus, als wären es Wellen, denn die leichten Spitzen der Gräser nahmen jede Schwingung, jedes Atemholen des Windes auf und setzten es in eine fortlaufende Bewegung um.

Was wäre nahe liegender gewesen, als sich von diesem Ausblick zum Träumen verleiten zu lassen? Carola träumte mit offenen Augen und sie träumte nicht zum ersten Mal, längst hatte sie einen Namen für das Naturschauspiel gefunden, das sie so gerne beobachtete und das sie, so oft sie das Glück hatte, es zu sehen, immer wieder in seinen Bann zog. Für Carola war es das „Gräsermeer", das da vor ihrem Fenster dahinwogte.

Carolas Gedanken gingen auf die Reise und vor ihrem inneren Auge stellte sie sich vor, dass auf diesem Meer ein Schiff gefahren kam, dort hinten am Horizont. Und es wir nicht irgendein Schiff, es war ein ganz bestimmtes. Es war immer dasselbe – es hatte drei hohe Masten, voll getakelt mit weißen Segeln und zahllosen Tauen, die die Segel und die Masten hielten. Im Wind hörte sie das Knarzen und Ächzen der hölzernen Schiffsplanken, und wenn sie tagsüber auf dem Holzstoß hinter dem Schuppen saß – einem ihrer Lieblingsplätze –, dann sog sie den Geruch des warmen Holzes ein und es war genau dieser Geruch, der ihr nun von dem Schiff her in die Nase kroch: warmes Holz, von der Sonne gewärmte Planken. Sie roch das Salz und sie roch die Gischt, die nicht da waren, und das Wasser war eine Sommerwiese und der Geruch, den Carola in ihrer Fantasie wahrnahm, war eine Mischung aus beidem – aus Meerwasser und aus frisch gemähtem Gras.

Carola stand wie festgewurzelt. Sie genoss das Gefühl, das nun in ihr aufstieg – es war, als könne sie über das *Gräsermeer* fliegen, weit, weit bis hin zum Horizont, und dann könnte sie auf das Schiff gehen und mit ihm fahren, irgendwohin, in die Welt hinaus, über alle Meere und Ozeane. Sie fühlte sich frei, so frei, nichts, niemand konnte sie mehr halten oder hemmen. Es gab nichts anderes, was sie tun musste. Keine Schule, keine Hausaufgaben, keine Schularbeiten, keine Mama und keinen Haushaltskram. Keine Zahnspange, keine schnatternden Gänse auf dem Pausenhof, keine langweiligen Mathestunden, keine unerfüllten Träume. Keine Unsicherheit, keine Wut, keine Sorge um das, was kommen würde.

Vor ihr einfach nur Weite. Und ein Gefühl, dass sie stark war, unbeschreiblich stark, mutig und frei. Sie wäre eine Piratenlady auf diesem Schiff, das ein Piratenschiff war. Und genau das würde ihr Leben sein …

„Carola! Carola, komm Essen!“

Carolas Traum platzte wie eine Seifenblase. Dennoch brauchte sie ein paar Sekunden, bis sie vollständig in die Realität zurückkehren konnte, die aus ihrer Dachstube im Ferienhaus ihrer Eltern bestand, aus dem Rufen der Mutter und aus den Stimmen ihrer Eltern, die von unten zu ihr heraufdrangen, gemischt mit dem Geklapper des Geschirrs und des Bestecks auf dem zum Abendessen fertig gerichteten Tisch.

Carola seufzte, dann strich sie mit einer unbewussten Geste ihr langes Haar aus dem Gesicht und wandte sich der steilen Holztreppe zu, die nach unten ins Erdgeschoss führte.

Kapitel 1

Unbeweglich saß Carola in ihrem hellen Ledersessel, den Kopf leicht in den Nacken gelegt, die Augen geschlossen. Carola schlief nicht, sie war weit davon entfernt. Ihre Augäpfel machten zuckende Bewegungen, ihr Atem ging flach, aber seltsam schnell, ihre gesamte Körperhaltung verriet äußerste Anspannung. Die Knie presste sie so fest gegeneinander, dass an den Innenseiten rote Flecken entstanden, der Schweiß sammelte sich zwischen ihren Beinen und rann in trägen Rinnsalen die Schenkel und Waden hinunter. Draußen hatte es noch immer beinahe dreißig Grad, obwohl die Schatten, die die Alleebäume vor Carolas Wohnzimmerfenster auf die staubige und beinahe ausgestorbene Straße des Vorstadtbezirkes zeichneten, langsam länger wurden und der Nachmittag allmählich verklang. Doch es war August und die Sonne auf dem Höhepunkt ihrer Kraft. Carola bemerkte nichts von alledem.

Ihr Haar klebte ungewaschen an ihrem Kopf, sie hatte es irgendwann mit einer unbewussten Geste aus der Stirn gestrichen, nur eine der widerspenstigen Locken hatte sich aus der ihnen zugedachten Ordnung gelöst und war ihr über die Augenbrauen gerutscht.

Carola nahm es nicht wahr.

Carola war bei Hannes.

Zwar saß sie immer noch da, in ihrem ärmellosen T-Shirt und in Shorts, in ihrer Wohnung, in der Hitze des Sommers, doch es war nur ihr Körper. Ihr Geist, ihre Seele, alles, was sie sonst noch war und ausmachte, waren weit weggeflogen.

Hannes war Carolas Ehemann gewesen, mehr als zwanzig Jahre lang.

Hannes war tot.

Ein tiefer, schmerzlicher Atemzug ließ Carolas Brust sich einmal kurz heben, ehe ihr Atem wieder zurückfand in jenen seltsamen, flachen und doch hektischen Rhythmus, in den er gefallen war, seit sie sich – vor wie langer Zeit eigentlich? – in diesen Lehnstuhl gesetzt hatte.

Hannes war vergangenen Winter tödlich verunglückt. Nach einem Geschäftstermin war er, wahrscheinlich übermüdet, auf der Autobahn unterwegs gewesen, unterwegs nachhause, zu ihr. Etwa auf halber Strecke war er, ohne ersichtlichen Grund, gegen die Leitplanke gekracht, der Wagen hatte sich mehrfach überschlagen, nachkommende Autos hatten gerade noch bremsen können, zwei waren aufeinander aufgefahren, aber es war deren Insassen, gottlob, nichts Ernstes passiert.

Hannes aber war auf der Stelle tot gewesen. Er war gerade einmal einundsechzig Jahre alt geworden. In ein paar Jahren hätte er sich pensionieren lassen, als erfolgreicher Anwalt hätte er eine stattliche Rente beziehen können. Sie hatten schon Pläne geschmiedet, was sie dann alles anfangen, welche Reisen sie zusammen unternehmen wollten. Hannes war beinahe zwanzig Jahre älter als sie gewesen, Carola war dreiundvierzig.

Sie vermisste ihn, obwohl es jetzt schon über sieben Monate her war, über alle Maßen. Freunde, Bekannte, Nachbarn, ihre Mutter und ihre erwachsene Tochter Elvira – alle hatten ihr, wohlmeinend, gesagt, dass es mindestens ein Jahr dauern würde, bis sie seinen Tod auch nur ansatzweise würde begreifen können, im besten Falle verarbeiten, über ihn hinwegkommen. Carola wusste nicht, wie das gehen sollte. Sie wusste es wirklich nicht, nicht bis zum heutigen Tag, nicht über all die Monate hinweg, die seit diesem schrecklichen Tag vergangen waren.

Es war nicht so, dass es nie Reibereien, Meinungsverschiedenheiten oder Unstimmigkeiten zwischen Hannes und ihr gegeben hätte, denn natürlich hatte es die gegeben – so wie wohl in jeder Ehe, in jeder langjährigen Beziehung zwischen zwei Menschen. Es hatte Phasen gegeben, in denen sie sich nahe waren, wo sie gleichsam im Gleichschritt Seite an Seite dahingegangen waren und es hatte Phasen gegeben, in denen sie sich ein Stück voneinander entfernt hatten. Auch das war sicherlich normal, wenn man so lange beisammen war. Aber er war ihr Mann gewesen, ihr Lebenspartner, er war immer da gewesen, an ihrer Seite, beinahe ihr ganzes Leben. Jedenfalls praktisch ihr ganzes Erwachsenenleben lang. Dass er nun auf einmal nicht mehr da war, war etwas, das sie einfach nicht begreifen konnte.

Seine Stimme war nicht mehr Teil ihrer täglichen Atmosphäre, sein Geruch, der Klang seiner Schritte. Dabei war er doch immer noch gegenwärtig: Wenn sie sich etwas zu essen machte, musste sie daran denken, was er immer gerne gegessen hatte, oder was er nicht gemocht hatte, wie sie für ihn gekocht hatte, dass er abends oft spät nachhause gekommen war und sie sein Essen warm gehalten hatte. Jede Bewegung, jede Verrichtung im Alltag, jede Minute des Tages konnte, musste sie mit Erinnerungen an ihn verknüpfen.

Am Anfang, in der ersten Zeit nach seinem Tod, hatte sie der Versuchung, all diese Verknüpfungen, die ihr wie selbstverständlich zuflogen, wahrzunehmen, aufzugreifen und sogar auszukosten, nur allzu bereitwillig nachgegeben. Es war für sie eine Möglichkeit gewesen, ihn lebendig zu halten. Aber nach einer gewissen Zeit hatte sie begriffen, dass es dadurch für sie nur schwerer wurde. Dann hatte sie eine geraume Weile lang versucht, tapfer dagegen anzukämpfen. Hatte versucht, sich abzulenken mit allem Möglichen. Sie hatte sogar daran gedacht, die Wohnung, in der sie ihr langes, gemeinsames Leben verbracht hatten, und in der er wohl immer gegenwärtig bleiben würde, zu verkaufen.

Dann war wieder alles über ihr zusammengebrochen. Die Kraft, auch nur irgendetwas zu denken oder zu tun, hatte sie verlassen, war ihr zwischen den Fingern zerronnen wie Schnee an der Sonne.

Sicher wäre es besser gewesen, wenn sie einen Beruf, eine Aufgabe gehabt hätte. Aber die hatte sie nun einmal nicht. Nicht mehr. Hannes war ihr Leben gewesen, Hannes und Elvira.

Und beide, Mann und Kind, waren nun fort.

Wer war sie nun noch, ohne sie?

Elvira war zwar noch am Leben, natürlich, aber sie war zweiundzwanzig Jahre alt. Vor einem Monat hatte sie ihre Berufsausbildung an der Pädagogischen Akademie abgeschlossen. Elvira war Volksschullehrerin geworden, wie ihre Großmutter, Carolas Mutter.

Aber zuhause wohnte Elvira schon seit langem nicht mehr: Seit ihrem Schulabschluss vor vier Jahren lebte sie, gemeinsam mit einer Freundin, in einer Mietwohnung in der Nähe der Pädagogischen Akademie. Alle Telefonate, alle gegenseitigen Besuche, die alle ein bis zwei Wochen stattfanden, konnten nichts an der Tatsache ändern, dass Elvira ein erwachsener Mensch war und für Carola die Zeit, ihre Mutter zu sein, in dem Sinn, sie Tag für Tag zu begleiten, zu behüten, für sie zu sorgen, zu denken, zu waschen, zu kochen, jede Stimmung, jede Träne, jedes Lachen unmittelbar mitzuerleben, unwiderruflich vorbei war.

Carolas Rücken begann ein wenig zu schmerzen, ebenso schliefen ihre Beine langsam ein. Ihr Körper wollte sich bewegen und blieb doch wie versteinert. Nur ihre Finger begannen jetzt, ohne dass sie es zunächst bemerkte, über die Oberfläche der kleinen weißen Schachtel, die sie mit schweißnassen Händen umklammert hielt, zu gleiten. Obwohl sie die Berührung kaum wahrnahm, wusste Carola sehr wohl, was sie da in Händen hielt, denn es war eben jene kleine weiße Tablettenschachtel, die der Grund für die seltsame Erstarrung war, in der sie sich befand, seit – wie langer Zeit? Einer halben Stunde? Einer Stunde? Oder waren erst zehn Minuten vergangen, seit sie sich hier in ihrem Wohnzimmer niedergelassen hatte? Wer wusste das schon. Und es spielte auch absolut keine Rolle.

Nichts spielte mehr eine Rolle.

Sie hatte es versucht, sie hatte es wirklich versucht – ins Leben zurückzufinden. Über sieben endlose Monate lang. Ihrer Mutter, die mit dem Vater, der nach einem Schlaganfall pflegebedürftig geworden war, zurückgezogen in Niederösterreich lebte, hatte ein paar Mal bei ihr angerufen. Kommen hatte sie nicht können, denn sie konnte den Papa nicht allein lassen. Sie hatte ihr eigenes Kreuz zu tragen und Carola war es im Grunde Recht, dass sie allein bleiben konnte. Auch von ihren Freunden und Bekannten, die alle gemeinsame Bekannte von ihr und Hannes gewesen waren, hatte sie sich vollkommen zurückgezogen.

Eigentlich war es, zumindest in der ersten Zeit, vor allem Elvira, ihre Tochter, gewesen, die unglaublich lieb und aufmerksam zu ihr gewesen war, verständnisvoll, beinahe fürsorglich der Mutter gegenüber. Mit der Zeit waren ihre Besuche und Anrufe seltener geworden – denn Elvira hatte natürlich ihre eigene Trauer, so wie sie ihr eigenes Leben hatte. Sie hatte, auf ihre Weise, mit dem schrecklichen Verlust des Vaters umgehen müssen.

Carola wusste, dass Elvira nicht allein war, dass sie Freunde und Freundinnen hatte, denen sie sich anvertrauen, bei denen sie sich ausweinen konnte, wenn ihr danach war – allen voran ihre beste Freundin Elisabeth, mit der sie schon in die Schule gegangen war und mit der sie seit vier Jahren die Wohnung teilte, aber auch andere, aus ihrer Schul- und Studienzeit und aus dem Handballverein. Und Elvira hatte einen Freund. Elvira hatte immer einen Freund gehabt, das war so, seit sie sechzehn war. In dieser Hinsicht war sie ganz anders als ihre Mutter – Carola selbst hatte vor Hannes nur eine einzige flüchtige Liaison mit einem etwa gleichaltrigen Burschen gehabt, den sie in einer Tanzschule kennen gelernt hatte – ein paar Kinobesuche, Händchenhalten, unbeholfene Küsse vor der Haustür, viel mehr war es nicht gewesen. Das war noch vor Carolas Schulabschluss, sie war damals siebzehn Jahre alt.

Nach der Matura wäre es ihr Traum gewesen, auf die Kunsthochschule zu gehen. Oder es zumindest zu versuchen – vielleicht wäre sie ohnehin nicht aufgenommen worden. Aber im Grunde glaubte sie das nicht. Carola hatte von Kindesbeinen an gezeichnet und viele Lehrer oder andere Erwachsene, die ihre Zeichnungen gesehen hatten, hatten ihr bestätigt, dass sie Talent besaß. Das Zeichnen war immer ihre Leidenschaft gewesen. Aber ihr Vater wollte nichts davon wissen und ihre Mutter hatte ihm, wie in allem, zugestimmt.

21

Sie müsse doch um Gottes Willen einen anständigen Beruf lernen. Sie hatte nicht recht gewusst, was sie machen sollte und war schließlich nach ein paar Monaten in einer Anwaltskanzlei als Sekretärin untergekommen. Es war jene Kanzlei, in der Hannes damals, mit siebenunddreißig Jahren, der Juniorpartner gewesen war. Schon damals unendlich tüchtig und zielbewusst, auch damals den größten Teil seines Tages, seiner Kraft, seines Engagements in den Beruf legend.

Carola war überaus beeindruckt von ihm gewesen. Knapp zwei Jahre später hatten sie geheiratet.

Wieder ein Jahr später war sie Mutter gewesen. Sie hatte nie wieder einen Bleistift in die Hand genommen – höchstens, um die nötigen Einkäufe oder eine Telefonnummer zu notieren. Gezeichnet hatte sie seit damals keinen Strich mehr.

Nun – Elvira war in dieser Hinsicht jedenfalls anders veranlagt. Ihr aktueller Freund – oder jedenfalls der, der mit ihr auf Hannes' Begräbnis gewesen war, hieß Michael. Oder Markus? Ein durchaus reizender junger Mann, schlank, wohlerzogen, hübsches schmales Gesicht, etwas verträumte blaue Augen, blondes Haar. Ein Medizinstudent, wenn sich Carola richtig erinnerte. Elvira kannte ihn vom Handball, er war im selben Verein wie sie. Es hatte definitiv nichts gegeben, was Carola an ihm hätte aussetzen können. Auch nichts, was sie dazu gebracht hätte, sich seinen Vornamen zu merken. Aber Elvira schien glücklich mit ihm zu sein und das war schließlich das einzig Wichtige.

Carolas geschlossene Augenlider flatterten, während ihre Gedanken sich in rasender Geschwindigkeit hierhin und dorthin bewegten, sie noch einmal – zum wievielten Mal? – ihr Leben und davon vor allem die letzten paar Monate Revue passieren ließ.

Hannes hatte Elvira eine ansehnliche Summe Geld hinterlassen, dafür hatte er die gemeinsame Wohnung Carola vermacht. Und natürlich bekam sie jetzt eine Witwenpension. Es hatte ein Testament gegeben, seltsam eigentlich, Hannes hatte es vor einem dreiviertel

Jahr verfasst. Als hätte er geahnt … oder einfach deshalb, weil er gemeint hatte, es gehöre dazu, wenn man ein bestimmtes Alter erreicht hatte. Hannes war immer ein Mann gewesen, der eine gewisse Ordnung in allen Dingen des Lebens hochgehalten hatte.

Um ihr finanzielles Auskommen musste sich Carola keine Sorgen machen. Elvira war selbständig und sie selbst würde mit Hannes' Pension gut über die Runden kommen, sie hatte keine allzu hohen Ansprüche.

Aber das hatte nichts damit zu tun, dass sie sich seit über einem halben Jahr leer fühlte. Wie eine Hülle ohne Inhalt. Sie schlief sehr viel, immer noch. Zwar zwang sie sich, in der Früh aufzustehen und den Haushalt zu besorgen, dies und jenes zu tun – aber am Nachmittag war sie davon so erschöpft, dass sie einfach nicht weiter konnte. Sie ging umher, verrichtete die Dinge des Alltags, sie sprach mit Leuten – aber es war, als sehe sie sich selbst dabei zu, wie sie all das tat. Als wäre sie gar nicht wirklich dabei. Ein Teil ihrer Seele war einfach nicht anwesend. Niemals. Als hätte er sich irgendwohin geflüchtet, wo sie ihn nicht erreichen konnte. Wo war sie eigentlich noch, wo war der Großteil dessen, der sie einmal gewesen war – hier oder dort? Und so war es eigentlich immer, seit jenem schrecklichen Tag. Sie war da und war es doch nicht, niemals vollständig, niemals so, wie sie es vor Hannes' Tod gewesen war. Oder sogar noch länger nicht mehr, sie konnte sich nicht so genau daran erinnern. Vielleicht als junges Mädchen – ja, vielleicht hatte sie sich da wirklich, zu hundert Prozent, lebendig gefühlt …

Besonders am Abend war es schlimm gewesen. War es immer noch schlimm.

Wenn man mehr als zwanzig Jahre lang neben jemandem eingeschlafen, neben jemandem aufgewacht war, schien es schier unmöglich, das auf einmal alleine tun zu können.

Carolas Fingerspitzen fuhren auf dem glatten weißen Karton hin und her, hin und her.

Die Schachtel war noch unberührt. Heute Vormittag war sie bei ihrem Hausarzt gewesen und hatte ihm gesagt, dass sie nicht schlafen konnte. Dass sie in den letzten Wochen, Monaten, zehn Kilo abgenommen hatte. Dass sie Ruhe brauchte, sich nach Schlaf sehnte. Wieder zu Kräften kommen, Abstand gewinnen müsste.

Eigentlich eine seltsame Idee von ihr, wo sie doch, im Gegenteil, eher an einem übersteigerten Schlafbedürfnis litt.

Der Arzt hatte sie angehört. Dann hatte er ihr das Schlafmittel verschrieben.

Carola hatte nie vorgehabt, es zum Einschlafen zu nehmen, denn sie konnte wunderbar einschlafen, am Abend, am Nachmittag, beinahe jederzeit, denn sie war fast immer müde.

Sie war müde – unendlich müde …

Es war nicht ihr Kopf, der eine Entscheidung für sie getroffen hatte. Ihr Hirn hatte tausend Gegenargumente parat gehabt – moralischer und ethischer oder, wenn man es so nennen wollte, auch religiöser Natur. Plattitüden. Sprüche. Allgemeinplätze. Floskeln.

Was seltsam war, war, dass sie keine Angst empfand. Es war einfach das Einzige, was sie jetzt tun würde, tun konnte.

Sie hatte keine Angst vor dem Sterben.

Es war auch nicht so, dass sie sich nach dem Tod sehnte.

Sie wusste einfach nicht, wie – oder wozu – sie weiterleben sollte.

Irgendwo draußen schlug ein Hund an. Carola zuckte von dem jähen, in dem stillen Wohnzimmer unverhältnismäßig laut erscheinenden Ton zusammen. Das plötzliche Geräusch in der verschlafenen, immer noch vor Hitze glühenden Straße, hatte sie aus ihrer Starre gerissen.

Ihre Lider ruckten noch einmal, dann schlug sie die Augen auf. Durch ihren Körper ging eine Bewegung. Sie konnte nicht ewig hier sitzen.

Das Hundegebell war verklungen.

Carola ließ die Tablettenschachtel auf der Armlehne des Sessels liegen, mit seltsam ferngesteuert anmutenden, eckigen Bewegungen erhob sie sich, einen feuchten Abdruck auf Lehne und Sitzfläche des hell gepolsterten Lederstuhls hinterlassend, und ging in die Küche. Aus dem Wandschrank über der Abwäsche nahm sie ein Glas und füllte es zu zwei Dritteln mit kaltem Wasser. Dann stellte sie es auf der Anrichte ab und wollte eben ins Wohnzimmer zurückgehen, um die weiße Medikamentenschachtel zu holen.

Eigenartigerweise fiel ihr erst jetzt ein, dass sie sich noch gar nicht überlegt hatte, ob sie die Tabletten einfach eine nach der anderen schlucken und mit Wasser hinunterspülen, oder lieber eine Handvoll vorher im Wasser auflösen und dann das Glas austrinken sollte.

In dem Moment, als ihr Gehirn sich mit dieser Frage beschäftigte, hielt Carola inne.

Es war wieder ein Geräusch, das sie aus dem Konzept gebracht und aus ihren Überlegungen gerissen hatte. Diesmal war es kein Hundegebell. Es war der laute Gesang eines Vogels, direkt vor ihrem Küchenfenster.

Carola wollte nach dem Glas greifen, doch wieder lenkte sie der Vogelgesang vor dem Fenster ab. Es war eine Amsel, die da sang, Carola kannte die Tonlage, sie hatte in ihrem Leben tausende Male den Gesang einer Amsel gehört, meistens ohne näher darauf zu achten oder genauer hinzuhören.

Doch diesmal war das anders.

Wie vom Donner gerührt stand sie da und lauschte. Sie kannte diesen Klang, sie kannte diese Melodie. So seltsam vertraut drängte sich die Vogelstimme in Carolas Ohr, in ihr Herz. Auf einmal war sie erfüllt von einer Erinnerung, einer Erinnerung, die sehr weit zurück lag. Der Duft des Gartens ihrer Kindheit umwehte sie, sie war auf einmal ein kleines Mädchen, vielleicht sechs oder sieben Jahre alt. Sie stand unter einem Apfelbaum, dem Lieblingsbaum im Garten des Ferienhauses ihrer Eltern, auf den sie, so lange sie denken konnte, geklettert, unter dessen Zweigen sie gesessen hatte, sehr, sehr oft mit einem Block und Bleistift in der Hand, oder einfach nur ein Buch gelesen oder vor sich hingeträumt hatte. In ihrer

Erinnerung, in dieser klaren, überdeutlichen Erinnerung, die sie in diesem Augenblick mit großer Vehemenz erfasste, war sie genau dieses kleine Mädchen und ihr Herz war das Herz dieses kleinen Mädchens – unverletzt, unversehrt, frei und rein, voller Unschuld und voller Kraft, voller unverblümter, unverstellter, ungebremster Neugier auf das Leben. Ohne Sorge, ohne einen Gedanken an die Zukunft. Sie war einfach da, völlig und vollkommen im Hier und Jetzt und in diesem Zustand war alles enthalten, dieser Zustand war vollkommen. Es gab nichts, was diesem Herzen fehlte. Es hatte alles in sich selbst.

Etwas Heißes, Gewaltiges durchfuhr die erwachsene, die dreiundvierzigjährige Carola, bahnte sich seinen Weg durch ihren mageren, sehnigen Körper, rang sich empor durch ihre Brust, ließ den Käfig ihres Rippenkorbes erbeben. Ihre Schultern hoben sich krampfartig, ihr Mund öffnete sich und ein Laut, der voll war von Verzweiflung und Schmerz und Sehnsucht kam daraus hervor und in ihre Augen schossen brennende Tränen, über Arme und Rücken krochen Schauer, heiß und kalt zugleich.

„Oh mein Gott", flüsterte sie, „mein Gott, ich kann nicht!"

Wie Sturzbäche ergossen sich die Tränen über Carolas Wangen.

Noch immer sang die Amsel vor dem Fenster, ihr Lied begleitete Carola, als sie aus der Küche stürmte, plötzlich nur mehr wilde Bewegung und Aktivität, begleitete sie weiter in ihrem Kopf, als sie sie in der Wirklichkeit schon lange nicht mehr hören konnte, als sie an Lehnstuhl und Tablettenpackung im Wohnzimmer vorbei rannte, rasch in ein paar Turnschuhe schlüpfte und aus der Wohnung stürmte. Hinter ihr, sie war schon ein halbes Stockwerk nach unten gerannt, fiel die Tür krachend ins Schloss.

Carola hastete die Treppe hinunter und floh aus dem Haus. Auf der Straße rannte sie einfach weiter, sie wusste selbst nicht, wohin. Ihr Körper wusste die Richtung. Hundertmal hatte sie diesen Weg genommen, hundertmal war sie ihn allein, mit Hannes, mit Elvira, auch hin und wieder mit einer Freundin oder Nachbarin gegangen.

Carola lief in Richtung Wald.

Es war kaum jemand unterwegs, viele waren auf Urlaub, oder noch in der Arbeit, oder gerade auf dem Nachhauseweg oder beim Einkaufen und die, die da waren, verkrochen sich in ihren Wohnungen und warteten, bis die Hitze sich gelegt haben würde.

Carola nahm auf ihrem Lauf ohnehin kaum etwas wahr. Ihr Herz schlug von der Anstrengung bis zum Hals hinauf, und diese Anstrengung tat ihr seltsam gut. Der Schweiß, der vorhin kalt und klamm auf ihrer Haut geklebt hatte, floss nun in Strömen unter ihrer Kleidung und es fühlte sich gut an: Zum ersten Mal seit, sie wusste nicht wie langer Zeit, hatte sie das Gefühl, dass sie sich selbst richtig spüren konnte, dass ihre Seele genau da war, wo sie hingehörte und dass ihr Körper, den sie wochen-, monatelang vernachlässigt hatte und der sich schwach und wacklig anfühlte, dennoch immer noch klaglos funktionierte. Carola spürte ihre Beine und Füße, die, von einer aus den tiefsten Tiefen ihres Inneren entstammenden Kraft getrieben, stetig vorwärts strebten, zuerst über den Asphalt, nun über Baumwurzeln und Steine sich ihren Weg suchend, sie spürte ihre Arme, die im Takt ihrer Schritte vor- und zurückpendelten und, im Ellbogen abgewinkelt, sie zusätzlich vorwärts schoben. Sie spürte ihre keuchenden Atemzüge, ihr ratterndes Herz, spürte die Bewegungen ihrer Haare im Nacken und auf ihren Schultern, spürte die Kraft, die trotz allem noch in ihren Muskeln zu stecken schien.

Und es war wie eine Offenbarung: Ja, sagte eine Stimme in ihrem Inneren, ja, ich bin da, ich bin wirklich hier, in meinem Körper, da bin ich, ich laufe den Wald hinauf, ich bin da, ich bin in dieser Welt, ich bin da, ich bin da, ich bin da!

Diese simple und doch für sie in diesem Augenblick so überwältigende Erkenntnis wurde für Carola wie ein Credo, eine Beschwörung, die sie lautlos in ihrem Kopf immer und immer wiederholte: Ich bin da! Ich bin da! Ich bin da! Es waren diese Worte, welche ihre Schritte auf den Boden traten, ihren Atem durch ihre Lungen jagten, ihr Herzschlag in ihren Körper hämmerte: Ich bin da! Ich bin da! Ich bin da!

Oh mein Gott – ich bin noch da!!!!

Während sie am Anfang ihres wilden Laufes alle paar Meter mit dem Handrücken über ihre Augen fahren musste, um sich die daraus hervorstürzenden Tränen wegzuwischen, hatte sie mittlerweile keine Kraft mehr zu weinen. Sie brauchte all ihre Energie, all ihre Aufmerksamkeit für den Lauf, den sie ungemindert fortsetzte. Weiter, sie wollte weiter, sie wollte nicht stehen bleiben, wollte diese Kraft, die gleichzeitig aus ihr selbst und dennoch von woanders herzukommen, die Kraft, die sie auf wundersame Weise wieder mit sich selbst in Verbindung zu bringen schien, nicht bremsen, nicht unterbrechen.

Nach etwa einer halben Stunde hatte Carola den Bergrücken erreicht, sie sah bereits vor sich, wie die Bäume zurückwichen, dort draußen würde sie die Lichtung erreichen. Carola rannte darauf zu. Da gab es auf einmal neben ihr ein lautes Rascheln, ein paar Zweige knackten – und unmittelbar vor ihr, im Abstand von nur wenigen Metern, sprang ein großes rotbraunes Reh über den Weg.

Carola schrie kurz auf, vor Überraschung, vor Schreck, dann blieb sie wie angewurzelt stehen. Sie starrte fassungslos auf die Stelle, wo das Tier auf der anderen Seite des Weges wieder im Dickicht des Waldes verschwunden war, so plötzlich, wie es gekommen war. Carola blieb stehen, rang nach Atem. Ihr Puls tanzte eine Tarantella in ihren Adern, und ihre Waden und Oberschenkel brannten wie Feuer, T-Shirt und Hose klebten auf ihrer Haut.

Ihre rasende Flucht war für ein paar Augenblicke, für eine kurze Verschnaufpause, gestoppt.

Dann, nachdem einige Minuten vergangen waren, in denen sie ihren Körperfunktionen Zeit gegeben hatte, sich wieder ihrem normalen Tempo anzunähern, setzte sie sich erneut in Bewegung, diesmal in einer gemäßigteren Gangart. Aber umkehren wollte sie auf gar keinen Fall. So schritt sie einfach weiter den Weg entlang, trat hinaus auf die Lichtung, überquerte die Wiese. Auf einmal bemerkte sie, dass sie ihre Umgebung wieder wahrzunehmen begann. Sie blickte hinauf in den Himmel und bemerkte, dass die Sonne nicht mehr herunterbrannte. Das im Vergleich zum gleißenden Tageslicht seltsame Halbdunkel über ihr rührte von einer dicken schwarzen Wolkendecke her, die sich offenbar während sie durch den Wald gelaufen war, zusammengeballt hatte. Es würde jeden Moment zu regnen beginnen. Carola hörte in der Ferne ein Donnergrollen, im nächsten Moment brach das Gewitter auch schon mit voller Wucht los.

Carola überlegte in Sekundenschnelle, was sie nun tun sollte – selbstverständlich hatte sie bei ihrem überstürzten Aufbruch nicht an Regenschutz gedacht – außerdem durchschossen sie wirre, im Laufe ihres Lebens aufgeschnappte Weisheiten und kluge Ratschläge darüber, wo man sich angesichts eines einen plötzlich im Freien überraschenden Gewitters am besten aufhalten sollte – als sie plötzlich aus vollem Halse auflachen musste: „Carola! Du wolltest dir vor einer halben Stunde das Licht ausblasen – und jetzt hast du Angst, dass dich der Blitz treffen könnte?"

Sie konnte gar nicht mehr aufhören, über sich selbst zu lachen. Lachend ging sie einfach weiter, mochten die Wassertropfen, Stürme, Blitze, ihretwegen Hagelkörner über sie hinwegfegen, wenn sie wollten! Der Regen prasselte auf sie nieder und es fühlte sich gut an – ein neues Gefühl, eines, das sie noch nie gefühlt hatte. Und sie wunderte sich, dass sie noch nie in ihrem Leben ungeschützt durch den Regen gelaufen war – höchstens als Kind, im Sommer, in der Südsteiermark. Jetzt kostete sie die Kühle, die Nässe und es war, als würde der Regen alles von ihr abwaschen, den Schweiß, die Tränen, aber auch die Verzweiflung, die Müdigkeit, die Trauer, den Schmerz – einfach alles.

Die Lichtung hatte Carola hinter sich gelassen und wieder trat sie unter das Dach der Bäume, das den Regen ein wenig abhielt. Hier unter den hohen Kronen schienen auch Blitz und Donner etwas weiter weggerückt zu sein. Carola fühlte sich frei und leicht.

Weiter ging es bergan, so weit war sie nur selten gegangen. Aber jetzt wollte sie gehen, einfach immer weiter gehen und sich dabei spüren, auf diese wunderbare, intensive, fast vergessene Art und Weise, und das Wetter, den Wald riechen, das Geräusch ihrer Sohlen auf dem weichen Waldweg wahrnehmen.

Das Hitzegewitter dauerte nicht lange. An dem sich entfernenden Donnergrollen erkannte Carola, die zügig voranschritt, dass es sich bereits entfernte.

Dann hatte sie den nächsten Bergrücken erreicht.

Auch hier öffnete sich der Wald wieder und gab den Blick frei auf die andere Seite. Als Carola unter den Bäumen hervortrat, bemerkte sie, dass es aufgehört hatte zu regnen.

Das Gewitter war zu kurz gewesen, um die sommerlich aufgeheizte Erde nachhaltig abzukühlen. Aus den Baumwipfeln hinter ihr und über den weiter entfernten Hügeln vor ihr, wie auch aus dem Gras der Wiesen, die sich vor ihr ausbreiteten, schien es zu dampfen.

Die Luft war wie gewaschen und voller Duft.

Carola blieb stehen. Ihr Blick ging in die Ferne, denn an dieser Stelle des Weges ließ die Landschaft dem Auge des Spaziergängers oder Wanderers Raum und Weite. Die Regen- und Gewitterwolken zerstoben und zwischen den sich davon schiebenden Wolkenfetzen tauchte eine frühe Abendsonne auf, noch hell, aber schon so mild in ihrem Licht, dass Carola direkt in sie hineinblicken konnte.

Da hörte sie es wieder: Eine Amsel hatte zu singen angehoben, wieder ganz in ihrer Nähe. Das Lied flog über ihre Schulter und fast schien es, körperlich greifbar geworden, über ihre Wange zu streichen.

„Oma?", entfuhr es Carola, denn plötzlich war es, als fühle sie die Gegenwart ihrer vor Jahren verstorbenen, innig geliebten Großmutter.

Plötzlich fühlte sie wieder Tränen.

Das war doch verrückt – was bildete sie sich da ein?

In diesem Moment trällerte die Amsel wieder und diesmal klang es für Carola so sehr wie das Lachen der geliebten Großmutter, dass sie es nicht mehr wegleugnen konnte. Und in der nächsten Sekunde war es, als höre sie ihre Stimme, sie klang in ihr selbst, kam aus ihrem eigenen Herzen und war doch etwas, das außerhalb von ihr selbst, das rund um sie herum existierte, in der Stimme des Vogels und in dem indirekten, leuchtenden Licht, das über Wald und Hügel gebreitet lag, in dem nassen Gras unter ihren Füßen und in den Wipfeln der Bäume.

Es mochte verrückt sein oder gar unmöglich, und doch war es genauso: Die Stimme ihrer Großmutter sprach zu Carola und sie konnte deutlich verstehen, was sie sagte, denn es war etwas, das sie auch zu Lebzeiten oft von ihr gehört hatte - „Du weißt, mein kleines Mädchen: Die dunkelste Stunde ist die vor Sonnenaufgang! Gib nicht auf. Halt noch ein kleines bisschen durch. Gib nicht auf. Es ist bald vorüber, du hast es gleich geschafft …"

Und dann noch einmal, wie ein Echo, wieder die gleichen Worte. So, als würde sie sie dazu auffordern, sie sich einzuprägen, zu merken: „Die dunkelste Stunde ist die vor Sonnenaufgang. Die dunkelste Stunde ist die vor Sonnenaufgang …"

Und dann folgte Carola der implizit mitgeschwungenen Aufforderung der Stimme, die eben leise verklungen war und sprach selbst den Satz laut aus:

„Die dunkelste Stunde ist die vor Sonnenaufgang."

Carola spürte die Wirkung, die diese Worte besaßen und auf sie ausübten, es war, als drängen sie durch jede Pore in sie hinein und erschütterten sie bis ins innerste Mark.

Es brauchte wirklich Mut, um weiter zu sprechen: „Die dunkelste Stunde ist die vor Sonnenaufgang. Die dunkelste Stunde ist die vor Sonnenaufgang."

Mit einem letzten hohen Ton verklang das Lied der Amsel.

Der seltsame Zauber war vorbei.

Carola wischte sich noch einmal die Tränen weg und richtete sich auf.

Das scheidende Licht des Tages floss indirekt, gefiltert durch die Schwärze der letzten Wolkenfetzen über die Hügel, über die sie schaute.

Das Gras auf ihnen stand sommerlich hoch. Ein sanfter Abendwind fuhr leicht über die zarten Spitzen und setzte die dicht stehenden Halme in Bewegung. Carola spürte den Wind, wie er leicht über ihr Gesicht strich. Und noch einmal tauchte in ihr, wie aus dem Nichts, ein Erinnerungsbild aus ihrer Kindheit auf – das *Gräsermeer*. So hatte sie es genannt, damals, als sie mit ihren Eltern in ihrem Sommerhaus in der Südsteiermark gewesen war. Beinahe jeden Sommer, oder wenigstens einen guten Teil davon, hatten sie gemeinsam dort verbracht. Auch später war sie noch einige Male dort gewesen, als Erwachsene, auch mit Hannes und Elvira. Dann, irgendwann, hatten sie das Haus verkauft, da es alt und renovierungsbedürftig geworden war und niemand, weder sie noch die Eltern, Zeit und Geld in dieses Projekt investieren wollten, das ihnen irgendwann nicht mehr am Herzen lag. In diesem Moment kam ihr das irgendwie seltsam vor … warum eigentlich nicht? Hatte es jemals einen schöneren Ort auf Erden gegeben?

Nun fiel ihr so vieles wieder ein! Wie oft hatte sie als Kind und als Jugendliche dort am Fenster ihres Dachzimmers mit den schrägen Wänden gestanden und hinausgeblickt auf die Grashügel, die denen, die jetzt vor ihr lagen, so ähnlich gewesen waren. Wenn im Sommer das Gras hoch gestanden und, so wie jetzt, der Wind hindurch gefahren war, hatte sie sich immer vorgestellt, dass die von der bewegten Luft geformten Wellen Wasser wären, oder dass sie eben Graswellen wären, die man aber durchschwimmen oder befahren konnte, wie bei einem richtigen Meer.

Und weiter hatte sie sich immer vorgestellt, dass draußen in der Ferne, am Horizont, ein Schiff daherkäme, so ein altes Segelschiff mit drei Masten, wie man es manchmal in den alten Piraten und Seefahrerfilmen sah. Ein Dreimaster mit geblähten weißen Segeln, der über das *Gräsermeer* fuhr, und die junge Carola von damals wusste, sie bräuchte nur die kurze Strecke über die Hügel hinaufzulaufen, hinaufzuschwimmen, oder auf einem feurigen dunkelbraunen Pferd hinaufzureiten – dann könnte sie an Bord dieses Schiffes gehen und mit ihm hinausfahren in die weite Welt und die herrlichsten Abenteuer erleben!

Lächelnd schüttelte Carola den Kopf.

Das *Gräsermeer*. Wie hatte sie es nur vergessen können!

Es war so schön gewesen, die Vorstellung von diesem Schiff, auf dem sie weiß Gott in welche wunderbaren Welten fahren konnte. Hinauszublicken – und die Freiheit zu haben, überall hingehen zu können, alles tun zu können, was sie nur wollte.

Dieses Gefühl, genau dieses Gefühl von Freiheit, von Glück, von Unendlichkeit – sie hatte es wieder gefunden, eben jetzt, in diesem Moment.

Carola ging nachhause, sie war nass bis auf den letzten Zentimeter Haut, aber sie fühlte sich so gut wie seit der Zeit vor jenem schrecklichen Tag, der ihr bisheriges Leben zerstört hatte, nicht mehr, dem Tag, der ihr ihren Mann fortgerissen hatte.

Sie schloss die Tür hinter sich, als sie eintrat, dann begann sie, sich aus ihrer nassen Kleidung zu schälen, was gar nicht so einfach war, denn zum einen zitterten ihre Hände von der Anstrengung und der Aufregung und dem neuen Gefühl, das sie zu durchströmen begonnen hatte und das sie vor Lebendigkeit vibrieren ließ, und zum anderen klebte das Zeug an ihrem Körper und ließ sich kaum herunterziehen. Als sie es schließlich geschafft hatte, ging sie ins Bad, stopfte die tropfenden Sachen in die Waschmaschine und stellte sich selbst unter die Dusche.

Ihre Haut war klamm geworden, das merkte sie erst jetzt, da sich der warme Wasserstrahl über sie ergoss, und während er ihren Körper mit Wohlbehagen durchströmte, stand sie ganz still und nahm staunend wahr, wie jener Teil ihrer Seele, den sie vor einem halben Jahr verloren hatte, im selben Tempo, in dem ihr Körper sich belebte, zu ihr zurückkehrte, als regne er mit den warmen Wassertropfen, die auf ihre Haut fielen in sie hinein, und sie ließ es zu, dass sie ganz davon erfüllt wurde.

Erst stand sie ganz still und ließ geschehen, was eben geschah, dann begann sie sich unter dem belebenden und wärmenden Strahl zu rekeln, neigte den Kopf und ließ sich das Wasser über den Nacken rinnen, der sich unter der Berührung zu dehnen und zu strecken schien, dann drehte sie sich herum und hielt ihr Gesicht in den Duschstrahl und er wusch auch noch die letzten alten und schattigen Gedanken davon. So lange blieb Carola unter der Dusche, bis sie sich ganz befreit davon fühlte, befreit von der Last, die sie die letzten Monate getragen hatte, befreit und leer und zufrieden damit, einfach da zu sein.

In einem Zustand vollkommener Entspanntheit und nach Lavendel duftend kam sie nach einer ganzen Weile wieder aus dem Badezimmer heraus, sie hatte den Morgenmantel übergeworfen und betrat das Wohnzimmer. Sie ging direkt auf die Pillenschachtel zu, die immer noch auf der Lehne ihres Ledersessels lag, nahm sie und trug sie in den Vorraum, wo sie sie in ihre Handtasche gleiten ließ. Sie würde sie morgen in die Apotheke zurückbringen.

Dann ging sie in die Küche, öffnete das Fenster weit, sodass die frische Abendluft hereinströmen konnte, die noch feucht vom Regen war. Von der Straße und aus den Nachbarwohnungen neben, ober und unter ihr vernahm sie die gedämpften, vertrauten Geräusche, die die Anwesenheit von Menschen verrieten, die heimkehrten, zu Abend aßen, den Fernseher anmachten, sich unterhielten, ihren alltäglichen Verrichtungen nachgingen.

Carola öffnete den Kühlschrank und nahm ihre Vorräte mit hochgezogenen Brauen in Augenschein. Auf ihrer Stirn bildeten sich einige zarte Querfalten. Viel war es nicht, was sich darin befand, aber ein kalter Imbiss aus Brot, Butter, etwas Cheddar Käse und ein paar Weintrauben sollte sich ausgehen. Morgen würde sie ausgiebig einkaufen gehen. Während sie den ersten Bissen hinunterschluckte, merkte sie, dass sie gehörigen Appetit hatte. Wie lange hatte sie nicht mehr mit Genuss gegessen? Wie lange hatte sie keinen Hunger mehr empfunden?

Nach dem Essen stand Carola ein paar Minuten unschlüssig im Wohnzimmer, denn im Grunde war es noch zu früh, um ins Bett zu gehen. Aber zum Fernsehen, Lesen oder Musikhören, den üblichen Beschäftigungen ihrer einsamen Abende, hatte sie heute keine Lust. Es wäre nicht stimmig, nicht passend gewesen, irgendetwas von den Dingen zu tun, die sie sonst immer getan hatte, mit denen sie sich die letzten Monate über beschäftigt hatte. Nicht heute, nicht nach dem, was in den letzten paar Stunden geschehen war. Nicht mit dem Gefühl, das sie gespürt und wachgerüttelt, wieder ins Leben zurückgerüttelt hatte.

Einen Moment überlegte sie, ob sie Elvira anrufen sollte, um ihr davon zu erzählen, aber dann entschied sie sich dagegen. Zum einen fühlte sie sich zu müde und erschöpft – wenn auch auf eine angenehme, satte Art und Weise –, zum anderen hielt sie es für fraglich, ob sie die richtigen Worte gefunden hätte, um das wiederzugeben, was ihr passiert war – ohne dass sie auch die wohlwollendste Zuhörerin für verrückt erklärt hätte. So schloss sie die Erlebnisse des Abends in ihrem Herzen ein. Vielleicht werde ich eines Tages, zu irgendjemandem, darüber sprechen, dachte Carola. Aber nicht heute.

Dann ging sie zu Bett, legte sich hin und war innerhalb von wenigen Minuten tief und fest eingeschlafen.

Carola träumte. Sie träumte, sie ging einen Hügel hinauf. Oben stand ein Baum, in dessen Zweigen eine Amsel saß und sang. Carola blieb stehen und lauschte verzückt der Melodie, die sie völlig in den Bann zog. Nach wenigen Momenten wurde sie gewahr, dass die Klänge, die aus dem Schnabel des Tieres drangen, sich in der Luft zu kleinen Noten manifestierten, die aber irgendwie seltsam wirkten. Als Carola im Traum näher an sie herantrat, um sie genauer zu betrachten, entpuppten sich die kleinen, ihren Kopf umschwebenden und sich wolkenartig nach oben schwingenden Notenköpfe als fingerkuppengroße, entfernt an Weintrauben erinnernde rote, gelbe und grüne Früchte. Carola streckte die Hand aus und pflückte eine dieser seltsamen Beeren von ihrem Notenstängel, es war eine grüne, und steckte sie sich in den Mund.

In der nächsten Sekunde spürte sie eine heftige Übelkeit, die ihren Magen zusammenkrampfte, sie krümmte sich und glaubte schon, sie müsse sich übergeben. Als sie aufblickte, waren Notenbaum und Amsel verschwunden und an deren Stelle befand sich ein steinerner, länglicher Torbogen, der in einem fahlen, grünen Licht matt schimmerte.

„Geh hindurch!", tönte eine heisere, tiefe Stimme, die von überall und nirgendwo zu kommen schien, dann noch einmal, nachdrücklicher als das erste Mal: „Geh hindurch!"

Carola schauderte bei dem Gedanken, durch dieses Tor gehen zu müssen, doch sie wagte nicht, sich der befehlenden, unheimlichen Stimme zu entziehen. Zögerlich, Schritt für Schritt, näherte sie sich dem Durchgang und wollte eben hindurch schreiten – sie meinte sogar, bereits einen seltsam kühlen, feuchten, nach Moder riechenden Luftzug wahrzunehmen, der ihr aus dem diffusen Dunkel, das sich auf der anderen Seite des Torbogens zu befinden schien, entgegen drang – als sie eine Berührung auf der Schulter spürte.

Sie schrie auf vor Schreck und Überraschung, und als sie sich ruckartig umwandte, um zu sehen, wer sie da festhielt, bekam sie einen noch viel größeren Schock, denn vor ihr stand Hannes, ihr verstorbener Mann. Sein Gesicht war weiß, die Haut wächsern, die Züge unbeweglich – es war seine Totenmaske, die sich nur eine Handbreit vor ihrem Gesicht befand …

Ein ersticktes Keuchen riss Carola aus dem Schlaf und während sie sich in eine sitzende Position hochstemmte, wurde ihr klar, dass sie selbst es war, die gekeucht hatte. Ihr Herz flatterte, ihr Körper war schweißnass, das Leintuch, mit dem sie sich zugedeckt hatte, hatte sie abgestrampelt, denn es war im Bett nirgends zu finden, wahrscheinlich hatte sie es im Schlaf zu Boden gestoßen. Durch die Vorhänge ihres Schlafzimmerfensters sickerte das erste blasse Licht des nahenden Morgens, ein Blick auf den Wecker auf ihrem Nachttisch zeigte ihr, dass es viertel nach vier war.

Carola wusste, dass sie einen Albtraum gehabt hatte. Hannes. Dieses schreckliche tote Antlitz.

Mit beiden Händen fuhr sie sich über das Gesicht, als könnte sie das schreckliche Bild, das ihr im Traum erschienen war, abstreifen. Der Baum, der Vogel, und dann war da noch etwas gewesen – ja, das Tor, der Modergeruch … Carola brauchte nicht viel Fantasie, um zu wissen, wofür es stand, welches Bild sich ihr im Traum gezeigt hatte.

Sie war nicht hindurch gegangen. Im Traum nicht und gestern Abend, in der Wirklichkeit, auch nicht.

„Nein", sagte sie halblaut zu sich selbst, „nein, ich gehe nicht hindurch. Noch nicht. Das verspreche ich dir, Hannes."

Einen Augenblick verharrte sie sitzend, beide Handflächen vorm Gesicht. Dann legte sie sich wieder hin, schloss die Augen und entgegen ihren Erwartungen fand sie nach kurzer Zeit wieder in den Schlaf zurück, der tief war und nicht mehr von Albträumen durchpflügt wurde.

Kapitel 2

Als sie am nächsten Tag erwachte, fühlte sich Carola ein wenig benommen, wahrscheinlich deshalb, weil sie ungewöhnlich lange, beinahe zehn Stunden, geschlafen hatte.

Auf dem Weg zum Kleiderschrank beschloss sie, den Tag zu genießen. Sie würde nicht in ihre Alltagsroutine, das Haushaltbesorgen, Lesen, Trübsinnblasen, zurückfallen. Etwas war geschehen, das war ihr klar. Etwas hatte sich verändert, hatte sie verändert, unumstößlich.

Was nun kommen sollte, was den Ereignissen des gestrigen Tages folgen sollte, wusste sie nicht. Aber sie wusste, dass dies tatsächlich sprichwörtlich der erste Tag vom Rest ihres Lebens war.

Als erstes griff sie zu ihrem Mobiltelefon und wählte Elviras Nummer. Sie wusste nicht, wann sie das letzte Mal mit ihrer Tochter telefoniert hatte. Das gesamte letzte halbe Jahr schien Carola auf einmal wie in einer Zeitfalte verschluckt zu sein, eine diffuse graue Substanz, in der die Ereignisse, die Tage eingesaugt worden waren und sich dem Zugang ihrer Erinnerung entzogen, als lägen sie hinter einer Glasscheibe verborgen.

Nachdem sie nur ein paar Mal das Klingelsignal gehört hatte, nahm Elvira ab. Eher hätte Carola angenommen, dass sie noch schlafe und war darauf vorbereitet gewesen, ihr eine Nachricht auf Band zu sprechen.

„Ja hallo?", Elviras Stimme klang putzmunter, aber ein bisschen gehetzt, so, als wäre sie gerade beschäftigt gewesen und empfände die Unterbrechung durch das Telefon als störend.

Carola musste den Kloß in ihrem Hals hinunterschlucken, von dem sie nicht wusste, wann oder warum er sich gebildet hatte: „Hallo Kleines. Hier ist Mama."

Ein herzliches Lachen am anderen Ende der Leitung klang plötzlich gar nicht mehr geschäftig, sondern zauberte jenen nachsichtigen

Tonfall in die Stimme ihrer Tochter, den Carola so gut kannte: „Ja, das weiß ich Mama. Ob du es glaubst oder nicht, ich habe deine Nummer immer noch eingespeichert!"

Carola verstand den kaum verhüllten Vorwurf. Und er war sicherlich berechtigt, denn in den letzten Wochen oder sogar Monaten war es immer Elvira gewesen, die sich von Zeit zu Zeit nach der Mutter erkundigt hatte. Sie selbst, Carola, war so in ihrer Trauer gefangen gewesen, dass sie von sich aus zu niemandem Kontakt gesucht hatte.

In dieser Sekunde wurde ihr das schmerzlich bewusst.

„Es tut mir Leid, Schatz", hörte sie sich sagen, „Es tut mir Leid, dass ich so lange nichts von mir habe hören lassen. Aber das wird sich jetzt wieder ändern, das verspreche ich dir."

Die Worte sprudelten nur so aus Carola heraus, beinahe schneller, als sie die damit verbundenen Gedanken fassen konnte. Doch Elvira unterbrach sie sanft:

„Das ist gut, Mama." Eine kurze Pause. „Geht es dir besser?"

„Ja – ich denke, es geht mir besser. Aber wie geht es dir, mein Schatz? Was machst du gerade?"

War da ein Sekundenbruchteil des Schweigens auf der anderen Seite der Leitung?

„Also – Mama, du weißt ja, dass ich zuerst keine Ahnung hatte, was ich mit dem Geld von Papa anfangen sollte …"

Über den scheinbaren Themenwechsel erstaunt, versah Carola ihr „Ja ….?" mit einem mehr als deutlich hörbaren Fragezeichen. Als ihre Tochter wiederum irritiert schwieg, fügte Carola ermutigend hinzu:

„Ja, ich weiß, mein Schatz. Und – hast du dich jetzt entschlossen?"

Ein erleichtertes Aufseufzen auf Elviras Seite: „Genau! Und deshalb hab ich jetzt gar keine Zeit zu telefonieren, das hat jetzt echt nichts mit dir zu tun, Mama. Aber ich bin fast schon unterwegs!"

Carola wäre beinahe das Handy aus der Hand gerutscht: „Unterwegs – wohin?", das klang jetzt doch ein bisschen wie ein

Schreckensschrei – wie hatte sie nur ihre Tochter so vernachlässigen, ihre Aufmerksamkeit so von ihr abziehen können?

Elvira kannte diesen Unterton, und sie beeilte sich, die Mutter zu beruhigen: „Keine Angst, Mama, es ist nichts Schlimmes – im Gegenteil!", Carola hörte das kleine Lächeln ihrer Tochter, nur eine Mutter erkannte solche leisen Zwischentöne.

„Mama, stell dir vor, Marcel und ich machen eine Europareise! Ist das nicht einfach umwerfend?"

Das war es in der Tat. Carola, die während des Telefonats in der Wohnung umhergewandert war, ließ sich an diesem Punkt ihres Gespräches auf ihre Wohnzimmercouch fallen, in deren Nähe sie sich eben befunden hatte.

„Eine Europareise mit Marcel" – das war also sein Name, falls es sich nicht bereits um den Nachfolger jenes jungen Mannes handelte, den Carola bei der Beerdigung von Hannes kennen gelernt hatte und dessen Vorname ihr partout nicht hatte einfallen wollen.

„Aber - wie? Was? Wann – ich meine, du bist gerade beim Losfahren? Wie seid ihr unterwegs? Nur ihr beide? Wo fahrt ihr hin? Und – wann kommt ihr wieder zurück?"

Carola war einfach perplex.

Elvira ließ ein angestrengtes Schnaufen hören: „Mama, ich sag dir doch, dass es gleich losgeht. Ich glaube, das Taxi ist schon da, Marcel hat unsere Sachen hinunter getragen. Wir nehmen den Zug für die erste Etappe nach Maribor, dann geht es weiter nach Kroatien, mit dem Zug oder mit dem Bus, da erkundigen wir uns an Ort und Stelle, was uns besser passt, jedenfalls wollen wir an die Küste, ans Meer, und dort bleiben wir sicher erstmal eine Weile, und dann werden wir sehen, wohin es uns verschlagen wird, sicher gibt es Fähren zu den Inseln und so. Mal schauen, wie weit in den Süden wir kommen, Dubrovnik will ich unbedingt sehen. Dann wollen wir rüber nach Italien, Sardinien, Malta würde uns auch interessieren, dann, am besten mit dem Schiff, nach Südfrankreich und über die Schweiz und vielleicht noch ein Stück durch Deutschland wieder zurück nach Österreich. So im Detail haben wir das gar nicht geplant, das entscheiden wir spontan, wie lange wir wo bleiben wollen und wohin es uns zieht! Und wir wollen drei Wochen oder dreieinhalb unterwegs sein, bis eine Woche vor Schulbeginn, da muss ich nämlich wieder in Graz sein, weil ich dann zu unterrichten anfange. Marcel hat seine Ersparnisse abgehoben, und seine Eltern haben ihm, glaube ich, auch noch ein bisschen etwas dazu gegeben, weil sie sagen, dass das eine tolle Gelegenheit ist. Und er ist ja auch im nächsten Jahr mit dem Studium fertig. Dann geht es sicher voll los bei ihm mit Turnusplatz und Fachausbildung und dem ganzen Drumherum. Und ich bin ja auch dann erst einmal eingespannt, wer weiß, wann wir beide wieder die Gelegenheit für so eine lange Reise bekommen werden."

Carola blieb im wörtlichen Sinne die Spucke weg ob der Vielzahl an Informationen, die ihr da entgegenfluteten.

Aber Elvira redete schon weiter: „Wir haben das nicht so genau geplant. Wir werden möglichst billig übernachten, in Jugendherbergen, in Studentenheimen oder Privatzimmern, und wir haben auch ein Zelt mit."

Eine kurze Unterbrechung, Elvira schien etwas in die andere Richtung zu sagen oder zu rufen. Dann hörte Carola, dass Elvira sich in Bewegung gesetzt haben musste, sie hörte Hintergrundgeräusche, Schritte, das Schlagen einer Tür, das Rasseln eines Schlüsselbundes.

„Mama, es tut mir Leid, ich muss jetzt wirklich aufhören."

Und als hätte sie ihre Gedanken gelesen, fügte sie noch eilig hinzu:

„Mach dir keine Sorgen, versuch's wenigstens, ja? Mir zuliebe! Ich freu mich so auf diese Reise! Wann soll ich so was sonst machen, wenn nicht jetzt! Es war für mich auch nicht leicht, dass Papa gestorben ist. Ich will einfach ein bisschen raus, bevor ich mich im Herbst ins Berufsleben und in viele neue Erfahrungen und sicher eine anstrengende Zeit stürze. Ich hab dich lieb Mama, mach's gut.

Ich meld' mich mal, ich versprech's. Und du kannst mich ja auch anrufen, ich hab das Handy mit. Vielleicht geh ich nicht sofort ran, denn ich werde es die meiste Zeit ausgeschaltet lassen. Aber zumindest so alle paar Tage mach ich's mal an und dann ruf ich dich zurück. Versprochen."

Carola rang immer noch nach Atem: „Ja, mach das, ich meine – ich mach das! Pass auf dich auf, Kleines!", wieder ein leichter Anflug von Panik in ihrer Stimme, wieder dieser Kloß im Hals.

„Ich wünsch dir alles Gute, Elvira!"

„Danke Mama. Ich dir auch."

Elvira hatte aufgelegt.

Carola war sprachlos. Wenn sie manches erwartet haben mochte – aber das bestimmt nicht.

Auf der anderen Seite – Elvira hatte Recht. Die Gelegenheit zu so einer ausgedehnten Reise bot sich nicht oft im Leben.

Mit einem letzten leisen Aufseufzen und einem kurzen Schwindelgefühl im Kopf nahm Carola den Faden ihrer Tätigkeiten wieder auf und ein geblümtes Sommerkleid aus dem Schrank, suchte, ihrer leicht überschwänglichen Stimmung entsprechend, passende helle Schuhe mit Absätzen dazu heraus, legte etwas Rouge und sogar einen zum Kleid passenden Lippenstift auf und tuschte sich die Wimpern. Dabei wurde ihr bewusst, dass sie ihre Schminksachen seit Monaten nicht mehr benutzt hatte.

Ihr immer etwas widerspenstiges naturgelocktes Haar bändigte sie mit ein paar energischen Bürstenstrichen. Ein Blick in den Spiegel sagte ihr, dass sie ein wenig mager und blass, abgesehen davon aber recht gut aussah. Ihre Augen waren von einem außergewöhnlichen, hellen Grün, ihre Gesichtszüge hatte Hannes immer als „klassisch" bezeichnet, auf ihrem Nasenrücken tummelten sich immer noch ein paar Sommersprossen und ihr Haar war voll und glänzend, wie es immer gewesen war, und fiel ihr in weichen Schwüngen auf die Schultern.

Sich selbst so anzusehen, das war auch etwas, das sie lange nicht mehr getan hatte.

Anstatt einfach nur zum Supermarkt zu gehen, bestieg Carola, einer spontanen Idee folgend, ihr Fahrrad, das hinter dem Haus stand, und radelte los in Richtung Stadt. Sie hatte große Lust, sich wieder, so wie gestern, zu bewegen und durch die Bewegung zu spüren. Und sie hatte Lust, unter Menschen zu kommen, sich dem bunten Treiben der Innenstadt auszusetzen, ihre Sinne zu beschäftigen und ihre Gedanken damit davon abzuhalten, in den alten Irrgarten zurückzuhuschen, aus dem sie eben erst verjagt worden waren.

Kapitel 3

Es war wie gestern und vorgestern und überhaupt während der letzten Wochen ein herrlicher Sommertag, ein Vormittag Anfang August, so wie man ihn sich nur wünschen konnte. Während sie dahinfuhr wunderte sich Carola darüber, was sie alles entdeckte. Die Farben der Hauswände, die im jetzt schon heißen Vormittagslicht leuchteten, die Alleebäume, deren Kronen in der Hitze zu schweben schienen. Der warme Asphalt, die Menschen, die leichte Sommerkleidung trugen und deren Gang etwas schlendernder, etwas wiegender war als in der kühleren Jahreszeit. Die jungen Mädchen, die in ihren knappen Shorts und bunten Kleidchen beisammen standen, und darauf warteten, dass das Freibad öffnete. Die Straßenbahnen, die auf ihren Schienen dahinratterten und um die Kurven quietschten. Die Gerüche, die ihr entgegenschlugen – nach Straße, nach dampfendem Grün, nach frischem Brot aus den Bäckereien, nach Kaffee aus den geöffneten Türen der Kaffeehäuser, nach Sommer, nach Leben.

Carola spürte den Fahrtwind in ihren Haaren und wie er den Rock ihres wadenlangen, weit geschnittenen Kleides – eigentlich völlig unpraktisch zum Radfahren – zum Flattern brachte. Früher, als junges Mädchen, hatte sie sich immer die langen Röcke beim Radfahren so um die Beine gewickelt, dass der Stoff nicht zwischen die Radspeichen geraten konnte, und sie dennoch dieses angenehm schwere und zugleich leichte Gefühl auskosten konnte, das nur der weite Stoff eines Kleides oder Rockes, der lose um die Beine spielte, bei einer Frau hervorrufen konnte.

Die rasche Fahrt ließ ihren Körper sich an den Lauf erinnern, der sie gestern durch den Wald getragen hatte. Die Erinnerung zauberte ein Lächeln auf ihre Lippen. Es war ein beinahe schon vergessenes Gefühl, einfach so zu lächeln, ohne bestimmten Grund, wenn sich die Mundwinkel wie von selbst sanft nach oben schoben und in die weichen Rundungen der Wangen gruben. Es war schön zu lächeln.

Carola überquerte die Keplerbrücke, unter der die Mur breit und geradlinig in Richtung Süden dahinrauschte, wobei sie zwei langsamere Radfahrer überholte. Bald würde sie ihr Ziel erreicht haben. Kurz vor der Hauptbrücke, die in unmittelbarer Nähe des Hauptplatzes und damit des Stadtzentrums lag, stieg sie ab, verschwitzt, mit leicht geröteten Wangen und mit vom Fahrtwind zerzausten Haaren.

Carola stellte ihr Rad in einem der dafür vorgesehenen Radständer ab, befestigte das Zahlenschloss, schwang sich die im Sattelkorb verstaute große helle Leinentasche, die sie meistens zum Einkaufen verwendete, über die linke Schulter und marschierte los.

Ja, es war lange her, sehr lange, dass sie einfach so, aus einer Laune heraus, in die Stadt gefahren war. Es musste sogar einige Zeit vor Hannes' Tod gewesen sein, sie hätte gar nicht sagen können, wann es gewesen war.

Früher, als Elvira noch klein war, war sie öfter mit ihr mit dem Rad irgendwohin gefahren – auf einen der nahe gelegenen Spielplätze, zum Eisgeschäft oder hin und wieder, aber seltener, auch in die Stadt, in den Stadtpark.

Hannes hatte natürlich ein Auto gehabt, aber Carola hatte nicht damit fahren wollen.

Warum eigentlich nicht – nun ja, es war eben Hannes' Auto gewesen, das, mit dem er in die Arbeit fuhr. Natürlich hätten sie sich einen Zweitwagen anschaffen können, Carola hätte ihn zum Einkaufen verwenden können oder später dazu, Elvira zum Handballtraining zu fahren oder zu ihren Freundinnen, wenn sie dort eingeladen war.

Aber irgendetwas hatte Carola immer davon abgehalten, Hannes darum zu bitten, dass er ihr ein Auto kaufte. Er hätte es sicherlich getan. Aber ebenso sicher hätte sie dann ständig das Gefühl gehabt, dass, egal was sie damit tat, wohin oder wie oft oder auf welche

Weise sie irgendwohin fuhr, es Hannes nicht Recht gewesen wäre. Und wenn sie einen Unfall gehabt oder das Auto in die Werkstatt hätte bringen müssen, wenn es neue Reifen gebraucht oder repariert hätte werden müssen, es hätte immer zu Diskussionen geführt. Oder zu jener Art von Gesprächen, die Carola so sehr gehasst hatte, dass sie sie, wenn irgend möglich, zu vermeiden gelernt hatte, im Laufe ihrer Ehe, Gespräche, die keine waren, sondern lediglich Monologe, Vorträge von Hannes, in denen er ihr erklärt hatte, wie etwas war, und sie im Grunde nur dasitzen und nicken hatte können, wie ein wohlerzogenes Schulmädchen.

Hannes war oftmals für sie wie ein Vater gewesen – kein Wunder bei einem Altersunterschied von beinahe zwei Jahrzehnten. Er hätte, vom Alter her, ihr Vater sein können. Demzufolge war er in ihrer Beziehung immer der Dominante, der Starke, der Führende gewesen. Oftmals hatte Carola unter dieser Dominanz gelitten. Aber auf der anderen Seite war es ihr ganz angenehm gewesen, dass er sich immer um alles gekümmert hatte, nicht nur um seine Karriere als Anwalt, in der er ausgesprochen erfolgreich gewesen war, sondern auch um alle Belange des Haushalts. Er hatte sie geführt, liebevoll, aber bestimmt, und sie war ihm gefolgt, hatte sich seiner Führung anvertraut, denn es hatte ihr erspart, Verantwortung übernehmen zu müssen – für die lebenspraktischen und notwendigen Dinge des Alltags, für alle ihr unangenehmen und lästigen Dinge wie Versicherungen oder Bankgeschäfte oder ähnliches, aber auch Verantwortung für sich selbst, für ihr gemeinsames Leben, sogar, in sehr vielen Dingen, für Elvira, ihre Ausbildung, ihre Hobbys, ihre Freunde. Carola war das klar gewesen und sie hatte es akzeptiert.

Carola selbst hatte einige Freundinnen, die sie noch von der Schulzeit her kannte, zum Teil hatte sie auch gute Bekanntschaften mit Nachbarinnen aufgebaut.

Carola hatte ihre Zeit stets gut verbracht.

Hannes hatte ihr den Rahmen für ihr Leben vorgegeben und sie hatte diesen Rahmen ausgefüllt.

Sie hätte es nicht anders gewollt.

Aber nun – ja, nun war das vorbei.

Sie hatte lange genug in einem Loch, einem Abgrund gelebt.

Aber auch das war nun vorbei.

Carolas Schritte waren beschwingt, sie genoss ihren Gang durch die Innenstadt und sie folgte dabei vertrauten Pfaden – durch die Murgasse zum Hauptplatz, dann weiter die Sporgasse hinauf. Einen Moment überlegte sie, ob sie auf den Schlossberg gehen sollte – von oben hatte man eine unvergleichliche Rundsicht über die Dächer der Stadt – aber dann entschloss sie sich dagegen und bog in eine Seitengasse ab, die sie zum Freiheitsplatz und schließlich, an Schauspielhaus, Dom und Burg vorbei, durch das Burgtor hindurch, zum Stadtpark führte.

Wie viele Erinnerungen hatte sie an diese Wege, diese Orte. Wie oft war sie mit Elvira hier gewesen, manchmal an den Wochenenden auch mit Hannes. Und hin und wieder, vor allem am Anfang ihrer Ehe, hatte sie sich hier, in jenem Café am Eck, am Parkeingang, mit Freundinnen getroffen, als Elvira noch klein war mit ihr im Kinderwagen und später, als sie in den Kindergarten und dann in die Schule gekommen war, an Vormittagen, auf einen Kaffee, manchmal sogar ein zweites oder erstes Frühstück, wenn sie frühmorgens nur die Tochter versorgt und selbst noch keinen Bissen in den Mund gesteckt hatte.

Warum nicht hineingehen und einen Cappuccino trinken?

Als Carola über die Schwelle trat, wurde sie für ein paar Sekunden von einem seltsamen Schwindel erfasst, sodass sie zuerst nicht darauf reagierte, als jemand aus dem, im Vergleich zum gleißenden Tageslicht beinahe halbdunklen Inneren des Raumes ihren Namen rief.

Der zweite Ruf erreichte Carolas Bewusstsein, aber noch immer konnte sie sich nicht vorstellen, dass sie gemeint war.

Aber da ertönte dieselbe Stimme ein drittes Mal und diesmal war keine Verwechslung möglich, denn die klangvolle Frauenstimme rief ihren vollen – Mädchennamen: „Carola Lamprecht!"

Mittlerweile hatten sich ihre Augen an das Licht gewöhnt und auch der kurze Schwindelanfall war vorüber. Carola blickte in die Richtung, aus der die Stimme gekommen war, und da saß am letzten Tisch an der Fensterfront eine dunkelhaarige Dame in Carolas Alter, deren dunkle Augenbrauen über ebenso dunklen wie fröhlichen Augen nur einer gehören konnten:

„Alexandra! Bist du es wirklich?"

Carola konnte es nicht fassen! Die Wogen des Schicksals schienen über ihrem Kopf zusammenzuschlagen, denn dort am Fenster saß augenscheinlich niemand anders als Alexandra Hübner, Carolas Freundin aus der Südsteiermark – eben jenes fröhliche Nachbarmädchen mit den langen dunklen Zöpfen, die so viele Sommerferienmonate lang ihre beste Gefährtin und Kameradin gewesen war! Obwohl sie sich natürlich sehr verändert hatte – statt eines Kindes und Teenagers hatte Carola eine über vierzigjährige Frau vor sich – hatte sie sie sofort an ihren Augen, ihrem dichten dunklen Haar, das sie sogar immer noch lang und zu einem dicken Zopf geflochten, der ihr über eine Schulter hing, trug, sowie an ihrem strahlenden Lachen, erkannt. Seit damals, als sie beide noch Kinder gewesen waren, hatte sie nichts mehr von ihr gesehen oder gehört, seit dem letzten Sommer, den sie als Schülerin mit ihren Eltern im Ferienhaus verbracht hatte. Bei ihren späteren Besuchen dort als Erwachsene war sie Alexandra nie begegnet und sie hatte auch niemanden von ihr sprechen hören. Sie hatte seit Ewigkeiten nicht mehr an sie gedacht. Sie jetzt, hier zu sehen, war wie eine Begegnung mit einer anderen Welt, einer Welt, die einmal die ihre gewesen und die sie längst vergessen, verloren geglaubt hatte.

„Alexandra Hübner, das darf doch einfach nicht wahr sein!", rief Carola aus, während sie sich auf dem Stuhl gegenüber ihrer ehemaligen Freundin an dem kleinen runden Marmortischchen niederließ.

„Ja Carola, ich bin es", erwiderte die Angesprochene, die sich lächelnd erhoben hatte, um ihr, als wäre kein halbes Leben seither vergangen, einen dicken Schmatz auf jede Wange zu drücken, „aber ich heiße schon lange nicht mehr Hübner."

„Und ich heiße schon lange nicht mehr Lamprecht!", entgegnete Carola, worauf beide Frauen in ein schallendes Lachen ausbrachen.

Alexandras Lachen war immer noch dasselbe wie damals, stellte Carola fest, wenn ihre Stimme auch, natürlich, etwas dunkler klang, als sie sie in Erinnerung hatte.

„Was machst du hier", schoss es aus Carola heraus, „lebst du jetzt in Graz? Was hast du gemacht, seitdem wir – warte mal – vierzehn gewesen sind? Oder fünfzehn?"

Sie sahen sich an und diesmal war es ein breites Schmunzeln, mit dem sie es taten.

„Tja", seufzte Alexandra, „jedenfalls ist es ziemlich lange her, dass wir unsere Wald-, Wiesen- und Weinbergabenteuer erlebt haben, was?"

Beide nickten. Es war wirklich seltsam. Sie waren sich vollkommen vertraut, erkannten sich zu hundert Prozent wieder als die Seelengefährtinnen, die sie einmal gewesen waren – und doch waren sie im Grunde Fremde, die sich nach beinahe drei Jahrzehnten plötzlich zufällig getroffen hatten.

„Zeichnest du noch?", wollte Alexandra von Carola wissen und als diese verneinte, bekam sie als Entgegnung ein sehr wissendes Nicken.

„Und du Alexandra – bist du Tierärztin geworden?"

Die Angesprochene ließ ihr unverkennbares kehliges Lachen hören: „Nein, absolut nicht. Ich hab alles Mögliche gemacht – ursprünglich hab ich Floristin gelernt, dann eine Zeitlang in einer Gärtnerei bei uns in der Gegend gearbeitet. Meine eine Schwester hat den Bürgermeister geheiratet und meine andere einen Weinbauern – und ich bin mir irgendwann überflüssig vorgekommen.

Außerdem wollte ich einmal etwas anderes sehen als unsere grünen Hügel – so schön sie auch sind!"

„Ja, das sind sie wirklich!", pflichtete ihr Carola im vollen Brustton der Überzeugung bei.

„Na ja, also bin ich nach Wien und habe ein Betriebswirtschaftsstudium gemacht."

„Wirklich?", Carola war ehrlich beeindruckt, aber auch verblüfft – zu schwer fiel es ihr, sich die naturverbundene, bodenständige Winzerstochter aus der Südsteiermark in der Großstadt vorzustellen.

„Warum bist du nach Wien gegangen – BWL hätte es doch auch in Graz gegeben, oder?"

„Ja, das stimmt. Aber ich wollte damals einfach einmal so richtig von zuhause fort. Ich denke, das hat mir gut getan. Jetzt komme ich gern wieder in unseren kleinen Ort – als Gast. Ich genieße die landschaftliche Schönheit, die Ruhe, die reine Luft. Die gute Jause in den Buschenschänken, den Wein. Aber leben möchte ich dort nicht mehr."

„Das heißt, du lebst seit damals in Wien?"

„Ich habe bis vor einigen Jahren in Wien gelebt. Dort war ich auch verheiratet."

Carola hob interessiert die Augenbrauen: „Jaaa?"

Alexandra lachte: „Ich sehe schon, liebe Carola – ich muss von vorne anfangen zu erzählen."

Wie überaus attraktiv sie war, dachte Carola über Alexandra, wenn sie so schelmisch lächelte, wie sie es jetzt tat. Und sie schien stark zu sein, eine starke Persönlichkeit. Damals, als Mädchen, war sie bereits klug und eigenwillig, immer ein bisschen anders als die anderen gewesen. Wahrscheinlich hatte sie das verbunden. Aber damals war sie wie ein leiser Lufthauch gewesen. Jetzt hatte sich ihr Wesen zu einem kräftigen Wind ausgewachsen, wenn sie einen Raum betrat, davon war Carola überzeugt, würde sie die Atmosphäre in Schwingung versetzen – so wie sie es jetzt tat. Obwohl sie vielleicht nicht im landläufigen Sinn schön war – ihre Figur war sehr weiblich geworden, unter der buntgemusterten dünnen Seidenbluse mit dem schmeichelnden weiten Ausschnitt konnte man unschwer einen imposanten Busen erkennen, der bei jedem Lachen bebte, als entwickle er unter der Erschütterung eine Art Eigenleben.

Alexandra berichtete also, dass sie fast fünfzehn Jahre lang eine Ehe geführt hatte, in der beide Teile sehr aufeinander fokussiert gewesen waren, während die hübsche brünette Bedienung in der adretten schwarz-weißen Uniform Carola ihren Cappuccino servierte.

Dass sie und ein gewisser Athanasius Mangold, ein sehr gelehrter, sehr kultivierter Mann, ein Archäologieprofessor an der Universität, wie zwei Schwalben in einer schönen, perfekt möblierten Wohnung gelebt hatten, die im neunten Stock eines Hochhauses gelegen war, von wo aus sie einen wunderbaren Blick über Wien und bis hinaus in das Umland gehabt hatten.

Sie hatten keine Kinder gehabt, sie hatten das so entschieden, vor allem Athanasius graute vor dem Lärm und der Unordnung, die Kinder naturgemäß verursachten und für Alexandra war es in Ordnung, ihr Leben, das ihr gefiel, nicht verändern zu müssen. Sie hatte damals, so berichtete sie, einen gut bezahlten, interessanten Job bei einem internationalen Unternehmen, das technische Laborgeräte fabrizierte und in alle Welt exportierte. Athanasius liebte seine Ruhe, denn einen guten Teil seiner Arbeit verrichtete er zuhause, er liebte die teure Einrichtung ihrer gemeinsamen Wohnung, die zum Großteil von ihm stammte – echte Perserteppiche, antike Möbelstücke und überall irgendwelche archäologischen Fundstücke, Masken, Artefakte, die er von seinen Forschungsreisen mitgebracht hatte.

Im Laufe der Zeit hatte Alexandra, so erzählte sie, wobei ihr Busen vor Vergnügen erzitterte, das eine oder andere farbenfrohe Bild, den einen oder anderen modernen – „und saubilligen!" – Lampenschirm beigefügt. Wenn Athanasius dieses Stück entdeckt hatte, hatte er immer die Stirn gerunzelt, das Kinn zur Brust gezogen, sodass er über den Rand seiner Brille hatte spähen können, hatte das für ihn mit Sicherheit irritierende Objekt einer kurzen Musterung unterzogen – und es schließlich ohne Kommentar akzeptiert. „Mir zuliebe", versicherte Alexandra mit einem Augenzwinkern, und Carola konnte es sich beinahe bildlich vorstellen.

„Irgendwann ist es mir einfach zu eng geworden", konstatierte Alexandra. „Ich konnte seine Kultiviertheit, seinen Ordnungsfimmel, seine guten Manieren und seine angestaubten Wälzer und Tonscherben, die als Einzige überall herumliegen durften, nicht mehr ertragen! Ich begann, ihn schlecht zu behandeln – nur, um ihn aus der Reserve zu locken! Ich machte es mir zur Gewohnheit, bei jeder sich bietenden Gelegenheit an ihm herumzumeckern, ich kündigte der Putzfrau und ließ die Wohnung verschlampen. Ich hielt mich nicht an Abmachungen, kam zu vereinbarten Treffen zu spät, weil ich wusste, dass er das hasste. Ich hörte auf, mich an den von ihm für uns beide erstellten makrobiotischen Ernährungsplan zu halten. Nichts half. Er nahm alles hin, schweigend, das Höchste, was ich ihm hin und wieder entlocken konnte, war ein kaum merkliches Stirnrunzeln. Wenn er mich wenigstens einmal angeschrien hätte! Aber nichts, nichts geschah. Absolut nichts.

Dann habe ich eines Tages vor ziemlich genau vier Jahren meine Koffer gepackt – ich hatte mir extra dafür einen Tag freigenommen, damit ich es heimlich machen konnte, während er auf der Uni war, verstehst du?", fragte Alexandra und sie warf Carola dabei einen verschwörerischen Blick zu.

„Dann war ich weg. Als er abends nachhause kam, fand er nichts als seine geliebte Wohnung vor. Leer, unbewohnt, ruhig. Ich habe ihm keinen Brief hinterlassen, keine Nachricht, nichts."

„Aber Alexandra", wandte Carola, die bisher schweigend zugehört hatte, an dieser Stelle, halb belustigt, halb ärgerlich ein:

„Alexandra, das war einfach grausam! Er hatte dir doch nichts getan! Wie konntest du ihn einfach so verlassen? Der arme Kerl wusste wahrscheinlich nicht einmal, warum du es getan hast!"

„Ja, da hast du höchstwahrscheinlich Recht! Aber ich musste es tun, Carola, ich musste es tun, sonst wäre ich gestorben! Ich wäre nicht mehr ich gewesen, wenn ich noch länger geblieben wäre."

Einen Moment lang schwiegen sie beide und jede nahm einen Schluck aus ihrer Kaffeetasse, während sie für eine Weile ihren eigenen Gedanken nachhingen.

„Ich habe eine Weile in einem Hotel gewohnt, dann habe ich mir eine eigene kleine Wohnung gesucht. Ich hatte nach wie vor meine Arbeit, ich verdiente gut, ich hatte einen gewissen Freundeskreis, im wesentlichen Leute aus der Firma, mit denen ich etwa einmal in der Woche am Abend auf ein paar Drinks in eine schicke Bar ging. Ich besuchte regelmäßig Konzerte und Opern. Alles war gut.

Ein Jahr, nachdem ich Athanasius verlassen hatte, wurde ich von ihm geschieden. Einvernehmlich. Kurz und schmerzlos. Ich verzichtete auf alle Ansprüche, ich war einfach froh, das Kapitel Ehe abzuschließen. Ich wollte und brauchte nichts von meinem Ex-Mann. Ich war ihm nicht böse und ich glaube er mir auch nicht.

Athanasius war mir ein guter Mann gewesen und dass wir irgendwann feststellen mussten – oder dass zumindest ich festgestellt habe, dass wir im Grunde überhaupt nicht zusammenpassten – dafür konnte er ja nichts. Er war ein feiner, korrekter Mann."

Alexandra seufzte. Dann fügte sie voller Inbrunst hinzu: „Ist das nicht furchtbar? Ich meine, dass du von dem Menschen, dem Mann, den du einmal geliebt, den du geheiratet, mit dem du Jahre deines Lebens verbracht hast, am Schluss sagst, er wäre ‚korrekt' gewesen?"

„Das klingt nicht sonderlich nach – Leben, oder?"

„Ja, genau so ist es, Carola. Da war kein Leben mehr, nicht in ihm, nicht zwischen uns und nicht in mir. Aber – na ja, wenigstens kann ich heute sagen, dass ich ihm nur das Beste wünsche. Keine Ahnung, was er jetzt macht. Ob er allein lebt oder ob er wieder jemanden gefunden hat. Dass er nach wie vor in seiner Wohnung lebt, da

bin ich mir fast sicher. Allerdings – eines würde ich gerne wissen"
– und hier trat ein belustigtes Funkeln in Alexandras Augen:
„Ich würde wirklich gerne wissen, ob er meine farbigen Drucke
und die IKEA-Lampenschirme behalten hat!"
Wieder mussten beide lachen.

Dann knüpfte Carola an ihre eingangs gestellte Frage an, da die
Freundin diese bislang noch nicht beantwortet hatte:
„Aber seit wann bist du in Graz, Alexandra? Was machst du? Und
wo wohnst du?"

„Nun ja", setzte diese an, „Eine Zeitlang nach der Scheidung hatte ich irgendwann das Gefühl – und, ja eine missglückte Geschichte
mit einem jungen Griechen aus dem Lokal bei mir am Eck war auch
mit im Spiel" – wieder ein Blitzen aus Alexandras sprechenden,
dunklen Augen – „na – ich hatte eben wieder einmal das Gefühl, so
wie ich es nach der Matura gehabt hatte, dass ich raus müsste. Weg
von meinem bisherigen Leben. Also hab ich meine Fühler ausgestreckt und völlig unerwartet ein annehmbares Jobangebot aus Graz
erhalten. Das hat mich ehrlich überrascht, weil ich mich innerlich
schon darauf eingestellt hatte, nach Deutschland zu gehen – also
noch weiter weg von meinen Wurzeln, sozusagen. Stattdessen – bin
ich wieder etwas näher an meine ursprüngliche Heimat herange-
rückt. Ich habe also in Wien meine Zelte abgebrochen und sie hier
in der grünen Mark wieder aufgeschlagen. Ich habe jetzt wieder
mehr Kontakt zu meinen Schwestern und meinen Eltern, die immer
noch auf dem Weingut leben. Ich fahre öfter hinunter und das tut
mir jetzt so gut, wie es mir als junger Frau gut getan hat, von dort
wegzukommen. Ist doch wirklich seltsam, oder?"

Alexandra zuckte die Achseln und strahlte Carola dabei an: „Jedenfalls bin ich jetzt da! Ich lebe in einem Dreißig-Quadratmeter-
Penthouse in der Nähe meiner Firma. Ich kann zu Fuß zur Arbeit
gehen, stell dir vor! Oder mit dem Rad fahren, dann dauert es nur
ein paar Minuten. Außerdem mag ich die Gegend. Es ist ruhig, es
gibt viele schöne alte Häuser, der Hilmteich ist in der Nähe und den

Leechwald erreiche ich zu Fuß in wenigen Minuten. Ich gehe gern dort spazieren."

Sie lehnte sich zurück und faltete die Arme über der Brust, als sie abschließend feststellte: „Ich bin eine glückliche, selbständige Frau."

Alexandra lächelte Carola an:

„Ich bin zufrieden mit meinem Leben, wahrscheinlich mehr, als ich es jemals gewesen bin. Ich bin glücklich geschieden, ich habe eine Arbeit, die mich bestens erhält und meine Zeit und meinen Geist beschäftigt – und die es mir manchmal sogar erlaubt, vormittags ins Kaffeehaus zu gehen!"

Wieder lachte sie ihr warmes, raues Lachen und Carola stimmte mit ein.

Dann fasste Alexandra Carolas Hand:

„Und jetzt bist du mir über den Weg gelaufen – das ist wirklich ein wunderbarer Zufall!"

„Ja", Carola erwiderte den tiefen Blick ihrer Freundin, „Ja Alexandra, dabei kommt es mir beinahe so vor, als wäre es alles andere als das …"

Einen Moment zögerte sie, ob sie aussprechen sollte, was ihr auf der Zunge lag. Die sofort wieder da gewesene Vertrautheit zwischen ihnen, das gegenseitige Verstehen und die Offenheit Alexandras, als sie ihr ihr Leben erzählt hatte, bewogen Carola schließlich dazu, die Worte auszusprechen, die in ihr brannten:

„Du kannst dir nicht vorstellen, Alexandra, was mir gestern passiert ist."

Und dann – viel früher, als sie gedacht hatte - begann Carola, zu erzählen – von Hannes und Elvira, von ihrem Leben, ihrem vergangenem Leben. Von Hannes' Tod und von dem Schock, den dieser bei ihr ausgelöst hatte. Von dem tiefen Graben, in den sie danach gestürzt und aus dem sie, bis vor wenigen Stunden, geglaubt hatte, es gäbe für sie auf dieser Welt einfach keinen Weg mehr daraus hervor, den sie zu gehen vermochte.

Sie sprach zu den warmen, tiefen Augen einer Frau, die sie vor dreißig Jahren als junges Mädchen gekannt und die ihr doch in diesem Moment so vertraut war, wie es niemand anders hätte sein können. Sie ließ nichts aus. Sie beschönigte nichts. Und die andere hörte zu, schweigend, mit einem Gesicht, das Carolas Empfindungen, die sich bei ihren Worten einstellten, widerspiegelten und die dabei die Hand der Freundin die ganze Zeit festhielt.

Als Carola zu der Stelle kam, als sie die Tabletten hatte nehmen wollen, spürte sie erneut das seltsame Schwindelgefühl von vorhin, diesmal heftiger, sie stockte und ihr Gesicht musste von einer Sekunde auf die andere jede Farbe verloren haben, denn Alexandra beugte sich besorgt über den Tisch:

„Ist alles in Ordnung mit dir? Du bist ganz blass geworden!"

Carola hielt sich instinktiv an der Tischplatte fest. Der Raum um sie herum schien zu schwanken, die Farben verschwammen und die Konturen der Dinge lösten sich auf.

„Mir – ist – nicht – gut", stammelte sie. Es war wie ein Sog, der sie bei den Füßen zu packen und vom Stuhl zu ziehen drohte, Carola stemmte sich verzweifelt dagegen, jetzt wurde alles schwarz und sie spürte, dass ihr am ganzen Körper der kalte Schweiß ausbrach.

Dann war da plötzlich das ernste Gesicht eines Fremden direkt vor ihr, der, wahrscheinlich an einem der Nebentische sitzend, Carolas Zusammenbruch mitbekommen hatte.

„Keine Angst, ich bin Arzt", tönte eine ruhige, angenehm tiefe und wohl artikulierte Stimme.

Mit geübtem Griff hatte er schon Carolas Handgelenk umfasst, um ihren Puls zu fühlen, sah ihr prüfend ins Gesicht und stellte Alexandra ein paar Fragen nach dem Verlauf der letzten Minuten. Er bat die Bedienung um ein Glas Wasser und drückte es Carola in die Hand.

Das überraschende Auftauchen des Fremden, seine professionelle Gelassenheit und sein rasches, aber ruhiges Handeln hatten den seltsamen Strudel von verschwimmenden Farben und die unangenehmen Empfindungen abgeschnitten. Zwar waren Schwindel und nun auch ein leichtes Gefühl von Übelkeit noch spürbar, aber die beängstigende Heftigkeit der Erscheinung war vorbei. Carolas visuelle Wahrnehmung näherte sich wieder ihrem Normalzustand und sie erkannte immer deutlicher das gut geschnittene, glatt rasierte und leicht gebräunte Gesicht des Arztes in kaum einem halben Meter Entfernung.

Er hockte vor ihr und redete gleichmäßig und beruhigend auf sie ein: „Trinken Sie das, langsam, ja, so ist es gut, einen Schluck nach dem anderen."

Als er bemerkte, dass Carolas Blick wieder klarer wurde, begann er in derselben ruhigen und doch modulierten Sprechweise ihr Fragen zu stellen – nach ihrem Namen, ihrer Lieblingsfarbe, ihrer Schuhgröße, nach Wochentag und Datum. Es war seltsam schwer für Carola, sich an diese einfachen Dinge zu erinnern und es kostete noch einmal eine gewisse Anstrengung, die im Hirn abgerufenen Informationen in Worte umzuwandeln und diese auszusprechen. Aber nach und nach gelang es immer besser und der Arzt schien mit ihren Antworten zufrieden zu sein.

Vielleicht hätte ich den zweiten Kaffee nicht trinken sollen, schoss es Carola durch den Kopf. Vielleicht hätte ich nicht so schnell Radfahren sollen, bei der Hitze.

Aber im Grunde wusste sie sehr gut, was für ihren Zustand verantwortlich war. Und Alexandra wusste es auch.

„Es war in letzter Zeit ein bisschen viel für sie", versuchte diese dem Arzt zu erklären, für dessen beherztes Eingreifen sie beide unendlich dankbar waren.

Er nickte und löste die Finger von Carolas Handgelenk. Trotz ihrer Benommenheit bemerkte sie, dass sie das bedauerte. Die Berührung war angenehm gewesen, sie hatte ihr Sicherheit vermittelt, und trotz ihres immer noch wackeligen Zustandes registrierte sie das angenehme Prickeln, das seine Hand auf ihrer Haut hinterlassen hatte.

Nachdem er sie mit einem letzten prüfenden Blick bedacht hatte, erhob er sich und wandte sich an Alexandra:

„Passen Sie noch eine Weile auf Ihre Freundin auf – sofern Sie beide Freundinnen sind und nicht vielleicht sogar Schwestern?", fügte er charmant lächelnd hinzu. Dabei war es vom Optischen her relativ klar, dass sie nicht miteinander verwandt waren – die eine dunkel und weiblich, die andere hell und, nicht nur aufgrund ihres Zusammenbruchs, sondern immer schon und von Natur aus, eher dem blassen, grünäugigen und ein wenig durchscheinenden, elfenhaften Typus angehörend. Alexandra mit ihrem sprühenden, vibrierenden Temperament und ihrem, beinahe war man geneigt zu sagen, lauten Busen und Carola mit ihrer sehnigen, zierlichen Figur, deren auffälligstes Erscheinungsmerkmal zweifellos ihre schulterlangen ungebändigten, kastanienfärbigen Locken waren.

„Wenn es Ihnen noch einmal schlecht gehen sollte, wenn Sie eine Frage haben oder sonst irgendetwas brauchen, bitte zögern Sie nicht, mich anzurufen."

Mit diesen wieder an Carola gerichteten und mit einem, wie ihr vorkam, intensiven Blick aus graublauen Augen begleiteten Worten legte er eine Visitenkarte, die er aus der Innentasche seines Sakkos, das er wegen der Hitze offen trug, hervorgezaubert hatte, auf den Tisch zwischen ihre mittlerweile leergetrunkenen Kaffeetassen.

„Fürs Erste scheint der Spuk ja vorüber zu sein", setzte er hinzu.

„Ja", Carola musste schlucken, aus verschiedenen Gründen, wie sie sich eingestehen musste. „Danke, Doktor."

Damit wandte sich ihr Helfer um und ging.

Carola nahm noch den letzten Schluck aus ihrem Wasserglas, während Alexandra die Visitenkarte des Arztes in Augenschein nahm, wozu sie, was Carola amüsiert registrierte, eine modisch elegante Brille mit türkisfarbenem Rahmen aus ihrer Handtasche zog und auf die Nase setzte, wobei sie den Kopf leicht in den Nacken legte und die Augenlider zusammenkniff.

„Dr. Kajetan Kreutzner", las sie, „Arzt für Allgemeinmedizin, Diplom in Akupunktur, Traditionelle Chinesische Medizin. Nicht uninteressant. Eine Adresse steht auch dabei."

Sie hielt Carola die Karte hin.

„Mandellstraße, hm. Das ist nicht weit von deiner Wohnung entfernt, oder?"

„Ja, mehr oder weniger."

Alexandra musterte die Freundin noch einmal:

„Es geht dir etwas besser, oder? Jedenfalls hast du wieder eine normale Gesichtsfarbe. Gemäß deinen Verhältnissen, meine ich."

Das erlösende Lachen tat beiden gut.

Dann neigte sich Alexandra über den Tisch und nahm noch einmal Carolas Hand:

„Den Rest der Geschichte erzählst du mir ein anderes Mal. Ich denke, es ist besser, wenn wir jetzt das Thema wechseln."

Dann schüttelte sie den Kopf, als wäre ihr plötzlich ein Einfall gekommen:

„Ha!", rief sie aus, und ein breites Lächeln überzog ihr Gesicht: „Ich weiß, was du brauchst, meine Liebe!"

Dann erklärte sie in bestimmendem Tonfall, der ein wenig an den einer Oberlehrerin erinnerte: „Du brauchst einen Tapetenwechsel! Hör zu: Ich fahre in einer Wochen nach Kroatien zum Segeln. Ich hab nämlich beschlossen, dass ich mir eine Woche Urlaub gönnen werde, und ich hab mich unlängst daran erinnert, dass ich als Kind ein paar Mal mit meinen Eltern und meinen Schwestern segeln war. Ein Verwandter meiner Mutter, ein Cousin, hatte, wenn ich mich recht erinnere, eine Segelyacht in Kroatien, das damals noch Teil von Jugoslawien war, auf der Insel Cres. Ich hab mich außerdem daran erinnert, dass mir das damals viel Freude gemacht hat. Und ich hab so die Idee geboren, vielleicht einmal meinen Schwestern und ihren Männern vorzuschlagen, dass wir gemeinsam einen Törn machen könnten. Ich spiele mit dem Gedanken, einen Segelschein zu erwerben, weißt du, dann könnte ich sozusagen die Kapitänin sein. Aber das ist Zukunftsmusik – erst einmal will ich ausprobieren, ob ich immer noch davon begeistert bin, ehe ich mit so einem Vorschlag daherkomme."

Carola sah die Freundin interessiert an – darüber hatten sie damals, als sie so eng befreundet gewesen waren, gar nicht gesprochen. Oder hatte sie es vergessen?

Doch noch ehe Carola sich darüber hätte klar werden können, sprudelte Alexandra schon weiter: „Ich hab das im Internet gefunden und vor etwa zwei Monaten gebucht. Es ist eine Charterfirma, die sich auf so genannte Mitsegeltörns spezialisiert hat. Das heißt, es kommen irgendwelche Leute an Bord, die allein oder zu zweit oder vielleicht auch zu dritt unterwegs sind und selbst keine vollständige Crew aufstellen können oder wollen, beziehungsweise keinen eigenen Kapitän haben oder selbst nicht viel von der Sache verstehen, aber trotzdem segeln möchten – so jemand wie ich es bin! Ich hab keine Ahnung, ob auf dem Schiff, auf dem ich fahren werde, noch Platz ist, aber das finden wir ganz schnell heraus, und sollte es noch gehen, dann nehme ich dich einfach mit. Was sagst du dazu?"

Carola sagte zunächst einmal gar nichts.

Alexandras Redeschwall hatte sie, gelinde gesagt, überfahren und sie hatte Mühe, die Worte und deren Inhalt überhaupt in ihren Kopf zu bekommen.

„Du meinst – aber – ich – ich glaube nicht, dass ich da noch einen Platz bekommen würde, Alexandra. Abgesehen davon bin ich mir jetzt gar nicht so sicher, ob ich – na ja, ob ich das machen möchte. Bitte versteh mich nicht falsch", fügte sie rasch hinzu, als sie sah, dass Alexandra bereits den Mund öffnete.

„Ich war noch nie segeln und – na ja, phu!"

Carola lehnte sich zurück und entzog dabei Alexandra ihre Hand. „Ich …"

„Ich weiß, was du sagen willst, Carola. Fass einfach mal ins Auge, dass du es trotzdem tun könntest", sagte Alexandra mit einem tiefgründigen Lächeln.

Dann bestellten sie sich jede noch ein Glas Orangensaft und Alexandra zückte, ohne sich auf weitere Diskussionen mit Carola einzulassen, kurzerhand ihr Smartphone – um wenige Minuten später zu verkünden:

„So. Das wär's – du bist dabei Carola Haupt, geborene Lamprecht!"

Die beiden starrten einander sekundenlang an, als könnten sie selbst nicht fassen, was sie gerade ausgeheckt hatten. Einen Moment lang war es wie damals, als sie Kinder gewesen waren und sich ein neues, aufregendes Spiel ausgedacht hatten.

Alexandra fasste sich als Erste wieder und resümierte schließlich trocken: „Wir gehen segeln, meine Liebe."

Carola schluckte, dann hatte auch sie ihre Stimme wieder gefunden: „Ja", wiederholte sie, das erneut in ihrem Kopf sich ankündigende leichte Schwindelgefühl ignorierend, „Ja, so sieht es aus, du Verrückte: Wir gehen segeln!"

Dann zuckte sie die Achseln, hob die Augenbrauen und lächelte: „Warum eigentlich nicht?"

Kapitel 4

An diesem Abend dauerte es länger, bis Carola eingeschlafen war. Ihre Gedanken, ihr Herz waren einfach noch zu munter, zu aufgeregt: Dass sie Alexandra wieder getroffen hatte! Nach all den Jahren … Wie schön es gewesen war, sich mit ihr gemeinsam an die herrlichen Sommer auf dem Land zu erinnern, die Freundin wieder zu erkennen und zugleich neu kennen zu lernen. Und einfach wunderbar, dass sie sich so kurzfristig auf eine Reise mit ihr begeben würde, noch dazu eine Reise, wie sie sie in ihrem Leben noch nie unternommen hatte – auf einem Segelschiff! Carola war zwar mit Hannes und Elvira einige Male auf einem Schiff gewesen, in den Schulferien hatten sie einige Reisen gemeinsam unternommen – nach Griechenland, England, Italien, Skandinavien und dabei waren sie auch öfter auf Fähren unterwegs gewesen oder das eine oder andere Mal auf einem Ausflugsschiff. Aber gesegelt war sie noch nie! Wie das wohl sein mochte? Wie groß das Schiff war? Ob sie womöglich seekrank werden würde?

Aber im Grunde war das nicht wichtig – Carola fühlte sehr genau, was das Wesentliche dabei war, nämlich, dass es auf einmal etwas gab, ein Ereignis, ein Vorhaben, an das sie denken konnte, etwas Konkretes, etwas Erfreuliches, das in der Zukunft, in der nahen Zukunft, auf sie wartete.

Und das tat wirklich gut!

Nach und nach verebbte der Strom ihrer Gedanken, ihr Herzschlag wurde still und gleichmäßig wie das Ticken eines Uhrwerks und Carola sank hinüber in den Schlaf … Alexandra und sie hatten den ganzen Nachmittag zusammen im Freien verbracht, waren im Wald herumgestreunt und hatten tausend Spiele gespielt, tausend Gedanken gedacht, ihre Knie und Füße waren schmutzig, ihre Gesichter erhitzt und in ihren Augen schwamm das Glück. Jetzt war es Abend und Alexandra war heimgelaufen.

Carola stand dort, wo sie so oft stand, in ihrem Zimmer unterm Dach, und während sie da stand, überkam sie ein seltsames Gefühl, wie ein Schwindel, ein Strudel, der sie erfasste. Sie hielt sich erschrocken am Fensterrahmen fest, und als sie ihre Hand ansah, erschrak sie noch einmal, denn es war nicht mehr ihre Kinder-, ihre Jungmädchenhand, sondern plötzlich die einer erwachsenen Frau. Gemäß den Gesetzmäßigkeiten des Traumes wunderte sie sich aber nicht lange darüber, sondern blickte einfach wieder hinaus auf die grasbewachsenen Hügel vor ihrem Fenster. Dann verwandelte sich auch noch das Fenster und wurde eine Balkontür, durch die sie hindurch trat und sich auf einer kleinen steinernen Balustrade wieder fand. Sie hob den Kopf in die Höhe und da spürte sie den Wind in den Haaren und auf ihrem Gesicht, frisch und kräftig wehte er ihr entgegen und roch und schmeckte nach Salz.

Einen Moment schloss sie, im Traum, die Augen. Ein plötzlich anschwellendes Brausen veranlasste sie, die Augen wieder zu öffnen. Und da sah sie, dass vor ihr ein Schiff aufgetaucht war, so nah, dass sie meinte, sie könnte es mit einem kleinen Anlauf schaffen hinüber zu springen. Es war genauso ein Schiff, wie sie es als junges Mädchen immer vor ihrem inneren Auge gesehen hatte, als sie aus dem Fenster geblickt hatte. Groß und ganz aus Holz gebaut, ein altes Schiff mit altertümlichen Formen und Verzierungen, mit Luken an den Seiten, die wohl für Kanonen vorgesehen waren, und mit einem hellen und geräumigen Heckaufbau. An den drei stolzen Masten standen eine ganze Reihe von hellen Segeln, prallgefüllt im Wind.

Carola streckte die Hand aus und winkte dem Schiff zu: „Hallo!", wollte sie rufen, doch das Rauschen der Wellen, die auf einmal echte Wellen und keine wogenden Grashalme mehr waren, das Brausen des Windes und die Geräusche, die das Schiff von sich gab – das Ächzen der Holzplanken und Taue, das Knattern in den Segeln – schluckten ihre Stimme.

Plötzlich hatte sie Angst, es würde sie niemand bemerken und sie müsste hier bleiben. Dabei verspürte sie keinen sehnlicheren, keinen brennenderen Wunsch, als dort hinüber zu gelangen!

Als sie schon meinte, das Schiff würde abdrehen und wieder Kurs zum Horizont hin nehmen, vernahm sie eine kräftige Männerstimme, die durch den Sturm und die Gischt hindurch drang: „Komm!", rief die Stimme, „komm mit!"

Verzweifelt blickte Carola um sich, ob sie nicht irgendwo eine Leiter, ein Seil, einen Stock finden könnte, irgendetwas, das ihr geholfen hätte, die sich bereits langsam vergrößernde Distanz zu dem Schiff zu überwinden. Aber da war nichts, absolut nichts.

„Ich kann nicht!", schrie sie verzweifelt gegen den Wind und die Wellen an. „Ich möchte ja, aber ich kann nicht!"

Sie war den Tränen nahe.

„Komm!", dröhnte die fremde Stimme noch einmal, es klang wie ein Befehl, dem sie sich nicht widersetzen konnte. Und es auch nicht wollte, denn die Stimme schien seltsamerweise auch aus ihr selbst, ihrem eigenen pochenden Herzen, zu kommen.

In diesem Moment hörte sie gleichsam auf zu denken. Keine Gedanken oder Überlegungen waren mehr nötig für das, was sie jetzt tun würde. Keine Ängste oder Bedenken konnten sie davon abhalten. Carola ging in die Hocke, versuchte instinktiv, alle Kraft in den Beinen und Sprunggelenken zu sammeln. Dann wartete sie, bis eine kräftige Böe kam, die in Richtung des sich abkehrenden Schiffes wehte.

Und dann sprang sie.

Unter sich hörte, fühlte sie die brodelnde Gischt. Ihre Ohren waren taub von dem Getöse, das sie umgab. Ihre Arme hatte sie weit ausgebreitet und die weiten Ärmel des weißen, weiten Nachtgewandes, das sie trug, blähten sich auf, als wären sie Flügel.

Als sie ungefähr die Hälfte der Distanz zwischen der Balustrade, auf der sie gestanden, und der hölzernen Reling des Schiffes vor ihr überwunden hatte, gab es einen kurzen Moment, in dem sie dachte, der Schwung würde nicht ausreichen und sie würde unwiderruflich in die Tiefe stürzen, hinein in die brodelnden Wassermassen unter ihr.

Genau in dem Moment tauchte ein Seil unmittelbar vor ihrem Gesicht auf. Die befehlende Stimme rief: „Fass an!", doch sie hätte diese Aufforderung gar nicht gebraucht. In einem Reflex riss Carola die Arme nach vorn und ergriff das Tau mit beiden Händen. Sie zog sich fest an das Seil heran und erwischte es innerhalb von Sekundenbruchteilen auch mit den Beinen. Dermaßen mit dem ganzen Körper daran festgeklammert schwang das Seil mit ihr hinüber zum Schiff, von wo es gekommen war.

Als das fliegende Bündel, das sie war, das Schiff erreicht hatte, tauchte plötzlich, wie aus dem Nichts, eine Gestalt vor oder eher unter Carola auf, und im nächsten Moment spürte sie sich von starken Armen aufgefangen. Das Seil entglitt ihren Händen und die Arme des Mannes, der sie aufgefangen hatte, umschlossen ihren Körper. Sie konnte seinen Herzschlag unter dem breiten Brustkorb fühlen, er war so groß, dass ihr Gesicht an seiner Schulter gelandet war, an ihren Lippen fühlte sie das dichte Haar auf seiner nackten Brust.

Nach ein paar Augenblicken, in denen für Carola die Zeit stehen geblieben zu sein schien, so sehr war sie gefangen und überwältigt von dem Gefühl, an dieser fremden und doch seltsam vertrauten Männerbrust zu ruhen, seinen starken Geruch einzuatmen, nach Salz und nach Tabak und nach Schweiß, lockerte der Fremde seine Umklammerung, und als Carola, leicht benebelt, den Kopf hob, blickte sie in ein paar stahlblauer Augen unter spektakulären, kräftigen und kohlschwarzen Augenbrauen, die dem ganzen, von Wind und Wetter gegerbten Gesicht des Seemannes, denn das war er eindeutig, ihr Gepräge gaben. Seine Nase war schön und gerade und der Mund mit den sinnlichen und wohlgeformten, aber dennoch zu hundert Prozent männlichen Lippen war zu einem breiten Grinsen verzogen, in dem ein Hauch von Unverschämtheit lag, und das Carola einen Blick auf seine, für seinen Beruf eher ungewöhnlich, makellos weißen Zähne freigab. Zwischen zwei der vorderen oberen Schneidezähne, dem ersten und dem zweiten auf der rechten Seite, blitzte ein kleiner, schräg stehender Spalt, der unglaublich sexy wirkte.

Überhaupt war dieser Kerl in seiner Gesamtheit perfekt dazu angetan, Carolas Blut in Wallung zu bringen. Groß und breitschultrig stand er vor ihr, das altmodische weiße Rüschenhemd über der Brust so weit geöffnet, dass man einen Gutteil seiner muskulösen und stark behaarten Brust zu sehen bekam. Seine Beine steckten in engen, knielangen Hosen und um die Hüfte trug er eine Art Pistolen- oder Säbelgurt. Sein Haar war schwarz und flog ihm in dicken, wirren Locken um den Kopf. Wangen und Kinn waren von einem dichten, dunklen Dreitagesbart bewachsen, der ihm ein entschieden verwegenes Aussehen verlieh.

„Da bist du ja!", drang es lachend aus seinem Mund, und Carola erkannte die Stimme wieder, die sie vorhin durch den Sturm hinweg gerufen hatte. Und wieder spürte sie die Wirkung, die von dem Klang dieser Stimme auf sie ausging – verführerisch, einschmeichelnd und so, als dulde sie keinerlei Widerspruch. Es war die befehlsgewohnte, durch Jahre der Autoritätsausübung gekennzeichnete Stimme des Kapitäns.

Ja, der da vor ihr stand konnte niemand anders als der Kapitän dieses Schiffes sein.

Als ihr diese Erkenntnis zu Bewusstsein kam, entdeckte Carola plötzlich, dass sie nicht allein waren, sondern dass auf dem ganzen Deck eine Schar von zum Teil recht abenteuerlich, verwegen aussehenden Gestalten standen – die Mannschaft des Schiffes. Seine Mannschaft.

„Wer bist du?", kam es über Carolas bebende Lippen, und sie ärgerte sich über den ehrfürchtigen, beinahe eingeschüchterten Ton ihrer Stimme, die mehr ein Hauchen war.

Anstatt einer Antwort schüttelte der Kapitän seine düstere Lockenpracht und zog sein Grinsen noch einmal in die volle Breite, ehe er kurzerhand ihre Hand packte und sie quer über das Schiffsdeck nach hinten führte, an den stummen, aber, wie ihr im Vorübergehen erschien, ein wenig anzüglich grinsenden Männern vorbei, um mit ihr im Inneren des rückwärtigen Holzaufbaus zu verschwinden.

Nachdem sie einige Durchgänge und Stufen überwunden hatten – Carola folgte ihm dabei willenlos, wobei sie sich sicher war, dass er ihre Hand auch unter keinen Umständen aus dem stählernen Griff seiner Rechten freigegeben hätte – betraten sie einen überraschend weitläufigen Raum, der an drei Seiten mit hellen, von dünnen Holzlatten unterteilten Fenstern versehen war, die beinahe von der Decke bis zum Boden hinunter reichten. Auch die Wände und der Fußboden waren aus Holz gezimmert. Ein angenehmer Geruch ging von alledem aus. Ein wenig war es das Echo seines Geruches, den sie, an seine Brust gepresst, wahrgenommen hatte.

Jetzt, da sie sich mitten in dem Raum befanden, der offenbar der seine war, ließ er sie los und sie blieben, einander zugewandt, voreinander stehen. Carola hielt ihren Blick ein Stück über seine Schulter gerichtet, denn es machte sie verlegen, so ungeschützt seiner Nähe ausgesetzt zu sein. Sie fühlte sich wie ein Schulmädchen und nicht wie eine erwachsene Frau, die fünfundzwanzig Jahre lang verheiratet gewesen war.

Der Kapitän sagte kein Wort. Stattdessen berührte seine gebräunte, behaarte Hand ihr Kinn und hob es an, sodass sie ihm geradewegs in die beinahe unnatürlich blauen Augen blicken musste.

Das selbstsichere Grinsen war aus seinem Gesicht verschwunden. Nach wie vor sagte er kein Wort, sondern blickte sie nur beharrlich und ohne einen Wimpernschlag an.

In Carola entspannen sich die widersprüchlichsten Gefühle – eigentlich hätte sie gegen diese Behandlung protestieren sollen! Wie kam er dazu, sie einfach so mit sich in seine Kajüte zu schleifen? Andererseits hatte er sie auf sein Schiff geholt und ihr damit ihren sehnlichsten Wunsch erfüllt und ihr beim Übersprung das Leben gerettet.

Was ging in seinem Kopf vor? Und warum konnte sie sich seiner Wirkung nicht entziehen?

Sie fuhr sich mit der Zunge über die trockenen Lippen, bemüht, seinem Blick standzuhalten, „Ich …", setzte sie mit möglichst fester und ruhiger Stimme an, doch weiter kam sie nicht, denn der geheimnisvolle Kapitän versiegelte ihren Mund mit einem Kuss. Seine eine Hand fühlte sie in ihrem Rücken, wie diese sie sanft und doch bestimmt an ihn heranzog. Die andere Hand hatte in ihr Haar gegriffen und hielt ihren Kopf in den Nacken gebeugt, ihm zugewandt, als müsste er sicher sein, dass sie ihm nicht entkam. Seine Lippen waren fest und heiß, seine Berührung zärtlich und intensiv zugleich.

Carola spürte zum zweiten Mal seine muskulöse Brust, den harten, flachen Bauch an ihrem Körper und die Nachdrücklichkeit seines Griffes, wie auch seines Kusses machten sie willenlos und blockierten ihre Gedanken. Gott, wie konnte ein Mensch, ein Mann, sie nur dermaßen behexen?

Während ihre Glieder weich wurden und ihrer Kehle ein dunkler, unbestimmter Laut entwich, wünschte sie sich nur das eine: Dass der Kapitän sie in sein Bett zerren und sie auf dieselbe fürsorglich-gewalttätige Art nehmen würde, wie es sein Kuss verhieß …

Carola riss es unsanft aus dem Schlaf, sie hatte wohl um sich geschlagen, denn ihre eigenen ruckartigen Bewegungen hatten sie geweckt. Sie benötigte einige Sekunden, bis sie sich wieder zurechtfand und begriff, dass sie sich zuhause in ihrer Wohnung, in ihrem Bett befand und nicht auf einem Piratenschiff irgendwo auf dem brausenden Ozean. Carola war unendlich verwirrt von den Traumbildern, den Gefühlen, die sie eben noch beherrscht hatten – und, nachdem sie vollständig zu sich gekommen war, erkannte sie, dass ihr Herz von einer tiefen Traurigkeit erfüllt war, dass das alles nur ein Traum gewesen war.

Ein Traum, jawohl – und zwar ein erotischen Traum. Konnte das sein? Bevor sie geheiratet hatte, als heranwachsende junge Frau, mit sechzehn, siebzehn, achtzehn Jahren, war sie manchmal, gegen Morgen, darüber wach geworden, dass ihr Körper in Folge eines sexuell aufgeladenen Traumes von den rhythmischen Zuckungen eines Orgasmus geschüttelt worden war. Dann war ihr Schoß ganz feucht gewesen und Carola war mit einer Mischung aus Scham und Befriedigung aufgestanden und schnell unter die Dusche gegangen.

Das war doch zu seltsam. Seit Jahren – seit Jahrzehnten! – hatte sie nicht mehr solche Träume gehabt. Sie hatte außerdem völlig vergessen, dass sie einmal auf solche Art geträumt hatte. Und selbst wenn sie es nicht vergessen hätte, so wäre sie niemals auf die Idee gekommen, dass es heute immer noch so war, dass sie zu solchen Träumen imstande war.

Und dass sie darüber hinaus feststellte, dass sie sich in einem körperlichen Zustand befand, den man nur als aufgeladen und – unbefriedigt beschreiben konnte: Ihr Körper protestierte, weil sie vor dem Ende aufgewacht und ihr der erlösende Orgasmus im Schlaf verwehrt geblieben war.

Carola musste über sich selbst lachen – aber egal, ob sie sich darüber amüsierte oder ärgerte oder einfach nur wunderte – sie wusste, dass sie so nicht so bald wieder würde einschlafen können: Sie musste den Traum beenden.

Und dann tat sie, was sie ebenfalls seit ihrer Jugend nicht mehr getan hatte. Wie selbstverständlich fand ihre Hand den Weg hinunter zu ihrer empfindlichsten, weiblichsten Stelle zwischen den Schenkeln. Sie öffnete die Knie und legte die abgewinkelten Beine locker zur Seite, während ihre andere Hand sich um ihre eine Brust legte. Auf der Bühne hinter ihren geschlossenen Augenlidern versetzte sie sich zurück in ihren Traum, katapultierte sie sich wieder durch die Luft, an dem Seil hängend, das der Piratenkapitän ihr zugeworfen hatte. Und dann durchlebte sie den ganzen Traum noch einmal, diesmal war sie selbst die Regisseurin des Filmes, der in ihrer Fantasie ablief. Und diesmal drehte sie die Szene zu Ende. Die Spitze ihres rechten Mittelfingers streichelte mit geübten, wenn auch lang nicht mehr angewandten Bewegungen ihre Klitoris, erst in sanften Kreisen, dann in kurzen, schnellen seitlichen Bewegungen. Und als ihre Fantasie dem Höhepunkt zulief, steuerte auch ihr Körper dem erlösenden Finale entgegen. Mit einer Reihe von heftigen, beinahe schmerzhaften Zuckungen, die ihr ein Stöhnen entrissen, war es vollbracht und Carola konnte, nachdem sie eine halbe Minute ermattet und reglos dagelegen war, ihre völlig durchnässte Hand wieder zurückziehen und mit einer beinahe verschämten Bewegung am Überzug ihrer Bettdecke abwischen.

Mit einem zufriedenen Lächeln, bei dem sie sich auch ein wenig verrucht und ziemlich mädchenhaft vorkam, drehte sie sich zur Seite und schlief ruhig und tief, bis gegen Ende der Nacht ein zweiter Traum kam, der, völlig anders als der erste, doch nicht weniger eindrücklich war.

In diesem Traum ging Carola mit Hannes, ihrem verstorbenen Mann, eine Uferpromenade entlang, irgendwo am Meer. Der Weg wand sich sanft dahin und war angenehm von Pinien, Oleandern und anderen südlichen Gewächsen beschattet. Sie gingen mit einer Armeslänge Abstand dahin und unterhielten sich ruhig und unaufgeregt über alles Mögliche. Alltägliche Dinge, die nicht in Carolas Wachbewusstsein hinüber dringen würden. Aber sie fühlten sich wohl miteinander, es gab nichts Unversöhnliches oder Schwerwiegendes zwischen ihnen. Es waren auch keine großen Gefühle zu spüren, aber ein stilles Einvernehmen, eine tiefe Vertrautheit, etwas wie eine lebenslange Freundschaft lag zwischen ihnen.

Nachdem sie eine Weile so gegangen waren, entdeckten sie in einer Wegbiegung eine Bank, von wo aus sich ein wunderschöner Blick auf das Meer und die untergehende Sonne erschloss. Ohne dass sie es groß aussprechen mussten, steuerten sie beide darauf zu und setzten sich, nach wie vor denselben Abstand zwischen sich einhaltend, nebeneinander.

Carolas Blick wanderte hinaus aufs Meer, das ruhig und friedlich vor ihr lag. Dennoch spürte sie seine Tiefe. Das Abendlicht durchdrang alles mit einem milden Schein und über allem lag ein unendlicher Friede, der ihr Herz rührte.

„Ich wünschte, es könnte immer so sein", hörte sie sich sagen.

Dabei schaute sie Hannes nicht an, sondern sie sagte es, während sie weiter zum Horizont blickte.

„Es wird immer so sein", antwortete ihr Mann, „du wirst es immer so in deinem Herzen tragen."

Ja. Es stimmte, was er sagte. Und dennoch wusste sie, dass es, so, auf diese Weise, das letzte Mal war. Plötzlich wusste Carola, dass sie sich gerade verabschiedete.

Und sie spürte, dass er es auch wusste.

Einige Augenblicke saßen sie einfach nur schweigend da.

„Hannes", wandte sie sich endlich direkt an ihn, riss sich vom Anblick der Sonne und des Meeres los und sah ihn an. Sein Gesicht, das sie mehr als die Hälfte ihres Lebens begleitet hatte und von dem sie jeden Quadratmillimeter auswendig kannte, „Hannes – ich gehe jetzt weiter."

Da fühlte sie seine Hand, wie sie sich sanft auf die ihre legte, sodass beide übereinander zwischen ihnen auf der Sitzfläche der Bank lagen.

Nun sah auch er sie an. Und er lächelte. Er hatte in diesem Moment etwas von einem gütigen Vater.

„Ich weiß", antwortete er. „Ich weiß, mein tapferes Mädchen."

Dann nickte er ihr aufmunternd zu und sein Blick sagte ihr, dass er es für gut befand. Und sein letzter, fester Händedruck sagte ihr, dass er ihr alles Gute wünschte.

Tränen stiegen in ihren Augen auf, als sie, ihm ebenfalls zulächelnd, noch einmal die Hand drückte, um sie danach loszulassen.

Sie erhob sich von der Bank, während Hannes darauf sitzen blieb. Er hatte seinen Blick bereits wieder in die Ferne gerichtet, in Richtung der untergehenden Sonne.

Es war ein so friedliches, so vollkommenes Bild, das Carola tief berührte. Sie würde es für immer in ihrer Seele tragen. Sie führte die linke Hand zum Herzen, um den Anblick darin zu speichern. Dann wandte sie sich um und ging.

Kapitel 5

Die kommenden Tage waren für Carola mit Reisevorbereitungen und Vorfreude, mit Selbstzweifeln und Rückzügen, mit Aufregung und Müdigkeit erfüllt. Einige Male telefonierte sie mit Alexandra und holte sich Ratschläge ein, die Dinge betreffend, die sie auf ihrem Törn benötigen, wann Alexandra sie abholen würde und vieles mehr.

Das Wichtigste aber erledigte Carola gleich am ersten Morgen, an dem Morgen nach der Nacht mit den beiden seltsamen Träumen, die sie beide wohl für immer und ewig genau im Gedächtnis behalten würde: Sie ging in die Apotheke. Dort kaufte sie einiges, das sie auf ihre Reise mitnehmen wollte – darunter eine Schachtel Ohropax und ein homöopathisches Mittel gegen Seekrankheit, für alle Fälle.

Als sie bezahlt hatte, ergriffen ihre Finger die Schachtel, die ganz zuunterst in ihrer Tasche gelegen hatte.

„Ach ja", drehte sie sich zu der jungen Dame mit dem langen dunklen Pferdeschwanz hinter dem Ladentisch um: „Hier habe ich noch Altmedikamente."

Die Apothekerin warf einen Blick auf die Packung und meinte: „Aber die sind noch in Ordnung, das Ablaufdatum ist erst in zwei Jahren!"

„Danke", versicherte Carola, über die Schulter gewandt, da sie bereits dem Ausgang zustrebte, „ich brauche sie nicht mehr."

Dann war sie wieder draußen auf der Straße.

So verging die Zeit und ehe sie es sich versah, war der letzte Abend vor ihrer Abreise gekommen. Die Dinge, die sie im Laufe der Woche auf ihrer Schlafzimmerkommode und am Boden daneben aufgestapelt hatte, waren von ihr mehrmals geprüft, ein wenig abgeändert und wieder vervollständigt worden. Nun war es so weit, sie in einer neu gekauften großen Reisetasche aus weichem, strapazfähigem Kunststoffmaterial zu verstauen.

Morgen früh würde Alexandra sie abholen. Außer als Kind und Jugendliche mit ihrer Schulklasse war Carola noch nie allein oder nur zusammen mit einer Freundin verreist. Immer nur als Frau von Hannes beziehungsweise als Mutter von Elvira. Es fühlte sich entschieden seltsam an.

In dieser Nacht konnte Carola nicht gut schlafen, dafür war sie einfach zu aufgeregt.

Doch irgendwann waren die Stunden dennoch vergangen und Carola wieder auf den Beinen. Pünktlich um halb acht klingelte es an der Haustür und wenig später saß sie auch schon auf dem Beifahrersitz von Alexandras dunkelgrünem Mercedes, lauschte dem sonoren Brummen des Motors und beobachtete, wie die vertraute Umgebung an ihr vorüber zog.

Alexandra wirkte frisch und ausgeschlafen – „Ich hab mir heute schon Unmengen an Kaffee eingeflößt!", erläuterte sie lachend, und sie hatten bereits nach wenigen Minuten etwas gefunden, das sie, mit einem gemeinsamen Lachen, unmittelbar zurück in ihren früheren Schulmädchen-Kommunikationston katapultierte und Carola genoss das alberne, von Kichern und Lachsalven unterbrochene Geplänkel mit der Freundin, während diese ihren Wagen unaufhaltsam in Richtung Süden steuerte.

Obwohl es Hauptreisezeit war, ging es relativ zügig voran. Um die größeren Städte, an den Grenzen und Mautstationen wurde der Urlauberverkehr zwar mitunter zähflüssig und kam hin und wieder ins Stocken, aber insgesamt hatten Alexandra und Carola sich das Ganze schlimmer vorgestellt. Mit Grauen erinnerte sich Carola an diverse Urlaubsfahrten, die sie mit Hannes, und manchmal auch mit Elvira, unternommen hatte, wo sie stundenlang in der Sommerhitze auf Autobahnen im Stau gestanden hatten.

„Weißt du, dass ich unsere Reise um ein Haar hätte absagen müssen?", eröffnete Alexandra Carola irgendwo mitten in Slowenien.

Die Angesprochene fuhr aus ihrem Sitz hoch: „Wie bitte? Wie meinst du das?"

Alexandra lachte ob des gelinden Schocks, den sie ihrer alten Freundin verpasst hatte, ihre dunklen Augen sprühten: „Nein, nein, reg dich nicht auf, es geht sich alles aus! Mein Chef hätte mir nur beinahe noch in letzter Minute den Urlaub gestrichen – und ich musste ihm hoch und heilig versprechen, dass ich am Montag früh mit hundertprozentig perfekt ausgearbeiteten Unterlagen zu einem superwichtigen Meeting mit potenziellen Kunden erscheine. Na ja – ich hab's nicht mehr ganz geschafft, obwohl ich bis gestern spät abends noch im Büro war."

Ein taxierender Blick in Carolas Richtung: „Für uns zwei Hübschen heißt das eigentlich nur, dass wir am Samstagfrüh zeitig losfahren sollten, damit ich am Samstagnachmittag wieder zuhause bin und noch ein paar Stunden Zeit habe, auszupacken und mich ein wenig zu regenerieren – damit ich am Sonntag dann den Rest der Arbeit erledigen und meinen Chef am Montagmorgen glücklich machen kann."

Carola zuckte die Achseln. Am Samstag zurückzufahren war ohnehin ihr Plan gewesen.

Lakonisch bemerkte sie nur: „Ich hoffe, dein Chef bezahlt dich auch gut dafür, dass du dir so die Haken wund rennst!"

Alexandra lachte: „Du wirst es nicht glauben, Süße – aber das tut er! Es zahlt sich für mich schon aus, wenn ich mich ins Zeug lege. Aber jetzt" – und damit beendete sie das Thema, „jetzt denke ich eine ganze lange Woche lang nicht an die Arbeit. Basta!"

Somit war das geklärt und die beiden ließen sich kein bisschen mehr von ihrer lockeren Urlaubsstimmung ablenken. Bester Stimmung begannen sie sich etwa ab der Hälfte der Strecke auszumalen und sich dabei gegenseitig anzustacheln und zu übertrumpfen, was sie in wenigen Stunden erwarten würde. Wie würde es sein, sich an Bord einer Segelyacht zu begeben? Wie das Schiff wohl aussehen würde? Was würden sie tun müssen? Wie wäre es unter Deck? Wie groß würde ihre Koje sein? Gab es ein Klo an Bord? Und wer waren ihre Mitsegler? Mit welchen Menschen würden sie die kommende Woche auf engstem Raum verbringen? Würde es Streit geben? Oder würde es lustig werden? Was machte man eigentlich den ganzen Tag auf einem Segelschiff? Musste man arbeiten? Oder lag man von früh bis spät faul in der Sonne? Gab es eine Küche an Bord? Wer würde kochen?

Hundert Fragen kamen den beiden in den Sinn – und sie mussten lachend feststellen, dass sie so ziemlich ins Blaue hinein fuhren. Sie konnten kaum eine ihrer eigenen Fragen beantworten – Alexandra wusste zwar ein bisschen mehr, da sie als Jugendliche ja das eine oder andere Mal gesegelt war. Allerdings war das mittlerweile doch einige Jahre her und mit ihrem aktuellen Vorhaben kaum zu vergleichen ...

Also ergingen sie sich in Fantasien und Mutmaßungen und amüsierten sich darüber, sich „Worst-Case-Szenarien" auszumalen, in denen es von gigantischen Stürmen, tagelanger übelster Seekrankheit, völlig humorlosen Mitreisenden, streng aufgeteilten Arbeitsschichten, kurzen und unruhigen Nächten und stundenlangem Kartoffelschälen in der Kombüse – so hieß ja wohl die Küche an Bord – nur so wimmelte.

„Na, da können wir uns ja fast nur noch positiv überraschen lassen!", fasste Carola eine halbe Stunde vor Ankunft an ihrem Bestimmungsort zusammen, und Alexandra, die die ganze Strecke souverän gesteuert hatte, konnte ihr nur zustimmen.

Gut zwei Stunden vor dem verabredeten Zeitpunkt – sechzehn Uhr – erreichte der dunkelgrüne Mercedes mit dem Grazer Nummernschild die direkt an der kroatischen Adriaküste, zwischen den größeren Städten Zadar und Biograd gelegene Ortschaft Sukošan.

Auf den ersten Blick schien es ein typischer Touristenort zu sein, mit Hotels und Apartmenthäusern entlang der Hauptstraße, mit Obst- und Gemüseständen, einem größeren öffentlichen Strandbereich und, gottlob, einer eindeutigen Beschilderung, die ihnen den Weg zur Marina, also zum Yachthafen, wies. Dank der Informationen, die sie von der Charterfirma erhalten hatten, wussten sie, dass sie nach der „Marina Dalmatia" Ausschau halten mussten. Dass ihnen eine Stegnummer angegeben worden war, erwies sich als äußerst hilfreich – denn ohne diese Information hätten sie ihr Schiff wohl nie gefunden: Die Marina war riesig! Carola war sicher, noch nie in ihrem Leben so viele Motor- und vor allem Segelyachten in beinahe allen Größen und Formen gesehen zu haben. Mastreihe neben Mastreihe glaubte man beinahe, sich in einem Wald aus astlosen, metallisch-weißen Stämmen zu befinden. Früher, dachte Carola, während sie ein wenig unangebracht eine Erinnerung streifte, in der ein hölzerner Dreimaster und ein verdammt erotischer Piratenkapitän vorkamen, hätten sie wahrscheinlich keine zehn Pferde auf einen schwankenden Kahn gebracht. Jetzt konnte sie es kaum noch abwarten.

Rasch lenkte sie ihre Aufmerksamkeit wieder ins Hier und Jetzt und half Alexandra dabei, in dem schier unendlichen Gewirr von Wegen und Stegen ihren Bestimmungsort zu finden.

Gott sei Dank war das Gelände zwar weitläufig, aber recht übersichtlich gegliedert. Nach einigen Minuten erreichten sie, erleichtert, Steg Nummer vier – das war beinahe am anderen Ende der Marina.

„Wir können sicher vorerst einmal hier parken", meinte Alexandra und Carola stimmte ihr zu, denn neben den Stegen reihte sich bereits ein Urlauberauto an das andere. Menschen rannten kreuz und quer, manche beförderten ihr Gepäck und, wie es schien, Lebensmittelvorräte, größtenteils in kleinen Rollwägelchen, auf die Schiffe, welche dicht an dicht beidseitig an einem der etwa einen guten Meter breiten Betonstege, die sich lang in das Wasser des Hafenbeckens hinausstreckten, vertäut lagen.

„Suchen wir zuerst unser Schiff?", fragte Carola, und Alexandra stimmte ihr zu. „Unsere Sachen lassen wir derweil im Auto."

„Wie heißt der Kahn gleich noch mal?", wollte Alexandra von Carola wissen, die, als Beifahrerin, die ganze Zeit die aus dem

Computer ausgedruckten Informationsblätter der Charterfirma durchgeblättert hatte und auch jetzt noch immer in Händen hielt. Ein Blick auf die eng beschriebenen Seiten gab ihr die Bestätigung: „'Seevogel' – nicht sonderlich originell, oder?"

Alexandra zuckte mit den Schultern. „Hauptsache, es hat überhaupt einen Namen", stellte sie pragmatisch fest, „sonst wüssten wir nie, auf welche dieser schwimmenden Badewannen wir müssen!"

Carola fand die Bezeichnung „schwimmende Badewannen" respektlos und überhaupt nicht passend für die schnittigen, teilweise hochmodern anmutenden, oft nostalgisch mit Holz ausgearbeiteten Boote, aber sie wollte jetzt nicht spitzfindig werden, deshalb ließ sie die Bemerkung ihrer Freundin unkommentiert.

„Da ist es!", hörte sie diese auch schon rufen, „Da ist er ja, unser 'Seevogel', schau doch Carola!", trotz ihrer dreiundvierzig Jahre und geschätzten fünfundsiebzig Kilo Körpergewicht (bei durchschnittlicher Frauengröße) schien Alexandra, zumindest innerlich, vor Carola auf dem Steg auf und ab zu hüpfen wie eine aufgeregte Siebenjährige angesichts eines Geburtstagspackerls, das sie gleich auswickeln durfte.

Und ungeachtet ihres eben noch abfälligen Vergleichs mit einem Badezimmermobilar fügte sie begeistert hinzu: „Ist sie nicht schön? Ist sie nicht bildschön?"

Carola hatte zwar noch nicht viele Segelboote in ihrem Leben gesehen, und definitiv kein einziges aus der Nähe, aber sie konnte diesem Urteil nur zustimmen: Der Schiffsrumpf war schnittig geformt und ganz in Weiß gehalten, und an der Seite und am Heck prangte in dunkelblauer Schrift der Name „Seevogel". Ein dunkelblaues Stoffdach überspannte den hinteren, offenen Sitzbereich, der mit Holz ausgestattet war, ebenso wie der Boden. Ein beeindruckend hoher Mast erhob sich etwa in der Mitte des Schiffskörpers in den azurblauen, wolkenlosen Himmel, und auch sonst schien alles da zu sein, was zu einer richtigen Segelyacht gehört. Carola erkannte einen Haufen von Seilen in verschiedenen Farben und, was sie ein wenig irritierte, *zwei* funkelnde, metallisch glänzende und scheinbar auf Hochglanz polierte riesige Steuerräder.

Ein ziemlich schmales Holzbrett, das noch dazu aus einzelnen Latten zu bestehen schien – jedenfalls konnte man durch lange Spalten hinunter auf das Wasser blicken – überbrückte mehr oder weniger halterlos die kurze Distanz zwischen Steg und Bootsrumpf. Da würde sie wohl drüber gehen müssen, dachte Carola eben mit dem Anflug eines flauen Gefühls in der Magengrube, und wiederum mit einem kurzen, unangebrachten, Erinnerungsblitz kämpfend von einer Distanz über Wasser, die sie im Traum mithilfe eines daherfliegenden Seils überwunden hatte, als sich stattdessen ein braungebrannter, außergewöhnlich dicht behaarter Männerarm in ihr Gesichtsfeld schob und ihr aufmunternd die Hand entgegenstreckte:

„Haben Sie keine Angst, meine Liebe", ertönte die zu dem Arm gehörige Stimme eines Mannes, der plötzlich auf dem Boot stand – wahrscheinlich war er vorher, wie hieß das?, „unter Deck" gewesen und beim Klang ihrer Stimmen, beziehungsweise den begeisterten Ausrufen Alexandras, nach oben gekommen, um sie in Empfang zu nehmen.

Mit einem erleichterten Lächeln ergriff Carola die Hand des Unbekannten, der sie mit einem solchen Schwung über das wackelige Brett beförderte, dass sie völlig verdutzt war, als sie sich von einem Augenblick auf den anderen sicher mit beiden Beinen an Bord befand.

Als sie sich umwandte, erkannte sie, dass ihr freundlicher Helfer gerade dabei war, auch Alexandra auf das Schiff zu helfen – wobei diese sich, na ja, kein Wunder, nachdem sie es bei ihr ja schon gesehen hatte, etwas eleganter ausnahm und ihrem Galan ein Hundertwattlampen-Strahlelächeln schenkte, als sie sich artig bei ihm für die Hilfe bedankte.

Carola hatte dagegen bisher kein Wort herausgebracht.

Und das war gut so, denn als sich der Fremde zu ihr umwandte, hätte es ihr ohnehin die Sprache verschlagen: Vor ihr stand das beinahe exakte Ebenbild des Piratenkapitäns aus ihrem Traum!

Nachdem sie einmal geblinzelt hatte, in der unbewussten Hoffnung, das Trugbild könnte sich dadurch in Luft auflösen, musste sie sich eingestehen, dass der Anblick nicht hundertprozentig derselbe war. Aber immerhin blieb eine kolossale Ähnlichkeit, die Carolas Knie schlagartig weich wie Pudding werden ließ: Er war nicht ganz so groß wie der Mann in ihrem Traum, aber immer noch beinahe einen Kopf größer als Carola (in flachen Schuhen). Sein Haar war nicht schwarz und auch nicht gelockt, sondern eher von einem unbestimmten, aber schönen und, wenn die Sonne darauf fiel, rötlich schimmernden Blondton, die Schultern breit, der Oberkörper, soweit man das erkennen konnte, denn er trug ein dunkelblaues Poloshirt und kein bis zum Nabel geöffnetes Rüschenhemd, gut gebaut, wie die gesamte Gestalt geschmeidig und muskulös, dabei nicht übermäßig trainiert wirkte. Er trug verwaschene Jeans, die sich eng um seine offensichtlich beeindruckende Oberschenkelmuskulatur spannten und keine Schuhe. Auf seinen Wangen und auf seinem energischen Kinn spross ein dunkler Dreitagebart, der, hier und da von den ersten grauen Stoppeln durchbrochen, ausnehmend sexy wirkte. Die Augenbrauen aber waren wie Kopien des exotischen Kapitäns aus Carolas Traum, dunkel und von spektakulärem Schwung, und auch die darunter hervorblitzenden Augen von der Farbe des Meeres waren beinahe mehr, als Carola ertragen konnte.

Das Unglaublichste aber war der Mund: Die vollen und zugleich maskulin kantigen Lippen waren zu einem breiten Lächeln verzogen, wobei sie sich leicht öffneten und – das konnte doch nicht wahr sein! – eine Reihe strahlend weißer Zähne frei legten, zwischen deren erstem und zweitem Schneidezahn im Oberkiefer auf der rechten Seite ein ganz kleiner, schräg stehender Spalt klaffte!

Gut, dass sie Alexandra direkt hinter sich spürte, denn ansonsten wäre Carola möglicherweise nach hinten gekippt, mitten in das eher wenig einladende Wasser des Hafens.

„Herzlich willkommen", ließ der Kapitän, denn niemand anders konnte es sein, wieder seinen wohlklingenden Bariton ertönen, der eine Stimmlage höher war, als man es bei seiner Erscheinung hätte erwarten können. Oder vielleicht war sie auch nur eine Spur weniger tief als die Stimme aus Carolas Traum.

„Sie sind sicher die beiden Damen aus Graz, habe ich Recht?"

Alexandra, die ja nicht wie Carola durch einschlägige Träume im Vorfeld aus der Fassung gebracht worden war, antwortete mit vollendeter Höflichkeit:

„Ganz genau, das sind wir." Sie deutete zuerst auf Carola: „Das ist meine Freundin Carola Haupt", Carola brachte ein Nicken und die Andeutung eines Lächelns zustande, „und ich bin Alexandra. Alexandra Mangold."

Flirtete sie? Oder hatte sie sich den tiefen Blick der Freundin, den sie dem Unbekannten zuwarf, nur eingebildet? Und das verspätete Nennen des Nachnamens, war das Absicht gewesen?

Jedenfalls ließ er sich nichts anmerken. „Sehr erfreut", entgegnete er, indem er ihnen beiden nacheinander die Hände schüttelte.

„Ich bin Cicero Colli, Ihr Skipper."

Also doch der Kapitän! Beinahe hätte Carola sich mit einem Stöhnen verraten, gottlob konnte sie es gerade noch zurückhalten.

„Sind Sie etwa Italiener?", platzte Alexandra gleich heraus, als sie den ungewöhnlichen Namen hörte.

Der Angesprochene lächelte, sicher hatte er die Frage erwartet und schon sehr oft gestellt bekommen und beantwortet:

„Genetisch betrachtet zur Hälfte. Mein Vater ist Italiener, meine Mutter Österreicherin. Aber ich bin in Österreich geboren und aufgewachsen und habe immer dort gelebt."

Noch immer lächelte er: „Und um Ihre nächste Frage vorwegzunehmen: Der Name Cicero bezieht sich eigentlich auf einen altrömischen, also antiken Namensteil, den man Beinamen oder Cognomen nennt. Ein berühmter Träger des Namens Cicero ist Ihnen vielleicht noch aus dem Latein- oder Geschichtsunterricht bekannt? Es handelte sich um Marcus Tullius Cicero, ein römischer Politiker, Anwalt, Schriftsteller, Philosoph und Konsul und einer der berühmtesten Redner Roms. Sein umfangreicher Schriftverkehr, insbesondere die Briefe an Atticus, beeinflussten maßgeblich die europäische Briefkultur. Er hat auch Cäsar gekannt, Sie wissen schon, Gaius Julius, aber das ist ihm nicht sonderlich gut bekommen."

„Warum das?"

„Nun – er war nicht immer ganz seiner Meinung. Und das hat ihn schließlich das Leben gekostet."

„Und warum tragen Sie seinen Namen?"

Ach du lieber Himmel, Alexandra, geht es noch ein bisschen unverblümter?

Doch der solcherart Ausgefragte schien nicht so leicht aus der Ruhe zu bringen zu sein:

„Soweit mir bekannt ist, hatten meine Eltern, vor allem meine Mutter, ein gewisses Faible für die Antike. Ich habe den Namen immer mit Stolz getragen. Cicero war ein großer Mann. Sie beide sind die Ersten", wechselte er elegant das Thema, „wir werden frühestens um sechzehn Uhr vollzählig sein und erst dann kann ich drüben am Schalter einchecken und danach können wir alle unsere Sachen an Bord bringen und die Kojen beziehen. Sie haben also noch genug Zeit, sich frisch zu machen, sich ein wenig umzusehen, eventuelle Einkäufe zu erledigen oder Geld zu wechseln oder einen Kaffee zu trinken."

„In Ordnung", nickte Alexandra – Carola hatte immer noch nicht ihre Sprache wieder gefunden.

„Das alles kann man übrigens hier auf dem Gelände der Marina erledigen", erklärte Cicero Colli. „Wenn Sie hungrig sind, können Sie natürlich auch eine Kleinigkeit essen. Das Marinarestaurant ist in Ordnung. Aber sparen Sie sich ein bisschen Hunger auf, denn den ersten Abend begehen wir gewöhnlich mit einem gemeinsamen Essen, das ist ein schöner Auftakt zu unserer gemeinsamen Woche und eine ideale Gelegenheit, dass wir uns gegenseitig ein bisschen kennen lernen können. Sie sind mit dem Auto angereist, nicht wahr?"

Alexandra und Carola nickten wortlos.

„Das können Sie einstweilen am Steg stehen lassen, bis Sie ausgepackt haben. Dann müssen Sie es auf dem sich hinter den Charterbüros und der WC-Anlage befindenden Parkplatz für die Woche abstellen. Soweit alles klar?"

Er hatte ihnen wieder zurück auf den Steg geholfen, diesmal war nur noch eine leichte Unterstützung am Ellbogen nötig gewesen, den Rest hatten sie allein geschafft.

„Das war ein charmanter Rauswurf", stellte Alexandra fest, als sie vom Steg herunter waren und wieder festen Boden unter den Füßen hatten.

„Ach komm, Alexandra, das war schon in Ordnung. Sicher hat er noch eine Menge zu erledigen. Und sollen wir zwei Stunden schon auf dem Boot herumsitzen? Komm, lass uns etwas trinken gehen!"

Carola fürchtete, dass die Freundin bemerkt haben könnte, welche Wirkung Colli auf sie gehabt hatte. Aber offenbar war es ihr entgangen, dass sie bei seinem Anblick beinahe in Ohnmacht gefallen wäre. Ihre Knie fühlten sich immer noch etwas weich an und insgesamt hatte sie das Gefühl, ein bisschen wie ferngesteuert herumzutapsen.

„Er ist doch ganz nett", sagte sie in bewusst neutralem Tonfall.

Mehr als ein indifferentes „Hm" war aus Alexandra zu diesem Thema nicht herauszubringen und Carola war ganz froh darüber.

Die zwei Stunden bis sechzehn Uhr vergingen im Handumdrehen. Carola und Alexandra hatten Cicero Collis Ratschlag befolgt und in der Marina-Wechselstube Geld gewechselt, außerdem waren sie das Hafengelände entlang spaziert und hatten sich in den

Anblick der hellen Schiffe und des durchscheinenden grünblauen Wassers vertieft. Die Luft roch nach Salz und Hitze und sie plauderten entspannt miteinander und genossen es einfach, hier zu sein, die Fahrt hinter sich zu haben und am Meer angekommen zu sein.

Schließlich setzten sie sich in das Marina-Restaurant und bestellten zweimal Salat und Mineralwasser und danach gönnten sie sich noch einen Kaffee. Dabei beobachteten sie das bunte Treiben ringsum, die vielen Menschen, das Kommen und Gehen, das Hin und Her. Sie lauschten den verschiedenen Sprachen, die um sie herum brummten, viel Deutsch, im österreichischen, deutschen und hin und wieder auch schweizerischen Dialekt, Französisch, Italienisch, natürlich Kroatisch. Außerdem hörten Carola und Alexandra verschiedene osteuropäische Idiome, die sie nur bis zu einem gewissen Grad einem Land zuordnen konnten. Den Autokennzeichen zufolge, die sie unterwegs gesehen hatten, waren es wohl vor allem Tschechen und Polen, die ihre ehemaligen „Brüder" des mittlerweile vor einer Generation zerbrochenen so genannten „Ostblocks" besuchten.

Während Carola und Alexandra ihre Blicke umherschweifen ließen, fragten sie sich, ob ihre vier Mitsegler, die mit ihnen auf der „Seevogel" unterwegs sein würden, schon in der Marina waren, und sie versuchten zu erraten, wer sie waren.

Punkt sechzehn Uhr schlenderten sie, bewusst gemächlich, um sich nicht noch einmal des Fauxpas einer zu frühen Ankunft schuldig zu machen, wieder hinüber zu Steg vier und zur „Seevogel". Ihr Gepäck hatten sie aus dem Auto geholt und nahmen es nun mit, denn Colli hatte ja gesagt, dass sie nunmehr das Boot beziehen konnten.

Nachdem sie sich an den unzähligen, geschäftig hin- und hereilenden, Gepäck und Lebensmittel bunkernden Segelurlaubern auf dem Steg vorbeigedrückt und „ihr" Schiff erreicht hatten, stellten Carola und Alexandra fest, dass sie nunmehr *in time* waren. Auf dem Schiff befanden sich mittlerweile mehrere Menschen, drei Männer und eine Frau, die, als sie näher kamen, ihnen bereits ebenso freundlich wie neugierig entgegenblickten. Es waren, wenn Carola das recht überblickte, zum einen zwei Herren, die sich allem Anschein nach dem Pensionsalter annäherten oder dieses bereits erreicht hatten. Dass sie gemeinsam gekommen waren, erkannte man unschwer an den identischen weißen Segeljacken mit den zahlreichen Ösen, Laschen, Knöpfen und verschiedenen Emblems und Schriftzügen, die die beiden trugen. Beide waren groß, der eine, etwas kleinere, trug einen graumelierten Schnurrbart und einen Waschbärenbauch vor sich her, sein Haar war schon etwas schütter und das Auffälligste an ihm waren zwei große runde Augen in einem sympathischen, irgendwie verschmitzt und lausbübisch wirkenden Gesicht, das wie das eines zehn- oder zwölfjährigen Jungen wirkte. Sein Begleiter war noch einmal um eine Handbreit größer, also wahrscheinlich knapp an die ein Meter neunzig groß, schlank, und hatte schönes, dichtes, gewelltes, silbergraues Haar. Sein Gesicht erinnerte Carola entfernt an Rudi Carrell, den Quizmaster und Entertainer, den sie, als sie jünger gewesen war, oft im Fernsehen gesehen hatte.

Die beiden stürzten sich förmlich auf Alexandras und Carolas Reisetaschen, als diese, diesmal schon relativ versiert, das Landbrett überschritten. Sie streckten ihnen die Hände entgegen und stellten sich als Rudi und Werner aus Hamburg vor.

Alexandra konnte es natürlich nicht lassen, sie postwendend auf ihre auffälligen Segeljacken anzusprechen und diese erklärten mit stolzgeschwellter Brust, dass sie einem Segelclub angehörten und jedes Jahr einmal auf Törn gingen, meistens waren sie von vornherein zu sechst oder zu siebent, nur heuer hätte es bei den meisten ihrer Clubkollegen aus den unterschiedlichsten Gründen nicht geklappt, beziehungsweise hätten sie es einfach nicht geschafft, einen für alle passenden Zeitpunkt für ihre gemeinsame Reise zu finden. So waren eben sie, Rudi und Werner, da, sozusagen als „Abordnung" ihres Vereins.

Als nächstes begrüßten sie ein Paar, das in etwa um ein Jahrzehnt jünger als Carola und Alexandra sein mochte, also zwischen Anfang und Mitte dreißig. Der Mann war dunkelhaarig und wirkte sympathisch, aber ein wenig distinguiert. Seine Begleiterin hatte schönes, dichtes, dunkelblondes Haar, das sie im Nacken zu einem Pferdeschwanz gebunden hatte, ihr Gesicht war hübsch und völlig ungeschminkt. Beide trugen sportliche Freizeitkleidung, kurze Hosen und offene Sandalen. Auch sie schüttelten Carola und Alexandra die Hände und stellten sich als Verena und Josi – abgekürzt für Josef – vor. Sie kämen aus Wien und freuten sich schon sehr auf den Segeltörn.

So weit so gut.

Der Skipper war nirgends zu sehen und Carola erinnerte sich, dass er erwähnt hatte, dass er um sechzehn Uhr den „Check-In" – was auch immer das sein mochte, wahrscheinlich die Anmeldung aller Passagiere im Charterbüro und die offizielle Übernahme des Schiffes – machen wollte.

Carola war insgeheim froh darüber, dass sie die Begegnung mit diesem Menschen, der ihrem Traumbild – und Himmel, was für ein Traum! – auf so verstörende Weise ähnelte, noch ein wenig hinauszögern konnte. So hatte sie Zeit, sich gegen ein neuerliches Auftreten von Puddingknien und Atemnot zu wappnen.

Da die anderen offensichtlich dabei waren, ihre Sachen an Bord zu bringen und zu verstauen, ebenso wie eine größere Menge an Getränken und Essensvorräten, die teilweise noch am Steg, teilweise bereits in der Küche, die sich unter Deck befand, am Tisch und auf den Sitzbänken und auf beinahe jedem Quadratzentimeter Stellfläche aufgestapelt standen, schlossen sich Carola und Alexandra dem allgemeinen Treiben an. Zuerst halfen sie alle gemeinsam dabei, die letzten, sich noch nicht an Bord befindlichen Nahrungsmittel unter Deck zu den übrigen Dingen zu schaffen. Dabei bildeten alle spontan eine Kette, sodass sie die Sachen nur von einem zum anderen weiterreichen mussten. Der schmale Niedergang, der mittels einiger Holzstufen vom Deck nach unter führte, war das schwierigste Stück auf diesem Weg, aber Rudi und Werner bewältigten diesen Engpass bravourös. Nach weniger als zehn Minuten hatten sie es geschafft und alle verständigten sich darüber, dass sie nun die drei noch verfügbaren Kojen – der Skipper hatte seine bereits belegt – aufteilen wollten. Es gab noch eine im rückwärtigen Bereich des Schiffes sowie eine genau an der Bugspitze, beide jeweils mit einem Doppelbett bestückt. Schließlich noch eine schmalere vorne links mit zwei übereinander angebrachten Einzelbetten. Da Verena und Josi ein Paar waren, würden sie wohl eine der Doppelkabinen nehmen, die Frage war nur, welche. Werner war der größte – was die Aufteilung schließlich einfach machte: Er und Rudi bekamen die Bugkabine, denn dort war das Bett am längsten. Verena und Josi nahmen die verbleibende, rückwärtige Doppelkoje und Carola und Alexandra die mit den beiden übereinander liegenden Einzelbetten. Diese war zwar schmal, aber dafür hatte jede ihr eigenes Bett. Alexandra nahm das untere und Carola, als die zierlichere und leichtere, würde in das obere klettern – und sich dabei auf wunderbare Weise wie eine Gymnasiastin auf Schulausflug fühlen!

Nun, da die Frage der Bettenaufteilung geklärt war, teilten sich die Kojenkollegen und -kolleginnen auf: Je eine beziehungsweise einer machte sich daran, die Gepäckstücke in die richtige Koje zu schaffen, der oder die zweite der jeweiligen Kojenbelegschaft half beim Verstauen der Vorräte in der Küche. Carola gehörte zur letzteren Mannschaft und dieser Auftrag war gar nicht so einfach auszuführen – die Vielzahl an Lebensmitteln musste erst einmal untergebracht werden! Zwar fanden sich bei genauerer Untersuchung eine ganze Menge an Stauräumen, nicht nur in den Kästchen und Schränken, sondern auch unter den Sitzbänken, in den Armlehnen und sogar unter dem Fußboden, aber schließlich wollte ja alles wohlüberlegt sein, sodass sie später, beim Zubereiten der Mahlzeiten, auch alles wieder fanden und bei der Hand haben würden. Aber eigentlich war das auch ganz lustig. Jeder machte sich seine

Gedanken, jeder griff mit zu, und unter gemeinsamen Beratungen und Anstrengungen – Carola schwitzte sich dabei die Seele aus dem Leib, oder zumindest das Mineralwasser, das sie vorhin getrunken hatte – ging alles gut voran. Die Gepäckmannschaft wuselte zwar auch noch zwischen ihnen hin und her, sodass man ständig ausweichen und jemanden vorbeilassen musste, aber das war eben so und bei alledem kam man sich, obwohl vor einer halben Stunde noch völlig unbekannt, rasch näher durch die gemeinsame Aufgabe und die räumliche Enge.

Das Auftauchen von Cicero Colli hätte Carola inmitten des allgemeinen Trubels beinahe übersehen. Sie hatte gar keine Zeit gehabt, ob seines Auftauchens erneut nervös zu werden. Irgendwann war er einfach da und machte sich in der Navigationsecke zu schaffen, verstaute Papiere, unterzog die vorhandenen Geräte einer genauen Prüfung. Mit dem Voranschreiten des Verstauens von Lebensmitteln und Gepäckstücken sowie mit der vorgenommen Kabinenaufteilung schien er zufrieden zu sein, denn als alle soweit fertig waren, nickte er wohlwollend mit dem Kopf und meinte: „Bravo! Das hat ja prima geklappt! Ich habe inzwischen alle notwendigen Formalitäten erledigt und – ja, wenn ihr alle bereit seid, können wir ja dann loslegen!"

Alle Augen wandten sich ihm zu. Loslegen? Wie war das gemeint? Würden sie heute noch auslaufen? War nicht vorher die Rede von einem gemeinsamen Essen gewesen, um sich näher kennen zu lernen?

Carola war ebenso verwirrt wie die anderen.

Colli wusste das und er lächelte:

„Also zunächst einmal – ich bin Cicero. Wenn es euch allen Recht ist, es ist an Bord normalerweise üblich, dass man sich duzt."

Er blickte fragend in die Runde: „Ist das für alle in Ordnung?"

Zustimmendes Gemurmel, Kopfnicken. Alle waren dafür – zumal man sich ohnehin gerade nur mit Vornamen vorgestellt hatte.

„Fein. Der Plan für den Rest des Tages sieht so aus", nahm Cicero den Faden wieder auf und lieferte damit die Antwort auf die unausgesprochen im Raum stehende Frage, was denn nun geschehen sollte, „dass ich euch zunächst einmal die wichtigsten Sachen zeigen werde, die es hier auf dem Schiff gibt, damit ihr euch alle auskennt. Also Küche, Benutzung der Toilette, Strom und so weiter. Dann mache ich die Sicherheitseinweisung. Und dann werden wir Knoten üben und die ‚Leinenwurfolympiade' veranstalten."

„Die was?", entfuhr es Alexandra.

Cicero lächelte. „Dazu kommen wir dann schon. Also – soweit alle einverstanden?"

Wieder kollektives Nicken.

Somit legte er los und alle folgten ihm und hörten aufmerksam zu, denn alle wollten natürlich wissen, wie man richtig die Klopumpe bediente, was man in den Abfluss stecken durfte und was nicht, wie und wo man sich duschen konnte, wo sich der Gashahn für den Herd befand, dessen spezielle Aufhängung Colli als „halbkatanisch" bezeichnete, ein Begriff, den Carola noch nie in ihrem Leben gehört hatte. Dann erklärte er, dass man nur im Hafen, wenn man sich an das im Steg verlaufende Stromnetz hängte, an Bord 220 Volt hatte, also die Stopps in einer Marina dazu verwenden konnte, beispielsweise sein Handy aufzuladen. Ähnliches galt für warmes Wasser. Und so ging es weiter. Beleuchtung, Sicherungsschalter, und vieles mehr. Carola versuchte, sich zu konzentrieren und sich alles zu merken, aber sie wusste, dass sie nicht auf Anhieb alles behalten konnte. Außerdem kamen in seinem Vortrag einige Vokabel vor, die sie erst in einem Fremdwortlexikon nachschlagen müsste.

„Wenn ihr euch irgendwo nicht auskennt, fragt bitte gleich nach, bevor irgendein Malheur passiert, das uns unterwegs aufhält und vielleicht am Ende unnötige Ausgaben bedeutet."

Ein ernster Blick in die Runde.

Die besondere Aufmerksamkeit aller forderte Cicero bei der Erklärung der Sicherheitsvorkehrungen, also bei der Demonstration der Handhabung von Schwimmwesten und Sicherheitsgurten, „life belts" genannt. Jeder und jede Einzelne musste beides einmal probeweise anlegen. Carola absolvierte diese Übung mit Alexandra und als diese versuchte, Carola die Schwimmweste überzustreifen, trat Cicero hinzu. „Genau. So geht das wunderbar", sagte er und half Alexandra dabei, Carola die Weste über den Kopf zu ziehen. Dabei berührte seine Hand Carolas Schulter, glitt in haarscharfer Entfernung von ihrem Körper an ihren weiblichen Vorwölbungen vorbei, dann hakte er mit geübtem Griff den Verschluss zu.

Noch ehe Carola richtig gewahr wurde, dass sich die kaum wahrnehmbare Berührung und die Nähe seiner Hand wie ein leichter Stromschlag angefühlt hatten, hatte er sich schon wieder von ihnen abgewandt und war zu den nächsten Übenden, Rudi und Werner, weitergegangen.

Carola sog hörbar die Luft ein und Alexandra, die, wie immer, einen besonderen Draht für solche Dinge hatte, warf ihr einen kurzen fragenden Blick zu. In ihren Augen stand eine eindeutige Frage, die Carola geflissentlich übersah und unbeantwortet ließ.

Nach der Sicherheitseinweisung kam das Knotenüben. Carola schwirrte jetzt schon der Kopf. Nie zuvor in ihrem Leben hatte sie einen Seemannsknoten gesehen, geschweige denn selbst fabrizieren müssen. Und nun zeigte Cicero einen nach dem anderen, mindestens ein halbes Dutzend. Für Rudi und Werner als versierte Segler war das natürlich kein Problem, auch bei Alexandra tauchten längst vergessen geglaubte Erinnerungen aus den hintersten Regionen ihrer Gehirnareale wieder auf. Auch Verena stellte sich so geschickt an, dass Carola daraus schloss, dass sie mit Sicherheit schon den einen oder anderen Törn gemacht hatte. Nur Josi teilte offenkundig mit ihr selbst das Schicksal, ein absoluter Segelneuling zu sein. Cicero war ein geduldiger, aber konsequenter Lehrmeister. Alle mussten alle Knoten so lange üben, bis sie jeden einzelnen zumindest zwei- oder dreimal korrekt hinbekommen hatten.

Jedes Mal, wenn er in Carolas Nähe kam, meinte sie zu spüren, wie die Luft zwischen ihnen vibrierte. Ob er das auch wahrnahm? Wenn es so sein sollte, so ließ er es sich mit keiner Faser anmerken. Letztlich bezweifelte Carola, dass es so war. Diese spezielle Irritation war wohl ihr ganz persönliches kleines Problem, das sie schleunigst in den Griff zu bekommen gedachte. Denn schließlich konnte das nicht die ganze Woche so weitergehen.

Also noch mal – der *Palstik* genannte Knoten: mit der Schiffsleine ein Auge bilden, das ist der See. Das freie Leinenende ist die Schlange. Die Schlange kommt aus dem See heraus …

Nachdem sich alle mehr oder weniger die Finger wund und die Gehirnwindungen verknotet hatten, rief Cicero den bereits angekündigten Programmpunkt der „Leinenwurfolympiade" aus. Damit war, wie sich gleich herausstellte, gemeint, dass er ihnen vorführte, wie man eine Leine richtig „aufschoss", also aufwickelte, und diese dann einem ein Stück entfernt wartenden Mitsegler oder Helfer zuwarf, ohne dass diese sich dabei verhedderte oder ins Wasser fiel. Der Trick dabei war, dass man zunächst einmal in die richtige Richtung aufwickelte – „immer im Uhrzeigersinn! Sonst wickeln wir uns gegenseitig immer Windungen rein!", dann etwa ein Drittel mit der Wurfhandseite, bei einem Rechtshänder also mit rechts, von dem Schlaufenbündel herunternahm, sich seitlich stellte, ausholte und das in der rechten Hand befindliche Seilpaket voraus- und den Rest, den man noch in der linken Hand hielt, hinterher warf. Alle versuchten es zumindest einmal entlang des Steges. Das war nicht unwitzig, denn immer noch herrschte auf demselben reger Betrieb und natürlich wollte niemand einen vorbeieilenden Segelurlauber versehentlich mit dem Lasso einfangen oder jemandem ein Seil zwischen die Füße werfen.

Schlussendlich war auch diese Übung von allen gemeistert und der Programmpunkt „Leinenwurfolympiade" konnte erfolgreich abgehakt werden. Man beglückwünschte sich untereinander, nickte sich gegenseitig anerkennend zu und einer, der es schon wusste, erklärte es dem anderen, der es zum ersten Mal probierte, flüsternd noch einmal.

Bei aller Konzentration und einem gelinden Gefühl der Überforderung wegen all dem Neuen, das sie eben gehört und ausprobiert hatte, fühlte sich Carola doch mit der Situation und der Gruppe wohl und gut aufgehoben – ihre Mitsegler, der Skipper und sie hatten begonnen, eine Mannschaft zu werden.

Als Lohn für die vollbrachte Anstrengung forderte Cicero alle dazu auf, einen Einstandsschluck an Deck einzunehmen. Die Idee erntete begeisterte Zustimmung, denn der Durst plagte alle gleichermaßen.

Rudi und Verena waren die ersten am Kühlschrank und reichten Getränke nach oben. Schließlich hatte jeder eine Dose oder ein Glas in der Hand und alle versammelten sich unter dem blauen Stoffdach in dem offenen Aufenthaltsbereich am Heck der „Seevogel". Cicero erhob das Glas, begrüßte noch einmal die Crew und wünschte allen eine schöne Woche, womit er jedem aus der Seele sprach.

„Gut", ertönte nach einer Weile wieder sein tragender Bariton und überdeckte sanft aber bestimmt das lockere Geplauder, in das alle verfallen waren.

„Ihr könnt jetzt noch einmal an Land auf die Toilette gehen, eure ausgeräumten Taschen, oder was ihr sonst noch habt und während der Woche nicht an Bord brauchen werdet, im Auto verstauen, das Auto parken und dann …", er machte eine Pause und blickte in die Runde, „dann können wir entscheiden, ob wir uns frisch machen, sozusagen in Schale werfen und drüben an der Hafenpromenade essen gehen, oder ob wir heute noch ablegen und uns in nicht allzu großer Entfernung eine nette Bucht suchen und etwas an Bord zubereiten wollen. Oder ob wir uns eine Bucht oder eine Ortschaft mit einem Gasthaus suchen und dann dort übernachten. Wie ihr wollt!"

Wow! Carola war überrascht, überwältigt. Sie sah sich außer Stande, bezüglich der genannten Möglichkeiten eine Präferenz abzugeben. Für sie klang alles gut. Wieder hob ein vielstimmiges Gemurmel an, die Fragestellung wollte durchdiskutiert werden.

Schließlich fiel eine Entscheidung zugunsten des Aufsuchens eines Gasthauses an der Hafenpromenade. Einen Moment fühlte Carola einen leisen Stich der Enttäuschung, denn die Vorstellung, heute Abend schon über die glitzernden Wellen zu fahren, hatte etwas, für sie selbst überraschend, unglaublich Erregendes an sich gehabt. Auf der anderen Seite war sie wie alle müde und geschafft von der Anreise und all dem Ein- und Auspacken und Schiff-Kennen-lernen und noch ein paar Stunden mehr Zeit, um anzukommen, klangen wirklich nicht schlecht. Die Aussicht auf eine gründliche Dusche und frisches Gewand war schließlich eine, die ihr entschieden zusagte und die Enttäuschung darüber, dass sie erst morgen würde aufs Meer hinaus fahren können, beinahe aufwog.

Somit zerstreute sich die eben zusammengefundene Mannschaft der „Seevogel" noch einmal für die Dauer einer guten halben Stunde in alle möglichen Richtungen und jeder brachte seine Habseligkeiten unter Dach und Fach und sich selbst hygienetechnisch auf Vordermann und Vorderfrau.

Gegen halb acht waren alle bereit zum Manöver Abendessen.

Als bunt durchgemischter, mehr oder weniger fein gewandeter Haufen – Rudi und Werner trugen natürlich immer noch ihre schicken Segeljacken, Verena hatte ein knielanges Sommerkleid angelegt und Cicero die zerrissenen Jeans mit einer tadellosen weißen Hose vertauscht – machten sie sich alle auf den langen, aber sehenswerten Weg quer durch die Marina. Alexandra war wie immer bunt und wallend gewandet und Carola, ebenfalls wie immer, unscheinbar, aber sauber in zweckmäßiger Trainingskleidung. Carola plauderte mit diesem und mit jenem, Verena, Rudi und Werner fand sie gleich sympathisch. Über Josi hatte sie sich noch keine Meinung gebildet. Zwar wirkte er auf sie immer noch ein bisschen wie ein Schnösel, aber ihr gemeinsames Schicksal eines absoluten Segler-

frischlingsdaseins ließ ihn ihr gefühlsmäßig doch ein wenig ı.
rücken.

Alexandra war beschäftigt. Sie plauderte und schäkerte mit allen Männern mehr oder weniger offensichtlich, am ungezwungens-
ten mit Werner und Rudi. Die lagen zwar altersklassenmäßig ein
bisschen über ihrer Liga – aber wahrscheinlich fiel es ihr gerade
deshalb so leicht, immer lauter und singender zu sprechen, immer
vibrierender zu lachen und ihre dunkle Mähne immer schwungvol-
ler über die Schulter zu werfen. Ihre weibliche Charmeattacke war
in diesem Fall also nicht weiter ernst zu nehmen. Und selbst wenn
– schließlich war Carola selbst ein Vierteljahrhundert mit einem
Mann verheiratet gewesen, der in genau derselben Altersklasse wie
die beiden norddeutschen Segler rangierte!

Dies war das erste Mal, dass Carola heute an Hannes dachte. Und
im nächsten Augenblick war ihre Aufmerksamkeit auch schon wieder von Verena in Beschlag genommen, die ihr gerade begeistert
berichtete, dass sie als Kind mit ihren Eltern oft an der Ostsee segeln gewesen war, weil ein Onkel ihrer Mutter dort ein Boot und
ein kleines Ferienhaus besessen hatte, und dass sie mit neunzehn
schon ihren A-Schein gemacht hatte. Soweit Carola das verstand,
war damit wohl eine Art Seglerführerschein gemeint. Nachzufra-
gen und ihre totale Unwissenheit blank zu legen, sparte sie sich für
dieses Mal.

Das Restaurant, das sie, auf Ciceros Empfehlung hin, aufsuchten,
gehörte zu einem Hotel und lag direkt an der Hafenpromenade. Es
war gemütlich im Marinestil eingerichtet, mit viel Holz und einschlägigen Dekorationsobjekten. An der Wand hingen verschiedene Schautafeln, auf denen man die in hiesigen Gewässern vorkom-
menden Fische und Meerestiere betrachten konnte. Es gab ein gut
bestücktes Salatbuffet, die Kellner und Kellnerinnen waren schnell
und professionell und die Speisekarte umfangreich und verlockend.

Carola fühlte sich wie im Rausch, und das konnte wohl kaum an
dem halben Glas trockenen kroatischen Weißweins liegen, den sie

vor einer guten Stunde an Bord getrunken hatte. Alles war so neu, und alles flirrte förmlich vor Leben. Sie war in eine völlig andere Welt eingetaucht, eine Welt, in der alle Sinneseindrücke intensiver und dichter zu sein schienen und die sie, bereits nach so kurzer Zeit, unzweifelhaft in den Bann gezogen hatte.

Werner und Rudi hatten Alexandra und sie in die Mitte genommen, sodass sie zwischen ihrer Freundin und Werner zu sitzen kam. Auf diesem Platz fühlte sich Carola wohl, er versprach eine angeregte, aber unverfängliche Unterhaltung. Ihr gegenüber saßen Verena und Josi und Cicero konnte sie, wenn sie sich einigermaßen bemühte, aus ihrem näheren Gesichtskreis ausklammern. Nur hin und wieder drängte sich seine klangvolle Stimme in ihr Bewusstsein, ohne jedoch die selbst gewählte Distanz, die sie sicherheitshalber beschlossen hatte einzunehmen, zu gefährden.

Sie bestellte ein Scampi-Risotto und war froh, dass sie zu Mittag nur einen Imbiss zu sich genommen hatte, denn die Portion war ebenso riesig wie köstlich. Dazu tranken die meisten einen ähnlichen herben Weißwein, wie den, den sie an Bord hatten, Rudi trank Bier.

Die Zeit verging wie im Flug. Carola hatte sich seit langer Zeit nicht mehr in Gesellschaft begeben, und schon gar nicht in eine so anregende, vielfältige. Alles war schön und aufregend an diesem Abend!

Auf dem Rückweg zum Schiff hakte sie sich bei Alexandra ein und beanspruchte die Freundin damit für sich. Sie brauchte sie jetzt an ihrer Seite, denn sie hatte Angst, man könnte es ihr allzu deutlich anmerken, wie überschwänglich und wie leicht sie sich fühlte.

Die Luft war immer noch warm und über ihnen erstreckte sich ein weiter, sternenübersäter Nachthimmel, den man trotz der Lichter der Marina deutlich wahrnehmen konnte. Wie würde es erst draußen sein, schoss es Carola durch den Kopf, in einer stillen Bucht, wo kein oder beinahe kein künstliches Licht dem Glanz der nächtlichen Himmelskörper in die Quere kommen würde?

Als sie gegen Mitternacht endlich in ihrem schmalen oberen Doppelstockbett in der engen Koje an Bord der „*Seevogel*" lag und die Atemzüge Alexandras unter ihr längst gleichmäßig und tief zu ihr herauf drangen, fand Carola, obwohl sie an Leib und Seele rechtschaffen müde war nach diesem ereignisreichen Tag, doch noch eine Weile keinen Schlaf. Zu voll, zu übervoll war ihr Kopf mit bunten Bildern, mit einer Überfülle von Eindrücken. So war das Leben, so konnte das Leben also sein! Und sie war mitten drin! Und dabei waren sie noch nicht einmal aus dem Hafen ausgelaufen … Wie würde das erst werden? Morgen … morgen … morgen …

Kapitel 6

Der Tag an Bord begann um acht. Jedenfalls zeigte das ihre Armbanduhr, als Carola, verschlafen blinzelnd, darauf blickte, weil sie das Geklapper von Geschirr vernahm und ihr, wenn sie sich nicht täuschte, der aromatische Geruch von frisch gebrühtem Kaffee in die Nase stieg. In derselben Sekunde war die ganze Erinnerung wieder da – sie war auf einer Segelyacht in Kroatien und unter ihr lag Alexandra. Behutsam beugte sich Carola nach vorne, spähte nach unten und – blickte auf ein leeres Bett mit zerwühlten Laken. Alexandra war offenbar schon aufgestanden und Carola hatte so tief geschlafen, dass sie es nicht bemerkt hatte!

Eilig schälte sie sich aus ihrem Nachtgewand und zog sich an, was in der engen Kabine gar nicht so einfach war. Carola war jetzt froh, dass Alexandra schon draußen war, sonst hätte sie nicht gewusst, wie sie die zum Ankleiden notwendigen Verrenkungen hätte vollführen können.

Als Carola mit verschlafenem Gesicht und verstrubbeltem Haar die Koje verließ, herrschte in der Küche bereits Hochbetrieb. Mehrere Personen waren offensichtlich damit beschäftigt, ein Frühstück zuzubereiten. Carola blickte forschend von einem zum anderen und rief sich die zu den Gesichtern gehörenden Namen ins Gedächtnis – das waren Rudi, Werner und Verena. Josi und Cicero waren offenbar schon an Deck oder an Land oder vielleicht auch noch in ihren Kojen, Letzteres hielt Carola aber eher für unwahrscheinlich.

„Alexandra ist rübergegangen, ihre Morgentoilette machen", Rudi zwinkerte ihr zu.

„Guten Morgen!", Carola war erleichtert, dass sie jemand bemerkte und ihr einen Hinweis gab, was sie selbst nun tun könnte.

„Moin, Moin!", kam es zurück, aber schon hatte sich Rudi wieder dem Schneiden von verschiedenen Dingen zugewandt, die gleich zum Frühstück aufgetischt werden sollten.

Die Frage, wer an Bord eines Schiffes kochen würde, schien für Carola vorerst beantwortet. Alle. Oder jeder, der Lust hatte.

Es war ein seltsames Gefühl, so ungewaschen über einen so belebten Steg und quer durch eine so riesige Marina zu spazieren. Carola schämte sich ein bisschen dafür und war heilfroh, dass sie wenigstens nicht im Nachthemd war. Obwohl, soweit sie das, unter ihren noch nicht vollständig geöffneten Augenlidern hervorlugend, sehen konnte, einige andere Menschen diesbezüglich weniger Hemmungen zu haben schienen.

Die Sonne sandte ihre wärmenden Strahlen bereits wohltuend vom Himmel, auf dem kein Wölkchen zu sehen war. Als Carola bei den Toilettenanlagen angekommen war, wäre sie beinahe mit Alexandra zusammengestoßen, die gerade um die Ecke bog.

„Hallo, du Siebenschläferin!", begrüßte diese sie, lautstark und melodiös, wie es ihre Art war. „Du bist die Letzte, oder? Ist das Frühstück drüben schon fertig?"

„Äh – ja, nein, Rudi schneidet noch Wurst. Glaub ich."

Alexandra lachte. „Na dann wasch dir mal den Schlaf aus dem Gesicht, wir sehen uns gleich an Bord!"

Und weg war sie.

Nach einer erfrischenden Morgenwäsche, mit gekämmtem Haar und geputzten Zähnen fühlte sich Carola bereit für den Tag. Diesmal tänzelte sie beinahe über den Steg zurück zur „*Seevogel*" und registrierte hellwach das Treiben auf den anderen Schiffen.

Die meisten Yachten waren noch da, nur ein paar besonders Meereshungrige waren am Vortag schon ausgelaufen. Überall wurde gefrühstückt und wurden die letzten Vorbereitungen zum Ablegen getroffen.

Carola staunte, wie viele unterschiedliche Menschen es an Bord von Segelschiffen gab: Da waren Familien mit mehr oder weniger kleinen Kindern, welche ihre Lieblingsbücher oder Lieblingsstofftiere durch die Gegend schleppten, da waren Mannschaften mit identischen T-Shirts, auf denen, so schien es, ihr Rang oder ihre Funktion an Bord geschrieben standen – *Smutje, Bootsmann, Skipper, Navigator.* Sportlich wirkende Typen und junge Mädchen in sehr kurzen Hosen, ein verwegen aussehender, braungebrannter Typ mit bis weit über den Rücken reichenden Rasterlocken und tätowierten Schultern. Alternativ gekleidete junge Leute. Leicht verängstigt dreinblickende Frauen neben hektisch gestikulierenden Männern, die in ihrem normalen Leben wohl nicht oft ein Schiff zu sehen bekamen. Sogar ein paar Rollstühle standen am Steg – das fand Carola bemerkenswert! Konnten gehbehinderte Menschen auch segeln? Wie funktionierte das? Vielleicht könnte sie Cicero nachher danach fragen. Oder vielleicht doch lieber Rudi oder Werner oder Verena …

Als sie beim Schiff ankam, saßen dort tatsächlich schon alle rund um den Tisch im Freien, den man offensichtlich ausklappen konnte, denn gestern war er nur ein Drittel so groß gewesen. Darauf lagen Teller, Besteck, Tassen und Lebensmittel eng beieinander und Carolas Mitsegler und Mitseglerinnen saßen Schulter an Schulter auf den Bänken rechts und links des Tisches. Alle machten zufriedene Gesichter und waren eifrig damit beschäftigt, sich belegte Brotscheiben, Obststücke oder Yoghurtlöffel in den Mund zu schieben. Cicero saß etwas abseits hinter einem der Steuerräder, einen Teller mit Brot und Wurst neben sich und eine Tasse, die offenbar schwarzen Kaffee enthielt, in der Hand. Das Frühstück sah wirklich äußerst einladend aus, ein bisschen wie bei einem Picknick, fand Carola, oder wie beim Campen, während sie bemerkte, dass sie schon wieder Appetit verspürte. Das Abendessen hatte sie offenbar vollständig verdaut.

Wieder war es Rudi, der ihr fröhlich zurief: „Komm nur ran, meen Deern! Hier wartet schon ein Teller auf dich!"

Nach der ausgiebigen Mahlzeit hieß es, den Tisch abzuräumen und alles wieder zu verstauen. Wieder halfen alle und wieder war alles in überraschend kurzer Zeit geschafft. Nur Cicero beteiligte sich nicht am Frühstücksabräummanöver. Dafür hatte er sich in ein blaues, heftgroßes Buch vertieft, das, soweit es Carola aus dem Augenwinkel erkennen konnte, Seekarten und verschiedene Beschreibungen enthielt. In seinem Mundwinkel hing eine Zigarette. Carola hatte bemerkt, dass er sich noch immer nicht rasiert hatte und dass er heute eine Art knielange, dunkelblaue Badehose trug. Seine Füße waren nackt, wie gestern Nachmittag. Carola mochte eigentlich keine rauchenden Männer. Aber bei ihm fügte sich diese Angewohnheit in das Gesamtbild ein, welches sich zu einer Mischung aus verlotterter und gepflegter Männlichkeit zusammenfügte, die insgesamt, das musste sie sich eingestehen, ein, wenigstens für sie, nahezu unwiderstehliches Ganzes ergab.

Carola atmete tief aus.

Beim Abwischen des Tisches mit einem feuchten Schwammtuch kam sie nicht umhin, einen verstohlenen Seitenblick auf die unbekleidete Hälfte von Ciceros Beinen zu werfen, was ihren ersten Eindruck, den sie bei ihrer allerersten Begegnung gestern gewonnen hatte, bestätigte – seine Knie waren kräftig und kantig, seine Wadenmuskulatur konnte es mit jeder griechischen Marmorstatue aufnehmen, denn die wohlausgebildeten Muskeln zeichneten sich, selbst in dieser legeren Haltung, die er im Augenblick einnahm, deutlich unter der Haut ab. Seine Füße waren schön geformt und wirkten gepflegt, was man, wie sie fand, sehr selten bei einem Mann sah.

„Carola, bringst du mir bitte noch einen Schluck Kaffee?"

Seine Stimme riss sie aus ihren Betrachtungen. Hatte er bemerkt, dass sie dieselbe Stelle der Tischplatte schon zwei Minuten lang bearbeitete, obwohl diese natürlich längst sauber war?

Carola fühlte sich wie ein Schulmädchen, das man bei einer Missetat ertappt hatte.

„Klar, mach ich gern", murmelte sie und beeilte sich, den Niedergang hinunter zu kommen, damit der Skipper die brennende Röte nicht sah, die sie in ihren Wangen aufsteigen fühlte.

„Du hättest gleich die Tasse mit nach unten nehmen und einfach unten eingießen können", grinste er ihr entgegen, als sie mit der Kaffeekanne wieder nach oben kam. Dabei blitzten seine perfekten weißen Zähne auf. Oh Himmel, durchfuhr es Carola, diese Zahnlücke!

„Äh – ja. Sicher", brachte sie stammelnd heraus.

Es wurde immer peinlicher. Weil sie befürchtete, ihre Hand könnte zittern, wenn sie den Kaffee einschenkte, stellte sie die Kanne einfach auf den Tisch und flüchtete, ohne ihn noch einmal anzusehen oder ein weiteres Wort zu sagen, nach unten.

Während sie Verena beim Abwaschen beziehungsweise Abtrocknen des Frühstücksgeschirrs half, ärgerte sie sich maßlos über sich selbst. Mensch Carola, schalt eine Stimme in ihrem Kopf, nun reiß dich endlich zusammen! Du benimmst dich wirklich wie ein Backfisch! Du bist dreiundvierzig – und nicht dreizehn! Und du bist Witwe – ein leiser Stich durchzuckte sie bei diesem Gedanken. Du warst mehr als zwanzig Jahre lang eine verheiratete Frau. Und du hast eine erwachsene Tochter, die in ein paar Wochen als Lehrerin zu arbeiten beginnt. Hör auf zu spinnen!

Ja. Das war leicht gesagt. Aber was konnte sie tun? Es war einfach nicht wegzuleugnen – Cicero Colli machte sie so nervös, wie sie – ja, wie sie noch nie zuvor ein Mann nervös gemacht hatte! Nicht einmal Hannes. Nicht einmal am Anfang ihrer gemeinsamen Zeit. Carola sann ein paar Augenblicke über diese Erkenntnis nach, die sie gerade getroffen hatte, und versuchte, ihre Empfindungen in ein Bild zu fassen – Hannes war wie ein wärmender Ofen gewesen, ein glosendes Herdfeuer, an dem man sich aufwärmen und nähren konnte. Ein Ofen, der einem den Rücken wärmte und an den man sich anlehnen konnte.

Dieser Skipper, Cicero, hingegen – er war wie eine Tausend-Volt-Leitung! Wie Starkstrom! Wie pures Adrenalin! Eine Explosion, ein Abgrund, ein Vulkan, eine Flutwelle, eine Naturgewalt! Und was sollte das für ein komischer, absurder Zufall sein, dass sie, schon bevor sie ihm begegnet war, von ihm geträumt hatte? (Und *was* sie von ihm geträumt hatte ...)! Nun ja, streng genommen nicht von ihm, sondern von einem Piraten. Aber auch der war Kapitän gewesen. Kapitän auf dem Schiff, das auf dem *Gräsermeer* ihrer frühen Jugend dahingefahren war. Dem Schiff, das symbolisch für all ihre Sehnsucht, all ihre Wünsche und Träume stand und für die Freiheit, die endlose, grenzenlose Freiheit, die von dem Gefühl getragen wurde, dass sie nur die Arme auszustrecken brauchte, um die ganze Welt umarmen zu können, zu schweben, zu fliegen, ungebremst, ungehemmt, frei von Ängsten, frei von Sorgen, frei von jeglicher Erdenschwere! Und dieser Pirat war ein Ebenbild Ciceros gewesen ...

In ihrem verwirrten Kopf begann sie, an die Mächte eines seltsamen Schicksals zu glauben: Wieso war er hier? Wieso gab es ihn wirklich? Wieso war *sie* hier? Wie hatte es sie auf sein Schiff verschlagen? War sie nur deshalb Alexandra wieder begegnet, damit sie sie zu diesem Segeltörn mitschleifen konnte? Oder war sie, in letzter Konsequenz, nur deshalb am Leben geblieben, damit sie hierher kommen, damit sie ihm begegnen konnte?

Oder war es nur ihre überzogene Fantasie, waren es ihre durch die intensive Trauerphase überreizten Nerven, die ihr einen Streich spielten? Wer war Cicero Colli? Wollte sie das überhaupt wissen? Sollte sie ignorieren, in welchen Zustand er sie versetzte? Hatte all das irgendeine Bedeutung – oder hatte es keine?

Einen kurzen, einen ganz kurzen, schrecklichen Augenblick lang spürte Carola wieder Schwindel in sich aufsteigen. Sofort kämpfte sie mit aller Kraft, die sie aufbringen konnte, dagegen an: Verdammt noch einmal, schrie es lautlos in ihrem Inneren, verdammt, ich will das nicht! Diesen Aufruhr der Gefühle – was soll das? Wozu soll das gut sein? Ich wollte doch nur ein bisschen Abstand gewinnen, fuhr ihre Gedankenstimme fort zu argumentieren, Abstand von zuhause, von meiner Trauer, ich war so froh, so erleichtert, weil ich dachte, ich wäre aus meinem dunklen Tal herausgetreten, endlich,

endlich, nach so vielen Monaten! So froh, weil ich dachte, ich würde nun vielleicht Frieden finden, durchatmen, mich langsam wieder einer neuen Form von Normalität annähern können.

Und jetzt weiß ich schon wieder nicht weiter? Jetzt manövrieren meine Gefühle, meine Sinne, meine Gedanken schon wieder in Richtung Ausnahmezustand? Ich dachte, es hört auf, ich dachte, jetzt wird alles wieder normal, ich dachte, dass ich jetzt meine Kraft, meine Lebensfreude wieder finden würde, langsam, behutsam, sicher!

Aber so sehr Carola auch ihre Gedanken zu lenken, zu ordnen suchte – ihr Körper rebellierte weiter, wollte einfach keine Ruhe geben! Letztlich gab es nichts, was sie den daherrollenden Wellen des Sturmes, der ihr Inneres durchrüttelte, entgegensetzen konnte, nichts, rein gar nichts zeigte auch nur irgendeine Wirkung!

Carola hatte das Geschirrtuch achtlos in eine Ecke geworfen und sich, an einer Wand abstützend, den Niedergang hinauf an Deck gearbeitet. Gott sei Dank hatte niemand bemerkt, was mit ihr los war, dass sie gerade einen Orkan in sich niederzukämpfen versuchte, dass sie verzweifelt versuchte, nicht wieder in irgendwelche schwarzen Täler oder Löcher zu fallen, dass sie versuchte, den Kopf über Wasser zu halten – eine in dem Umfeld, in dem sie sich momentan befand, wohl durchaus passende Metapher ...

Auf einmal spürte sie, wie eine große warme Hand ihren Unterarm ergriff. Jetzt erst merkte sie, dass ihr Gesichtsfeld schon wieder verschwamm, so wie damals im Kaffeehaus, als sie Alexandra getroffen und als dieser tüchtige Arzt plötzlich da gewesen war und ihr geholfen hatte. Dankbar für die Stütze ließ sie sich führen, ihre Füße setzten wie von selbst einen Schritt nach dem anderen, als sie mit Cicero über die Sitzbänke stieg und den schmalen Durchgang an Deck entlang nach vorne ging, denn es war er und niemand anders, der sie so zielsicher gepackt hatte.

Jetzt standen sie ganz vorne an der Bugspitze. Vor und unter ihren Füßen war das Meer. Carolas Blick saugte sich förmlich daran fest, glitt in das Blau hinab, tauchte hinunter in die Tiefe. Sie spürte ihren Körper nicht mehr, wusste nicht, wo sie war. Aber sie hörte eine Stimme, die ihr ruhig und bestimmt sagte, wann sie ein- und ausatmen sollte. Sie folgte der Stimme und war ihr dankbar für ihre Anweisungen. Nach unendlich langer Zeit, wie ihr schien, hörte der Boden unter ihren Füßen, der in diesem Fall das Deck eines Schiffes war, langsam, ganz langsam und allmählich auf zu schwanken und die Schatten, die Nebelschleier, die ihr Gesichtsfeld entstellten, zogen sich zurück und ihre Sicht wurde wieder klarer, nachdem endlose Sekunden, vielleicht Minuten, verstrichen waren.

Nun konnte sie wieder alleine atmen. Ciceros Stimme schwieg. Es kostete sie eine nicht geringe Anstrengung, den Kopf zu heben. Die frühe Vormittagssonne glitzerte auf den kleinen Wellen, die den Bug der „Seevogel" umspielten. Sie blickte auf den Steg gegenüber, auf die Spitzen der anderen Schiffe, auf die Halteleinen, die seitlich der Bootsrümpfe ins Wasser verliefen.

Dann wandte sie ihm ihr Gesicht zu und sah ihn an.

„Danke", flüsterte sie mit belegter Stimme, ihre Kehle fühlte sich an wie ausgetrocknet.

Sein Blick war ernst und mit großer Intensität auf sie gerichtet. Seine Hand hielt ihren Unterarm immer noch wie in einem Schraubstock fixiert und sie hoffte, dass er sie nicht allzu plötzlich loslassen würde.

„Du bist weiß wie eine Wand", stellte er fest.

Das wunderte sie nicht.

Ihr Herz begann vor Angst zu flattern, denn sie fürchtete, er könnte sie irgendetwas fragen.

Aber er sagte nichts und ließ sie auch nicht los. Er blieb einfach neben ihr stehen und stützte sie. Fast schien es, als würde er spüren, wie der Anfall nach und nach wieder verebbte. Denn genau in dem Moment, als sie ihm sagen wollte, dass er sie jetzt loslassen, dass sie nun wieder allein stehen konnte, löste er seinen Griff und ließ seinen Arm sinken.

„Du solltest ein Glas Wasser trinken, Carola", hörte sie ihn sagen. Als sie nickte und Anstalten machte, nach hinten zu gehen, hielt er sie zurück.

„Nein, nein – du setzt dich hier hin und ich hole das Wasser." Noch ehe sie etwas einwenden konnte, war er auch schon verschwunden.

Hinsetzen – na ja, leichter gesagt als getan. Ihr Körper fühlte sich immer noch seltsam fremd an, so als würde sie ihn noch nicht vollständig wieder bewohnen, und sie war sich nicht sicher, ob ihre Gliedmaßen ihr gehorchen würden. Aber sie taten es und es gelang ihr schließlich, an der Reling abgestützt, sich langsam im Schneidersitz auf dem Vordeck niederzulassen. Die zahlreichen Yogastunden, die sie im Laufe ihres Lebens absolviert hatte, machten sich offenbar nun bezahlt.

Dann war er wieder da und hielt ihr ein Glas hin.

„Trink", forderte er sie auf.

Nachdem sie gehorsam ein paar Schlucke genommen hatte, sprach er weiter:

„Wenn du so weit bist, komm einfach wieder nach hinten. Aber lass dir ruhig Zeit. Wir werden jetzt auslaufen, aber das schaffen wir auch ohne dich."

Bei dem letzten Satz meinte Carola, einen ironischen Unterton herausgehört zu haben. Es war wohl offensichtlich für ihn, dass sie noch keinerlei Segelerfahrung besaß.

Aber sie war froh, dass er sie hier sitzen ließ. So hatte sie die Zeit, die sie brauchte, um die überstandenen Turbulenzen in ihrem Inneren ausklingen zu lassen und wieder in ihren Körper, in die Realität zurückzufinden.

Alexandra hatte nichts von ihrem erneuten Anfall mitbekommen und darüber war Carola wirklich froh. Sie hätte sich sonst Sorgen gemacht und – obwohl sie diese Zustände zutiefst verunsicherten, war sich Carola doch im tiefsten Inneren sicher, dass sie keinen Schaden daran nehmen würde. Offenbar war es ihre Art, die Dinge zu verarbeiten, den Tod von Hannes, ihre Trauer, den Abschied von allem, was ihr Leben, ihr erwachsenes Leben, bisher ausgemacht hatte. Dieser Schwindel, dieses schreckliche Gefühl, den Boden unter den Füßen zu verlieren, war zwar beängstigend und seltsam, aber es war, so schien es, dennoch wichtig für sie – nicht mehr und nicht weniger als ihr Weg, sich in ein neues, in ihr neues Leben aufzumachen, dem sie mit immer größerer Gelassenheit entgegenblicken, entgegengehen würde, auch wenn es jetzt noch nicht ganz so weit war.

Carola blickte nach vorne über das Wasser. Von hinten hörte sie Cicero Befehle rufen und Anweisungen erteilen, als er seine Mannschaft für das Ablegemanöver einteilte. Der Motor wurde angelassen, ein Vibrieren ging durch den Schiffsrumpf. Das Geräusch war lauter, als Carola erwartet hatte. Das Schiff setzte sich in Bewegung. Noch immer herrschte an Deck reges Treiben, aber Carola entschied sich dafür, einfach weiter aufs Wasser hinaus zu schauen. Instinktiv spürte sie, dass es jetzt besser war, die Sinneseindrücke, die von außen kamen, auf ein Minimum zu reduzieren.

Der Bug beschrieb einen rechten Winkel und sie glitten den Steg entlang bis hinaus in die offene Fahrrinne. Dann noch einmal um die Kurve – und das Hafenbecken breitete sich vor ihnen aus. Überraschend schnell glitt die „Seevogel" dahin und Carola fühlte, wie das gleichmäßige Brummen des Motors und das Rauschen des Wassers, das sie durchpflügten, sie beruhigten. Cicero führte das Schiff mit sicherer Hand, so sicher, wie er sie geführt und festgehalten hatte. Sie spürte, dass sie diesem Mann grenzenlos vertraute.

Noch einmal ging es an einer Meeresenge, die von einer lang aufs Wasser hinausgestreckten Mole gebildet wurde, vorbei, dann lag die Marina hinter und das offene Wasser vor ihnen.

Ob es in Kroatien wohl Amseln gab, kam Carola plötzlich in den Sinn. Und bei diesem Gedanken musste sie lächeln.

Die Bugspitze der „Seevogel" durchschnitt die von der Sonne mit glitzernden Kämmen gekrönten dunkelblauen Wellen des Meeres.

Als Carola einen Blick zurück zum Heck warf, sah sie, dass Rudi am Steuer stand. Seine breiten, an Bärentatzen erinnernden Hände ruhten auf einem der beiden Steuerräder und sein Schnurbart vibrierte vor Vergnügen und gespannter Aufregung. In seinen Augenwinkeln hatte sich ein tiefes Lächeln eingegraben. Werner und Verena beugten sich über das blaue Seekartenbuch, das Cicero vorher studiert hatte, und schienen über die eingeschlagene Richtung und mögliche Ziele, die sie heute anlaufen konnten, zu beratschlagen. Josi war nicht zu sehen, wahrscheinlich war er unter Deck. Cicero saß in einer Ecke und sein konzentrierter Blick schien alles zu umfassen – das Schiff, und was darauf vorging, das Meer ringsum, die anderen Segler, vor, hinter und neben ihnen, die Richtung, in die sie sich bewegten, den Himmel und das Land, die Inseln, die vor ihnen lagen. Ein Teil seiner Aufmerksamkeit war wahrscheinlich auch bei ihr, aber wenn das so war, so ließ er es sich nicht anmerken. Alexandra hatte sich auf einer der Cockpitbänke niedergelassen und ihr Blick war wach und neugierig, auch sie schien die gerade aufgenommene Form der Bewegung mit ihrer Wahrnehmung in all ihren Facetten in sich einsaugen zu wollen. Auf einmal hatte Carola Lust, nach hinten zu gehen und sich neben sie zu setzen.

Cicero hatte augenscheinlich in derselben Sekunde erraten oder erkannt, was sie vorhatte:

„Carola, wenn du nach hinten kommst, immer zumindest mit einer Hand am Schiff festhalten!"

Das tat sie und als sie bei Alexandra angekommen war, strahlte diese ihr entgegen:

„Ist das nicht unglaublich, Carola?", ihr Gesicht war ein einziges Leuchten, „du warst gescheit, dass du dich gleich vorne hingesetzt hast, da hattest du die beste Aussicht!", fügte sie mit einem Augenzwinkern hinzu.

Carola lehnte sich an die Schulter der Freundin und nickte. „Ja", antwortete sie, „ja, es ist einfach unbeschreiblich!"

Ein seebäriges Lachen aus Rudis Mund vom Steuerrad her unterbrach ihre Unterhaltung: „Aber meene Deerns, wir sind doch noch gar nich jeseechelt!"

„Gutes Stichwort, Rudi", ließ sich Cicero in normaler Lautstärke vernehmen, ehe er das Kommando: „Segel setzen!" über das ganze Schiff brüllte:

„Rudi – Kurs halten! Werner – Großsegel raus! Verena ans Vorsegel, Backbordseite, Alexandra, du hilfst ihr – hopp, hopp, meine Herrschaften!"

Für Carola völlig unbegreiflich setzten sich alle Angesprochenen augenblicklich in Bewegung. Es wurde an Seilen gezogen, Alexandra hangelte nach einer Kurbel, Verena sprang an die linke Schiffsseite, alle werkelten, die Segel wurden herausgezogen und knatterten im Wind, das alles unter der Entfaltung eines bunten Potpourris an Geräuschen. Dann wurde auf Ciceros Kommando der Motor ausgemacht, auf einmal war es still – oder besser, das laute Maschinengeräusch war verschwunden und die Segelgeräusche traten in den Vordergrund. Wie eine Möwe ihre Schwingen ausbreitet, um loszufliegen, schien die „Seevogel" ihre Segel zu strecken, die auf einmal stramm und still in das Blau des Himmels hineinragten, strahlend weiße Dreiecke, die Carola riesig erschienen. Das Geräusch des Wassers drang ihr mit einem Mal laut und deutlich ins Bewusstsein – ein Gurgeln, ein Rauschen, ein Zischen und Fließen. Hinter sich her zogen sie eine Straße aus weißer, aufgewühlter See.

Die leicht hektisch anmutenden Aktivitäten schliefen ein, Seile wurden aufgeschossen, Kurbeln verräumt, alle suchten sich einen Platz, wo sie sicher stehen oder sitzen konnten. Alexandra ließ sich schwungvoll wieder neben Carola nieder. Sie wirkte erhitzt, aber überaus lebendig. Doch noch ehe sich Carola an die neue Situation gewöhnt hatte, ertönte auch schon ein weiteres Kommando des Skippers, Rudi korrigierte den Kurs und auf einmal legte sich die „Seevogel" auf die Seite.

Alexandra schien die Überraschung darüber in Carolas Miene bemerkt zu haben, denn sie sagte: „Das gehört so, Carola, das ist ganz normal. Du musst keine Angst haben."

In dem Moment, offensichtlich mindestens genau so überrascht von der plötzlichen Krängung wie Carola, erschien Josi aus dem Niedergang, in einer Hand ein Buch in der anderen eine Bierdose, auf seinem Gesicht hatte sich eine leichte Blässe ausgebreitet.

„Komm Josi, setz dich hier auf diese Seite, da kannst du dich mit den Füßen stabil am Tisch abstützen", kam ihm Cicero zur Hilfe. Sichtlich froh über diesen Hinweis beeilte sich der Angesprochene, der Aufforderung nachzukommen.

„Mir hättest auch gleich eins mitbringen können", schnorchelte Rudi, aber Alexandra kam dem, von der Vorstellung, noch einmal auf dem schräge stehenden Schiff herumturnen zu müssen, augenscheinlich wenig begeisterten Josi zu Hilfe und sagte: „Ich mach das schon, Rudi!", und unterstrich ihre Ankündigung mit einem ihrer berühmten Glühlampen-Lächeln.

Nachdem sie ein paar Minuten so dahin geschossen waren und Josis Gesichtsfarbe noch immer nicht ganz ihren Ausgangston zurückgewonnen hatte, erklärte Cicero, dass ein Segelschiff wie das ihre aufgrund seiner Bauart und vor allem dank seines vom Kiel gebildeten Unterwassergewichtes praktisch nicht umkippen konnte. Eine Schräglage, oder Krängung, sähe zwar mitunter spektakulär aus oder fühle sich vielleicht gefährlich an, sei aber etwas völlig Kontrolliertes.

Obwohl Carola keinen Augenblick lang Angst verspürt hatte, war ihr Verstand doch dankbar für diese Ausführungen. Aber noch mehr als seine Erklärungen war es Ciceros Stimme und letztlich seine bloße Anwesenheit, die auf sie eine zutiefst beruhigende Wirkung ausübten.

Während die anderen eine lockere Plauderei begannen und Werner und Cicero sich Zigaretten ansteckten, hatte Carola das deutliche Bedürfnis, das Schauspiel von Wind, Segeln, Schiff und

Wasser um sich herum in jedem Detail in sich aufzunehmen. Ihre Augen wanderten nach rechts und links, nach oben und unten, sie atmete mit tiefen Zügen die salzige, frische Luft in ihre Lungen ein, sie spürte, wie der Wind ihre Haare ergriff und sie mit jeder Drehung ihres Kopfes hin und herwirbelte. Die Lider musste sie wegen Sonne und Wind zusammenkneifen. Eine gleißende Sonnenstraße durch die Wellen auf der einen Seite. Das Festland hinter ihnen, das sich immer weiter entfernte. Die verschiedenen Schattierungen von Blau und Grün, von Wasser und Land, von Inseln und Hügeln. Über den hohen, schroffen Kämmen des Velebit Gebirges, das sie im Hintergrund von Sukošan noch gut erkennen konnten, ein paar milchige Wolkenknäuel auf dem ansonsten makellosen Himmelsblau. Das Schlagen des Wassers an den Schiffsrumpf. Das alles erschien Carola wie eine Symphonie aus Tönen und Farben und Bewegung. Wie Menschen wohl darauf gekommen waren, dachte sie, sich auf diese Weise fortzubewegen? Das Wasser als Verkehrsweg zu erobern. Den Wind als Antrieb zu benutzen und herauszufinden, wie man Segel einsetzen konnte, um an ein Ziel zu gelangen ...

Ciceros Worte rissen Carola aus ihren Gedanken. Er erzählte gerade etwas über sich selbst und Carola konnte nicht anders, als an seinen Lippen zu hängen: Dass er mit fünfzehn Jahren mit dem Segeln begonnen hatte. Damals hätte er gemeinsam mit seinem Vater und seinem Bruder einen Segelkurs und seinen ersten Segelschein für Binnengewässer gemacht. Dann waren sie mit der Familie jedes Jahr unterwegs gewesen, in Italien und in Österreich, auf Seen und auf dem Meer. Gelebt hatten sie in Österreich, in Klagenfurt, das direkt am Wörthersee lag. Ciceros Eltern hatten dort ein eigenes Boot gekauft und als er etwas älter gewesen war, mit sechzehn, siebzehn Jahren, war er fast den ganzen Sommer allein oder mit Freunden auf diesem Schiff am See unterwegs gewesen. Einmal im Jahr waren sie zu Verwandten des Vaters nach Italien gefahren, in die Nähe von Caorle. Dort hatten sie zwar kein eigenes Segelschiff zur Verfügung gehabt, dafür gab es entweder Freunde oder

Bekannte, die eines hatten und auf dem Cicero und seine Freunde oder seine Familie hatten segeln oder mitsegeln können. Oder sie hatten sich eines ausgeliehen und waren damit einen Nachmittag oder auch mehrere Tage oder eine Woche in der Adria unterwegs gewesen. Mit achtzehn Jahren hatte er dann seine Skipperlizenz erworben und damit das Recht, ein Schiff auf dem Meer, bis hundert Seemeilen von der Küste entfernt, zu führen.

Von diesem Zeitpunkt an war er jeden Sommer mehrere Wochen als Charterskipper mit verschiedenen Mannschaften unterwegs gewesen. Anfangs meistens in Italien, in den letzten Jahren aber fast ausschließlich in Kroatien, das eine oder andere Mal auch in Griechenland.

Bei dieser letzten Erklärung schwang etwas in Ciceros Stimme mit, sodass Carola, die bisher vermieden hatte, ihm direkt ins Gesicht zu sehen, ihm einen aufmerksamen Blick zuwarf. Ein Unterton, ein Beigeschmack von etwas, das sie nicht recht zu deuten wusste – ein Gefühl, eine Ahnung von etwas Schwerem, Dunklen, Unbestimmten.

Als sie den Kopf hob, sah sie direkt in seine blauen Augen. Er fing ihren Blick auf und einen Moment zögerte er, ehe er, wieder mit normaler, neutral klingender Stimme, weiter sprach, wobei er das Terrain des Persönlichen verließ:

„Ja, meine Herrschaften, also für die, die es noch nicht auf der Karte nachgeschlagen haben: Wir bewegen uns jetzt in südöstlicher Richtung, wobei wir uns mehr oder weniger parallel zur Insel Pašman halten, das ist diese langgezogene Insel auf unserer Steuerbordseite", sein ausgestreckter Arm wies in die angegebene Richtung.

„Wir durchfahren somit den Pašmanski Kanal. Wir werden die Durchfahrt nehmen, diese kleine Insel hier vorne lassen wir dabei links liegen."

Unter kleineren Korrekturen an der Stellung der Segel ging es über rauschendem Wasser und mit mehr oder weniger gleich bleibender

Schräglage, an die auch Josi sich langsam zu gewöhnen schien, einige Zeit dahin. Rudi hatte das Steuer an Verena übergeben. Auch auf ihrem Gesicht sah Carola nun einen ähnlichen Ausdruck wie zuvor bei dem Norddeutschen, den sie am ehesten als eine Mischung aus Konzentration und Verzückung beschrieben hätte.

Als sie die Südspitze von Pašman erreicht hatten, änderten sie den Kurs und umrundeten die Schmalseite der Insel, um an ihrer Westseite wieder ein Stück in nördlicher Richtung zu fahren. Für ihre erste Rast – es war mittlerweile früher Nachmittag – wählten sie eine Bucht mit dem Namen Zincena, ein tiefer Landeinschnitt, der sich, äußerst wohltuend für das Auge, von saftiggrünen Pinien umsäumt, vor ihnen ausbreitete.

Wieder konnte Carola etwas Neues, für sie überaus Spannendes miterleben, nämlich wie die Segel geborgen und der Anker fallen gelassen wurde. Dabei notierte sie im Geiste, dass sie all diese Manöver im Laufe der Woche, so gut es möglich sein würde, aus der Nähe beobachten und vielleicht bei dem einen oder anderen aktiv dabei sein wollte. Sofern Cicero – oder sie selbst – es sich zutrauen würden …

Fürs Erste war sie aber noch wie erschlagen von all dem Neuen, von dieser völlig neuen Welt, die sie da betreten, in die sie hineingeraten, in die sie Alexandra hineingeschleppt hatte! Eine Welt, deren Sprache, deren Vorgänge sie noch kaum verstand, von der sie sich aber in ähnlich intensiver, beinahe schmerzlicher Weise angezogen fühlte wie von Cicero, dem Kapitän dieses Schiffes.

Apropos Cicero – als Carola ihn mit den Augen suchte, bemerkte sie, dass er eben aus dem Niedergang kam, offensichtlich nichts auf dem Leib als ein breites blaues Badetuch, das er um die Hüften geschlungen hatte.

Mit einem Lachen auf dem Gesicht verkündete er mit seiner Kapitänsstimme: „Badeaufenthalt! Werft eure edlen Körper in die Flut!"

Und dann geschah etwas, was Carola – und wahrscheinlich in diesem Fall nicht nur ihr – für eine Sekunde den Atem nahm: Das

Badetuch fiel zu Boden und ein völlig nackter Skipper präsentierte sich einen Herzschlag lang so, wie Gott ihn, äußerst wohlmeinend, wie Carola registrierte, geschaffen hatte, vor versammelter Mannschaft, ehe er mit gestrecktem Kopfsprung ins Wasser hechtete. Als er wieder auftauchte, lag sein Haar dunkel an seinem Kopf, wodurch er endgültig wie ein waschechter Italiener – und noch ein bisschen mehr wie der Piratenkapitän aus Carolas Traum – aussah.

Die Überraschung und kurze Irritation seiner Mitsegler – und nicht zuletzt seiner Mitsegler*innen* – hatte er mit großer Sicherheit vorausgesehen und sich, so schien es, wie ein Schuljunge, der einen Streich ausheckt, darauf gefreut. Jedenfalls ließ er jetzt ein breites Grinsen sehen, das jenen Spalt zwischen seinen ansonsten perfekten Zähnen aufblitzen ließ, der Carola, wie vieles andere an ihm, so irritierte:

„Von mir aus braucht ihr auch keine Badekleidung anzuziehen! Mich stört das nicht!", setzte er noch eines drauf.

„Dieser unverschämte Kerl", zischte Alexandra, die neben ihr stand, Carola zu. „Was der sich wohl einbildet!"

Carola schnappte eben nach Luft – sie hatte sich noch nicht entschieden, ob sie verärgert, amüsiert oder schlichtweg unentschlossen sein sollte, wie sie auf diese Einladung reagieren sollte, als Alexandra, ihrerseits in diesem Moment äußerst südländisch wirkend, mit ausgesprochen kämpferisch blitzenden Augen hervorstieß:

„Wenn der glaubt, ich trau mich nicht, und er kann den Rest der Woche blöde Witze machen, dann ist er schief gewickelt!"

Noch ehe Carola ein weiteres Mal Luft geholt hatte, war ihre Freundin auch schon im Niedergang verschwunden und ein paar Sekunden später stand sie, ebenfalls in, wie Carola schwante, nichts als ein Badetuch gewickelt, vor ihr. Aber anstatt ans Heck, von dem aus Cicero gesprungen war, machte sie sich auf den Weg zur Bugspitze.

Carola überkam eine fürchterliche Vorahnung:

„Alexandra! Tu's nicht!", rief sie, da hatte die Davonstürmende bereits ihr Badetuch mit einem Schwung zu Boden geworfen, war über die Reling geklettert, splitternackt, wohlgeformt und wohlgebräunt, wie es ihre Natur war, die eine Hand hielt sich kurz am eingerollten Vorsegel fest, dann stand sie auf dem schmalen Brett des Bugsitzes.

„Alexandra!", rief Carola noch einmal, „bist du sicher …?"

Platsch!

Noch ehe sie mit ihrem Satz zu Ende gekommen war, war Alexandra mit einem dem Ciceros in nichts an Kraft und Entschlossenheit nachstehenden Kopfsprung ins Wasser eingetaucht.

„Watt fürn Weib!", lautete Rudis Kommentar zu Alexandras kühnem Sprung, während er Carola, gleichsam stellvertretend für ihre Freundin, anerkennend auf die Schulter klopfte.

Diese nickte schwach: „Ja – ja, das kannst du laut sagen!"

Zu Carolas grenzenloser Verwunderung schien dem Rest der Mannschaft, inklusive Verena, nunmehr völlig selbstverständlich zu sein, was zu tun war: Alle verschwanden, einer nach dem anderen, in ihren Kojen, um kurz darauf mit Badetüchern unter den Achseln beziehungsweise um den Hüften, wieder hervorzukommen und in mehr oder weniger kühnen, mehr oder weniger sportlichen Varianten ihr erstes Bad im Meer anzutreten. Verena sprang wie Cicero kopfüber vom Heck, Josi tat es ihr nach, allerdings wählte er die Variante eines eingehockten Sprungs, den Carola aus ihrer Jugendzeit als „Arschbombe" kannte, und der, was die Höhe der Spritzer und die Menge des verdrängten Wassers anging, sicher eine der spektakulärsten Möglichkeiten war, ins Wasser zu gelangen.

Rudi hüpfte mit einer Art Kriegsschrei auf den Lippen in aufrechter Körperhaltung hinein. Nur Werner, wofür Carola ihm von Herzen dankbar war, machte sich die Mühe, die Badeleiter hinunterzuklappen und wie ein halbwegs zivilisierter Mensch ins Wasser zu steigen.

Carola war sich bewusst, dass sie nun im Zugzwang war: Alle – wirklich alle! – hatten sich ihrer textilen Hüllen entledigt und waren im Adams- beziehungsweise Evakostüm ins Wasser gegangen. Jetzt schwammen sie, laut prustend, lachend, scherzend und sich gegenseitig anspritzend, in mehr oder weniger großen Kreisen um das Schiff herum.

Und schon kam, was kommen musste:

„Carola, meen Deern!", natürlich Rudi! – „Dir ist doch sicher ooch heiß, watt?"

Carolas Puls klopfte eine Mazurka gegen die Wände ihrer Blutgefäße – sie hatte sich noch nie, niemals in ihrem Leben vor Fremden ausgezogen! Nicht einmal in die Sauna ging sie oder zur Massage, und zwar genau aus diesem Grund – weil sie es nicht gewöhnt war und weil sie das nicht wollte! Seit beinahe fünfundzwanzig Jahren hatte es nur einen einzigen Menschen gegeben, der sie nackt gesehen hatte, und das war natürlich ihr Mann gewesen. Und außerdem – Himmel, sie war ja keine siebzehn mehr! Sie war eine Frau von beinahe Mitte vierzig – ein Umstand, der nicht gerade dazu angetan war, ihre Hemmungen zu verkleinern.

Andererseits – Alexandra war gleich alt wie sie. Und sie hatte eine viel vollere Figur – wobei Carola Alexandra nicht anders als wunderschön und sehr weiblich finden konnte. Prüfend blickte sie an sich selbst hinunter, als überlege sie zum ersten Mal – jedenfalls zum ersten Mal seit sehr langer Zeit – wie sie eigentlich aussah. Carolas Hüften waren für eine Frau relativ schmal, aber keineswegs knabenhaft, ihre Taille immer noch grazil, wie sie immer gewesen war, ihr Bauch flach, ihre Beine schlank, aber muskulös, ebenso wie ihre Arme dank regelmäßiger Bewegung noch als fest und wohlgeformt bezeichnet werden konnten. Eigentlich hatte sie keinen Grund, sich zu schämen.

Und im selben Moment musste sie über sich selbst lachen – wie kindisch sie doch war! Es war hier und jetzt wirklich völlig egal, wie sie aussah! Rudi hatte einen Bauch, Josi auch, dabei war der zehn Jahre jünger als Carola. Cicero sah aus wie ein Gott, muskulös und behaart, mit Beinmuskeln, wie sie sie noch nie zuvor gesehen hatte. Ob das vom Segeln kam? Alexandra hatte wohl auch etwas von einer griechischen Göttin, Verena hatte sie gar nicht richtig gesehen, und Werner war groß und schlank und sah unglaublich fit aus für sein Alter!

Natürlich hatte sie all das aus den Augenwinkeln registriert. Und die anderen würden sie ebenso ansehen. Aber was war schon dabei?

Alle hatten Spaß. Sie lachten, sie lachten miteinander, sie hatten etwas, das Carola nicht hatte – und auch in Zukunft nicht haben würde, wenn sie in ihren uralten Hemmungen verharrte und an Bord blieb.

Carola spürte, dass es um noch mehr ging – darum, sich auf eine für sie bislang unbekannte Art und Weise frei zu fühlen …

Ein Gedanke streifte Carola, ein Bild, eine Erinnerung – das Schiff, das Segelschiff, die Weite des *Gräsermeeres* und die Ahnung der großen Freiheit, die mit diesem Bild verbunden war …

Sie spürte, wie ihre Hände in Bewegung kamen, aber es war beinahe so, als täten sie es ohne ihr Zutun, ohne, dass sie sie mit ihrem Willen, ihrem Bewusstsein steuern musste oder konnte. Sie streifte sich Hose, T-Shirt, Unterwäsche ab. Es war ihr egal. Niemand sah sie, denn die anderen waren im Wasser, noch immer hörte sie ihre vergnügten, übermütigen Stimmen.

Sie machte sich nicht einmal die Mühe, hinunterzugehen und ihr Handtuch aus der Koje zu holen.

Carola trat ans Heck, das Gefühl war für einen kurzen Augenblick seltsam, aber nicht unangenehm – die Luft auf ihrem Körper, die Wärme der Sonne, die sie ganz umhüllten.

Sie schaute lieber nicht, wo genau die anderen waren, oder was sie gerade machten und ob jemand zu ihr herübersah.

Ihr Blick fiel auf die Badeleiter.

Dann drehte sie sich um, hielt sich mit den Händen fest und stieg auf die erste Sprosse, dann auf die zweite, das Wasser fühlte sich irgendwie kühl und warm zugleich an, es war frisch, es knisterte auf der Haut, Carola verspürte große Lust, darin einzutauchen. Noch eine Stufe, dann beugte sie die Knie – und dann ließ sie los. Ein sanfter Stoß mit den Füßen – und schon durchpflügten ihre Schultern rückwärts das Wasser, wobei es ein plätscherndes Geräusch gab. Carola schloss für einen Augenblick die Augen.

Es war so angenehm! So wohltuend! Das Wasser schien nicht nur ihren nackten Körper völlig nahtlos zu umschließen, es konturierte ihn förmlich, komprimierte ihn, manifestierte ihn, und darüber hinaus auch ihren Geist und ihre Seele, im Hier und Jetzt.

Es war ähnlich wie damals, als sie durch den Wald gelaufen und zum ersten Mal seit sehr langer Zeit ihren Körper gefühlt, wirklich wahrgenommen hatte. Nur war es hier, in diesem Augenblick, noch intensiver, tiefer, wirkungsvoller, nachhaltiger. Oder anders ausgedrückt: Wenn damals ihr Bewusstsein für ihren Körper erwacht war, so waren jetzt Geist und Seele nachgekommen und sie war in allen ihren Aspekten – da!

Ein völlig neues Gefühl.

Und seltsamerweise zugleich eines, das sie immer schon gekannt haben musste, denn es war ihr zutiefst vertraut.

Während ihre kräftigen Schwimmbewegungen sie vorwärts trieben und Carola die Freude spürte, die ihr die Bewegung in diesem ursprünglichsten aller Elemente bereitete, spürte sie, wie etwas in ihr gleichsam einhakte und ihr sagte, dass sich so Heimkommen anfühlte, Ankommen bei sich selbst und Ankommen in der absoluten Gegenwart, in einem Empfinden für Zeit und Raum, das keine Ausblicke, kein Abschweifen mehr benötigte.

Und in diesem Augenblick war sie wieder das Kind, das sie einst gewesen war und das sich noch nicht durch den Lauf des Lebens und Älterwerdens vom Leben entfernt hatte.

Nachdem alle genug geschwommen, sich wieder an der Sonne getrocknet, gemeinsam eine riesige bunte Salatschüssel mit Zwiebeln, Tomaten, Gurken, grünem Salat, Oliven, Mais und Knoblauch zubereitet, eineinhalb Wecken kroatisches Weißbrot aufgeschnitten und Bier, Wasser und Weißwein dazu gereicht, alles an Deck verzehrt und danach wieder abgeräumt, abgewaschen und verstaut hatten, ging es nach einer kurzen Verdauungspause weiter.

Der Anker wurde mit ratternder Kette geborgen, und die Nase der „*Seevogel*" nahm wieder Witterung auf – hinaus aufs salzige Blau des Wassers.

Kapitel 7

Vielleicht war es seltsam – aber seit ihrem kollektiven Nacktbaden konnte Carola Cicero wesentlich entspannter begegnen als zuvor. Das lag nicht daran, dass sie sich nicht mehr von ihm angezogen gefühlt hätte, denn das tat sie nach wie vor mit ungeahnter Vehemenz, und dass sie ihn nackt gesehen hatte verstärkte die Anziehungskraft weiter. Aber seltsamerweise machte ihr das kaum noch Kopfzerbrechen. Auch nicht die Tatsache, dass er sie umgekehrt ebenfalls ohne verhüllende Kleidung betrachten hatte können – sofern es ihn interessiert haben mochte, was Carola beim besten Willen nicht hätte sagen können. Wie auch immer – sie konnte ihn ansehen, ohne sich dafür zu schämen. Und in weiterer Folge bemerkte sie, dass es ihr immer besser gelang, mit ihm zu reden, ohne ins Stottern zu geraten. Er war da, wie der Himmel da war oder das Meer. Wie eine Naturgewalt. War es nicht verschwendete Energie, sich gegen den Lauf der Sonne aufzulehnen? Es wäre sinnlos gewesen, sich auch nur irgendwelche weiteren Gedanken darüber zu machen.

Nachdem sie die Insel Žut umrundet hatten, erreichten sie am frühen Abend den Bereich der Kornaten, der größten und dichtesten Inselgruppe in der kroatischen Adria, bestehend aus über hundert kleinen Eilanden und Riffen. Ein Teil des Archipels war als Nationalpark und Naturschutzgebiet ausgewiesen. Gleich hinter Žut lag die größte dieser markant wirkenden, kaum bewachsenen und verkarsteten Inseln, der das gesamte Gebiet ihren Namen verdankte: die Insel Kornat.

Auf Carola wirkten die größtenteils nur von niedrigem Buschwerk bewachsenen, gleichförmig gerundeten Felsbuckel der Kornaten wie eine Landschaft von einem anderen Stern. Da und dort konnte man eine Schafherde erkennen, die sich auf einem der Steilhänge entlang bewegte und das karge Grün abweidete, das sie darauf vorfand. Manchmal gab es einen überraschend schroffen Abhang und überall konnte man deutlich die Richtung der Gesteinsformationen und -faltungen erkennen, die sich im Lauf ihrer Entwicklung herausgebildet hatten.

Carola beobachtete, wie einzelne Wolkenfetzen beinahe schwarze, bewegte Schatten auf die Inseln zeichneten, wie die Wellen an die nackten Felsen schlugen, und sie sah den Möwen zu, die hier und dort ihre Kreise in das Blau des Himmels furchten.

Als die Sonne sich dem Horizont entgegenneigte und die Farben von der gleißenden Intensität des Tages überwechselten in die milderen Pastelltöne des Abends, erreichten sie eine Bucht an der Nordostspitze der Insel Kornat, in der es nichts gab als ein einziges Haus und einen einsamen Fischer in einem kleinen Boot, mit dem er gerade auf das Meer hinaustuckerte – wahrscheinlich in der Absicht, sich sein Abendessen zu fangen. Wieder ankerten sie in der Mitte der Bucht und diesmal ging Carola einfach mit nach vorne und sah Werner dabei zu, wie er die Abdeckung hochklappte und mit der Fernsteuerung den Anker bediente.

Die Hügel, die die Bucht umschlossen, waren so hoch, dass sie die Sonne bereits verdeckten. Es war schattig und thermische Winde ließen die „Seevogel" um die Ankerkette herum kreisen, sodass man nur still an Bord sitzen zu bleiben brauchte, und schon bekam man praktisch einen Panoramablick präsentiert.

Als der Motor ausgeschaltet war, breitete sich wohltuende Stille aus. Der Wasserspiegel hatte sich geglättet.

Nach Aufforderung Ciceros begaben sich Verena und Alexandra unter Deck und brachten sieben Gläser und zwei Flaschen herauf und alle versammelten sich, um, wie Carola lernte, den so genannten „Anleger" zu trinken – offenbar war das an Bord eines Segelschiffes obligatorisch. Zur Auswahl standen Prosecco – augenscheinlich eine Reminiszenz an die Damenwelt – und eine grüne Flasche, die offenbar etwas Hochprozentigeres kroatischen Ursprungs enthielt.

„Wer möchte einen Travarica kosten?", warf Cicero in die Runde.

Aha – so hieß das Zeug also. Carola lehnte lieber ab, denn sie hatte Alkohol noch nie besonders gut vertragen. Zuhause mit Hannes hatten sie fast nie etwas getrunken, höchstens zu den sprichwörtlichen „heiligen Zeiten" – an Geburtstagen, wenn Hannes einen besonders schwierigen Prozess gewonnen hatte, oder zu Elviras Schulabschluss. Und dann war höchstens eine Flasche Wein oder Sekt auf den Tisch gekommen. Härtere Getränke hatte es praktisch nie gegeben. Und ein Glas Bier höchstens einmal nach einer mehrstündigen Bergwanderung oder einem Skitag auf einer Hütte.

Verena und Werner schlossen sich Carolas Trinkgusto an, die anderen ließen sich vom Skipper einen Zentimeter der goldfarbenen, intensiv riechenden Flüssigkeit aus der grünen Flasche in die Gläser gießen. Dann prostete man sich auf Kroatisch zu – „Živjeli!"

Die Bordküche bestritten an diesem Abend Rudi und Werner – es gab zur Vorspeise Oliven und kroatischen Weißwein, danach Spaghetti mit Tomatensauce und grünen Salat. Die Mannschaft scharte sich für die Mahlzeit an Bord um den aufklappbaren Tisch im Cockpit, derweil brach die Dämmerung herein. Alle aßen mit großem Appetit.

„Tja, Seeluft macht hungrig!", lachte Alexandra, als sie Carola sich einen zweiten Nachschlag nehmen sah.

„Du kannst das locker vertragen", raunte sie ihr zu, während sie die Freundin mit einem kritischen Seitenblick taxierte. Für jemanden, der sie von früher kannte, und der ein aufmerksames Auge hatte, war wohl offensichtlich, dass sie noch immer einige Kilo unter ihrem Normalgewicht rangierte.

Aber in dieser Stunde machte sich Carola keine Gedanken über ihre Figur – ob sie zu dick oder zu dünn war oder ob sonst irgendetwas passte oder nicht passte. Heute, jetzt war sie einfach nur zufrieden und glücklich und fühlte sich mehr als reich beschenkt von dem Tag, der hinter ihnen lag, und das üppige, einfache und köstliche Essen fühlte sich an wie eine wärmende Sonne in ihrem Bauch.

Nach dem Essen blieben alle noch sitzen und vertieften sich in ihre Gläser und ihre Gespräche, die sich großteils um den gemeinsam verbrachten ersten Tag und ums Segeln drehten.

Als es ganz dunkel geworden war, fragte Cicero in eine Gesprächspause hinein, ob jemand schon einmal das „Meeresleuchten" gesehen hätte.

Die einen schüttelten den Kopf, die anderen sahen ihn verwundert an und manche rätselten, was damit wohl gemeint sein könnte.

„Das Meeresleuchten kommt vom Leuchtplankton im Wasser", erklärte Cicero, „Es ist elektrisch – ihr könnt es auch hören, wenn ihr beim Schwimmen oder Tauchen die Ohren unter Wasser haltet, oder wenn ihr am Abend in euren Kojen liegt und es knistert und knackt an der Bordwand. Und", fuhr er mit erhobenen Augenbrauen fort, „an einer Stelle, die genügend dunkel ist, also wo kein oder kaum künstliches Licht rundherum im Weg ist, könnt ihr es sogar sehen, denn es reagiert auf Berührung!"

Sprach's, stand auf und trat achtern auf die Badeplattform hinaus, hockte sich nieder und fuhr mit der Hand durch das Wasser.

„Hm – so seht ihr es nicht wirklich gut, oder?", murmelte er, „ich weiß etwas Besseres!"

„Oh Gott, jetzt zieht er sich gleich wieder aus!", wisperte Alexandra in Carolas Ohr – und sie behielt Recht. Geschützt von der Dunkelheit legte Cicero seine Kleider ab, wo er gerade stand, und gleich darauf verriet ein lautes Platschen, dass er ins Wasser gesprungen war.

Nun verteilten sich alle an der Reling und das Schauspiel, das sich ihnen bot, war wirklich einmalig: Ciceros Körper selbst konnte man praktisch nicht sehen, höchstens als verdichtetes Dunkel im Wasser. Aber wenn er seine Arme und Beine beim Schwimmen bewegte, schien er tausende und abertausende Lichtpunkte aufzuwirbeln, die sich wie Schwingen eines Vogels oder auch eines Engels einen Augenblick im Dunkeln unter Wasser auffächerten, ehe sie von der nächsten Bewegung und dem nächsten Schwarm von fluoreszierenden Partikeln abgelöst wurden. Es sah einfach unglaublich aus! Noch nie zuvor hatte Carola etwas Vergleichbares gesehen und sie hatte keine Ahnung gehabt, dass es so etwas überhaupt gab. Es war wunderschön, bezaubernd, beinahe unwirklich.

„Also, ich probier das aus!", rief Verena, und fügte treffend hinzu: „Wie oft hab ich dazu schon Gelegenheit? Am „Gänsehäufel" gibt es kein Meeresleuchten!"

Wie ein paar Stunden zuvor in der Nachmittagsbucht verschwand sie unter Deck und kam wenig später in ein Badetuch gewickelt wieder hervor. Diesmal benutzte sie allerdings die Badeleiter, ehe sie mit einem lauten Seufzen, dem gleich darauf erstaunte Jubelrufe folgten, im Wasser landete. Josi, ihr Freund, wollte das offenbar nicht auf sich sitzen lassen und war der Nächste. Werner und Rudi sahen sich an und lachten, murmelten so etwas wie „Mensch, warum denn nicht?" – und dann waren nur noch Alexandra und Carola an Bord. Alle anderen zogen mit leisem Plätschern ihre Bahnen rund um das Schiff und riefen einander zu, wie unglaublich das war, was sie erlebten!

Alexandra war still neben Carola sitzen geblieben.

„Du bist heute nackt ins Wasser gegangen", sprach sie sie leise an, die anderen hörten sie bestimmt nicht.

Carola nickte.

„Das hast du noch nie getan, oder?", hakte Alexandra nach.

Carola seufzte.

„Nein. Hab ich nicht." Sie sah die Freundin an: „Du kennst mich ziemlich gut, oder?"

Ein verständnisvolles, warmes Lächeln war die Antwort.

„Weißt du Carola, so ein Segeltörn, überhaupt der erste, kann es ganz schön in sich haben!" Sie ließ ihr perlendes Lachen hören, das ihren beachtlichen Busen, wie immer, zum Beben brachte: „Eigentlich hätte ich dich warnen sollen – oder dir wenigstens so etwas sagen wie ‚Für eventuelle Nebenwirkungen übernimmt die Charterfirma keinerlei Haftung' … Nein, aber im Ernst, Carola – schau dich um! Oder noch besser: Komm mit!"

Alexandra griff nach Carolas Hand und zog sie mit sich hoch. „Die anderen lassen wir einmal plantschen, oder? Wir haben in dieser Woche sicher noch einmal Gelegenheit, das Meeresleuchten zu sehen, was meinst du? Oder willst du mir sagen, dass du gleich noch ein zweites Mal an einem Tag eine deiner tief verwurzelten Ängste über Bord schmeißen willst? – He, gute Formulierung, übrigens!"

Carola schluckte, wie gut Alexandra sie tatsächlich zu kennen schien: „Das tiefe, schwarze Wasser."

„Ich hab doch Recht, oder?"

„Hast du. Du bist ein Schatz, dass du mir das ersparst."

„He Mädel, wofür hat man Freunde!", gluckste Alexandra.

Dann hatten sie die Bugspitze erreicht.

„Schau mal hinauf!", forderte Alexandra Carola auf, und beide legten ihre Köpfe in den Nacken. Über ihnen spannte sich die samtene Kuppel des Nachthimmels. Ja, es sah wirklich wie eine Kuppel aus, so eine Tiefe und Plastizität des Himmels kannte Carola bislang nicht. Und sie sah die Sterne, wie sie sie noch nie gesehen hatte. Abertausende, Myriaden von Sternen. Große, bekannte, die, die sie auch von ihrer Wohnung in Graz aus sehen konnte. Aber dann – mehr, viel, viel mehr! Manche so klein und so weit entfernt, dass sie nur als diffuses, helles Band oder nebelhafte Wolke am Himmel erschienen. Sie konnte sich nicht satt daran sehen.

„Das ist die Milchstraße, oder?", Carola deutete hinauf in den Himmel und Alexandra nickte.

„Ja, das ist sie. Hast du sie schon einmal so schön gesehen?"

„Ich glaube, ich habe sie überhaupt noch nie gesehen!"

Auf einmal schämte sich Carola fast dafür. Sie war über vierzig Jahre alt geworden – ohne jemals die Milchstraße gesehen zu haben. Oder das Meeresleuchten. Das war doch beinahe eine Schande.

„Ich frag mich gerade", sinnierte sie, „ob ich überhaupt schon gelebt habe."

„Ja", antwortete Alexandra ernst, „ich versteh, was du meinst. Mir ist es nicht viel anders ergangen, als ich meine ersten Tage an Bord verbracht habe, meine erste Nacht an Bord."

Ihre Stimme verklang, erstarb. So hatte sie Carola noch nie gehört. Sie sah die Freundin fragend an.

Doch noch ehe sie eine Frage stellen konnte, winkte diese, schon wieder fröhlich, ab: „Ach, das ist ewig lange her. Und ich bin darüber hinweg. Aber – nichtsdestotrotz: Segeln hat schon etwas! Ich bin froh, dass ich hier bin. Dass ich es noch einmal mache."

Da konnte Carola nicht mehr an sich halten und schlang ihre Arme einmal fest um ihre alte Freundin:

„Oh Alexandra, wenn du erst wüsstest wie froh ich bin, dass du mich mitgeschleppt hast!"

Nach ein paar Sekunden lösten sie sich auf Ellbogenlänge, hielten sich aber immer noch umfasst und nickten einander zu. Beider Augen hatten einen dunklen Glanz. Sie hätten noch mehr sagen, einander noch mehr erzählen können. Von sich, von ihrem Leben, von den Dingen, die sie erlebt hatten, seit sie sich damals als Schülerinnen voneinander getrennt hatten.

Aber es war im Grunde nicht notwendig. Es war wie früher – sie brauchten sich nur anzusehen und verstanden einander ohne Worte.

Nur eines flüsterte Carola Alexandra noch zu: „Es ist manchmal ganz schön schwer, oder?"

Und diese nickte, ohne dass das tiefe, ruhige Lächeln aus ihren Augen verschwand: „Natürlich. So ist das Leben."

Und dann ließ sie die Freundin los und machte mit beiden Händen eine weite, ausholende Geste, die alles zu umfassen schien – das Schiff, das dunkle, ruhige Meer, die felsigen Hügel der Bucht, den Sternenhimmel.

„Aber so ist es auch, Carola. So ist es auch. Groß. Unendlich. Geheimnisvoll. Und wunderschön."

Als sie bald darauf in ihrer Koje lag, kurz bevor sie einschlief, dachte Carola an Elvira – ob sie es auch so schön hatte? Ob auch sie den Sternenhimmel sehen konnte? Und ob Marcel, ihr Freund, sie auch so gut verstand, wie Alexandra sie – all ihre Sorgen, Ängste, Wünsche? Und plötzlich fiel ihr ein Lied ein, ein Hochzeitslied in lateinischer Sprache – wo hatte sie das bloß gehört? Jedenfalls war es lange her, vielleicht noch damals in ihrer Schulzeit? Sie wusste den Text nicht mehr genau, aber die Melodie war auf einmal so deutlich in ihrem Kopf, als hätte sie sie gerade gehört.

Carola wollte Alexandra nicht wecken oder beim Einschlafen stören, sonst hätte sie es wohl laut vor sich hin gesummt. Aber eine Textstelle leuchtete klar und deutlich in ihrem Bewusstsein auf, sie war es, die eben unerwartet in ihrem Kopf aufgeblitzt war, sie lautete übersetzt in etwa so: „Oh mein Licht, mein kleines Herz, lass mich dein einziger Vertrauter sein."

Wie schön war das. Hatte ihre Tochter in dem jungen Mann, mit dem sie reiste, jemanden, der ihr und dem sie so vertraut sein konnte? Waren sie selbst und Hannes, ihr Mann, auf eine solche Art vertraut miteinander gewesen? Konnten ein Mann und eine Frau sich überhaupt so verstehen, so wie es alte Freundinnen konnten, wie es Frauen untereinander konnten, weil sie ähnliche Dinge im Leben erlebt hatten, oder weil sie Dinge ähnlich sahen?

Über diesen Gedanken sank Carola in den Schlaf.

Kapitel 8

Der zweite Tag an Bord begann, wie der erste geendet hatte – mit einer kräftigen gemeinsamen Mahlzeit, und setzte sich fort mit den bereits zur Routine werdenden Arbeiten des „Klar-Schiff-Machens" – also dem Wiederherstellen des aufgeräumten und gesäuberten Ursprungszustandes von Schiff und Mannschaft.

Alle, die Lust hatten, absolvierten vor dem Ablegen noch eine Baderunde, dann ging es los und sie ließen die verschlafene Kornatenbucht, die die Kulisse ihres Abends und ihrer Nacht gewesen war, hinter sich.

Das Wetter war wieder wunderschön sonnig, aber da es noch kaum Wind gab und Cicero ihnen ein „Sightseeing" – was auch immer er damit meinte – versprochen hatte, starteten sie ihre erste Tagesetappe mit dem Motor.

Nachdem sie ein kurzes Stück zwischen den Inseln der Kornaten hindurch gefahren waren, die Carola, wie am Vortag, in ihrer Kargheit und charakteristischen Formgebung staunend betrachtete, erreichten sie den Rand des Archipels. Cicero selbst steuerte die *„Seevogel"* nun in südwestlicher Richtung – als sie vor ihrer aller Augen plötzlich auftauchten: Steilklippen! Damit hatte niemand gerechnet und Cicero hatte kein Sterbenswort verraten. Auf einmal war allen klar, was er mit „Sightseeing" gemeint hatte!

Dass die ansonsten so sanft und ebenmäßig geformten Kornatenhügel hier, an ihrem Rand, eine solche Höhe erreichen und so steil ins Meer abfallen würden, das war wirklich eine Überraschung!

Fotoapparate wurden gezückt und alle saßen oder standen, sich mit einer Hand festhaltend, an Deck und betrachteten staunend das Naturschauspiel.

„Hier ist es um die neunzig Meter tief!", rief ihnen Cicero zu, der überraschend knapp an die Felswände heranfuhr. Normalerweise, das hatten alle bereits mitbekommen, achtete er nämlich genauestens darauf, einen gewissen Respektabstand zum Land ein-zuhalten, da es dort seicht werden konnte, und die „*Seevogel*" mit einem Unterwasserschiff von zweieinhalb Metern einen gewissen Tiefgang brauchte. Vor allem, wenn sie unter Segel fuhren, so hatte Cicero ihnen am Vortag erklärt, war es wichtig, einen Manövrier-abstand einzukalkulieren, je nachdem, wie der Wind stand, bezie-hungsweise wie er sich drehen konnte. Jedenfalls mussten sie weit genug vom Land entfernt sein, damit sie im Notfall genug Zeit und Platz hätten, um ein Segelmanöver durchführen zu können, bevor das Schiff an Land gedrückt würde.

Da es nun aber zum einen fast windstill, die „*Seevogel*" zum an-deren unter Motor lief und, wie der Skipper eben erklärt hatte, hier ausreichend Wassertiefe vorhanden war, konnten sie sich die hohen Felsen aus nächster Nähe ansehen.

Die Farbe des Gesteins wechselte zwischen sandfarben, weiß und grau, am oberen Rand stand niederer grüner Bewuchs, und Wasser und Wind hatten im Laufe vieler Jahre seltsame, markante Nasen, Kanten und Höhlen aus dem Gestein geformt. Carola meinte, Ge-sichter darin zu erblicken, Türme, Schultern, Balkone, Säulen. An manchen Stellen zogen Schwalben ihre Kreise und sie konnte ganze Kolonien von ihren Nestern und Unterschlüpfen erkennen.

Das Wasser war hier von einem lichtlosen Schwarz. Das lag ei-nerseits an seiner Tiefe, andererseits daran, dass der Schatten der Klippen darauf fiel.

„Die Einheimischen nennen diese Felswände ‚Kronen' – ‚*krune*' auf Kroatisch, ‚*corone*' auf Italienisch", erklärte Cicero.

Der Name passte, fand Carola, denn die Klippen hatten wahrhaf-tig etwas Majestätisches.

Da drosselte Cicero den Motor:

„Wer möchte schwimmen gehen?", dröhnte seine Kapitänsstimme.

Das meinte er jetzt aber nicht im Ernst! Oder?

Er meinte es ernst, denn noch einmal erklang es:

„Wer möchte schwimmen gehen? Hopp, hopp, meine Herrschaften, hinein mit euch! Hier könnt ihr ruhig einen Kopfsprung machen – es ist tief genug!"

Oh dieser – phu! Hatte man denn hier nie seine Ruhe, schoss es Carola durch den Kopf, der sich heiß anfühlte. Musste dieser Mensch einen – musste er sie! – alle paar Stunden vor solche Herausforderungen stellen? Machte er das absichtlich? Oder fand er, nach all den Jahren, die er diese Touren machte, schlichtweg nichts mehr dabei, wenn er harmlose Touristen von Schiffen springen ließ, bei Tag, bei Nacht, bekleidet oder nackt, egal ob das Wasser einladend türkis oder abgründig schwarz war?

Und das Schlimmste war: Hier an Bord gab es genug Tollkühne, die solchen absurden Ansinnen auch noch bereitwillig Folge leisteten!

Verena war natürlich schon unterwegs ins Wasser, wie immer gefolgt von Josi, auch wenn der, das konnte Carola ihm deutlich ansehen, von selbst sicher nie auf die Idee gekommen wäre. Tja, die Frau hielt ihn offensichtlich auf Trab!

Werner und Rudi konnten sich diesmal, so schien es, beherrschen.

Da stand Alexandra neben ihr.

„Was meinst du – sollen wir?"

„Oh – nicht auch noch du!", entfuhr es Carola.

Diese machte große Augen: „Was denn? Es ist immerhin Tag! Die Sonne scheint!"

Und mit einem Augenzwinkern fügte sie hinzu: „Und ich bin ja bei dir. Ich bleib immer an deiner Seite, ich versprech es dir! Weißt du noch, wie du gestern gesagt hast, dass du dich manchmal fragst, ob du überhaupt schon gelebt hast? Also bitte: Das ist eine wirklich gute Gelegenheit!"

Als hätte er ihre leise Unterhaltung mitbekommen, ließ Cicero seinen Aufruf noch einmal übers Deck schallen:

„Hopp, hopp, meine Damen – werft eure edlen Körper in die Flut!"

Da war etwas – wieder eine Erinnerung, so etwas wie ein Déjà-vu … In der nächsten Sekunde fiel es Carola ein: natürlich ihr Piratentraum! Der Kapitän auf dem alten Dreimastsegler hatte sie auch gerufen, er hatte sie aufgefordert zu springen. Zwar hatte er „komm!" gerufen, und nicht „hopp, hopp!" – aber so groß war der Unterschied nicht. Es kam auf das Gleiche heraus.

„Der Weg in die Freiheit ist wohl nicht zwangsläufig immer ein Sprung, oder?", fragte Carola Alexandra, die verwirrt die Stirn runzelte.

Carola schüttelte lächelnd den Kopf: „Schon gut, das musst du jetzt nicht verstehen."

Sie seufzte: „Also gut. Es ist nie zu spät für einen pubertären Vorstoß, oder?"

Natürlich sparten sie sich die Bikinis. Carola ließ ihrer Freundin den Vortritt, oder in diesem Fall sollte sie vielleicht eher „Vorsprung" sagen, denn Alexandra stürzte sich tatsächlich kopfüber in die Fluten, während Carola sich wieder für den Weg über die Badeleiter entschied.

Und seltsam – ähnlich wie gestern, war es auch dieses Mal überraschend leicht. Die Überwindung lag nur in dem Davor – in den tausend Gedanken, was könnte sein, wie kann ich das machen, was könnte passieren. Wenn man einmal dabei war, war es halb so schlimm. Das Wasser war weich und glatt wie Seide, es umfing Carola auf angenehme Weise, trug sie, fühlte sich vertraut an. Es war leicht, sich darin zu bewegen, weg vom Schiff, von der letzten sicheren Plattform, die ihr Boden unter den Füßen zu gewähren vermochte.

Carola drehte den Kopf staunend den Felswänden zu – von hier aus wirkten sie noch um ein gutes Stück höher, als vom Deck der „Seevogel" aus. Und so, ohne irgendein Zwischenmedium, hatte sie das Gefühl, dem Naturwunder, denn nur als solches konnte sie es bezeichnen, wahrhaft direkt und unmittelbar zu begegnen.

Sie schwamm mit kräftigen Stößen, sie spürte, wie ihre Muskeln arbeiteten. Sie tauchte mit dem Kopf unter und kam wieder an die Oberfläche. Ein Lachen drang aus ihrer Brust, ein Gefühl des Überschwangs, der Leichtigkeit.

„Alexandra!"

„Ich bin hier, Süße, drei Meter neben deiner Backbordseite", klang es beruhigend von links zu ihr herüber.

„Nein, nein!", rief Carola zurück, „ich hab keine Angst! Es ist – es ist einfach unglaublich! Warum hast du mir das nicht gleich gesagt!"

„Aber das hab ich, kannst du dich erinnern?"

Sie lachten ihr gemeinsames Schulmädchenlachen.

„Alexandra – es ist ja gar nicht schwer!"

„Das Schwimmen? Das Aufgeben von überflüssigen, alten Ängsten und Hemmungen?"

„Ja, das auch! Aber ich meine – das Leben! Es fühlt sich auf einmal so – leicht an, weißt du, was ich meine?"

„Ich weiß verdammt genau, was du meinst, holde Maid!", prustete Alexandra, „aber abgesehen davon: Ich denke, wir sollten langsam wieder zurückschwimmen!"

Carola hatte gar nicht bemerkt, wie weit sie sich von der „Seevogel" entfernt hatten. Als sie sich dessen gewahr wurde, tauchte für einen Moment das alte Gefühl der Angst in ihr auf, der Angst, sich zu weit von vertrautem, sicherem Terrain zu entfernen.

Aber im nächsten Augenblick war es schon wieder verschwunden. Was sollte schon geschehen? Die anderen würden sicher nicht ohne sie weiterfahren!

Beinahe widerwillig antwortete sie: „Na schön, wenn du meinst."

Aber sie hätten sich gar nicht extra zu entschließen brauchen. Nachdem die „Seevogel" die übrigen Klippenschwimmer offenbar bereits eingesammelt hatte, bewegte sie sich nun langsam in ihre Richtung, beschrieb einen Kreis und näherte sich rückwärts an Carola und Alexandra an, sodass sie ohne große Mühe wieder über die Badeleiter an Bord klettern konnten.

Während sich Carola, immer noch lachend, immer noch strahlend, abtrocknete, fühlte sie auf einmal, dass sie jemand ansah. In der Annahme, es wäre Alexandra, schaute sie unbefangen hoch.

Aber es war Cicero, dessen intensiver, ruhiger Blick auf ihr lag. Hinter seiner Stirn konnte Carola förmlich das Rattern seiner Gedanken hören, wenn sie auch nicht verstand, was sie sagten.

Die anderen waren unter Deck, sich umziehen, oder standen vorne am Bug, um sich weiter die Felsklippen anzusehen. Es war niemand in der Nähe.

Carola, seltsam berauscht, gestärkt von allem, was sie seit gestern, was sie gerade erlebt hatte, warf in einer mädchenhaften Geste ihren Kopf in den Nacken:

„Warum siehst du mich so an?"

„Du bist unglaublich schön, wenn du so lebendig bist, Carola."

Es war eine Feststellung, nicht eigentlich ein Kompliment. Genauso gut hätte er etwas über das Wetter oder über den Wind sagen können.

Und Carola konnte nicht glauben, dass er es gesagt hatte. Beinahe noch weniger konnte sie glauben, dass sie bei dieser Bemerkung nicht rot wurde. Und dass sie ihm glaubte, denn genauso fühlte sie sich in diesem Moment. Sie fühlte sich schön und sie fühlte sich lebendig.

Statt einer Antwort war es nun sie, die ihn mit ihren hellen, grünen Augen ruhig und ernst, dabei vollkommen gelassen anblickte. Und ihrem Mund entschlüpften Worte, die sie sich noch wenige Stunden, wenige Minuten zuvor nicht zu sagen getraut hätte:

„Dann musst du der lebendigste Mensch sein, den ich je getroffen habe, Cicero."

Hatte sie das gerade wirklich gesagt?

Zum Glück rief Rudi in diesem Augenblick nach hinten: „Wat isn los, Skipper, jehts wieder weider? Wir sin doch nu alle hier, oder?"

Mit einer Sekunde Zeitverzögerung wandte sich Cicero von Carola ab und startete den Motor.

„Aye, aye, mein Herr!", rief er scherzend zurück.

Ohne einen weiteren Blick in seine Richtung beeilte sich Carola, in ihre Koje zu kommen, um sich anzuziehen und ihre Fassung wieder zu finden. Denn bei aller oberflächlichen Ruhe hatte der kurze, aber intensive und spannungsgeladene Dialog mit dem Skipper sie doch gehörig aufgewühlt.

Als sie schließlich das Naturschauspiel der Felsklippen hinter sich gelassen hatten, nahmen sie die Durchfahrt zwischen den Inseln Levrnaka und Borovnik, vorbei an Piškera und Lavsa. Um die Mittagszeit ankerten sie in einer Bucht mit Gasthaus und Anlegesteg, der allerdings voll belegt war, vor Ravni Žakan. Seit sie entlang der „Kronen" geschippert waren, war es insgesamt belebter geworden. Offenbar bewegten sie sich nunmehr auf ausgetreteneren Touristenpfaden. Nach der Ruhe und der Natur in den zentraleren Bereichen der Kornaten fand Carola nun auch durchaus wieder Gefallen an dem bunten Treiben um sie herum. Gleich nach dem Ankersetzen war sie eine Runde geschwommen, während ein paar von ihrer Mannschaft mit dem Beiboot hinüber zum Restaurant gefahren waren, wo sie eine Kleinigkeit essen, spazieren gehen und nach einem Laden Ausschau halten wollten, in dem sie eventuell frisches Brot kaufen konnten. Nun waren fast alle von Bord und Carola hatte sich mit ihrem Badetuch an Deck gelegt, um sich von der Sonne trocknen zu lassen. Cicero hatte sich unter Deck verzogen, vielleicht wollte er sich ein halbes Stündchen aufs Ohr legen. Für ihn war der Törn sicher um einiges anstrengender als für die Übrigen, überlegte Carola, denn immerhin hatte er die volle Verantwortung für Schiff und Mannschaft, und obwohl er nicht viel sagte, sah sie ihm manchmal an, dass er alle möglichen Überlegungen oder Berechnungen anstellte und dass sein Geist voll beschäftigt war.

„Geht's dir gut, Süße?"

„Oh, du bist da? Ich war mir nicht sicher, ich dachte du wärst mit den anderen hinübergefahren!"

Ohne dass Carola sie gehört hatte, war Alexandra an ihre Seite getreten und hatte sich neben sie gesetzt. Ihre schönen, dichten schwarzen Haare tropften. Offensichtlich hatte sie sich auch fürs Schwimmen und das anschließende Sonnenbaden an Bord entschieden.

„Ist es okay, dass ich mich zu dir setze? Oder willst du ein bisschen allein sein?"

Carola schüttelte nachdrücklich den Kopf, „Aber natürlich ist das okay! Deine Gesellschaft ist mir absolut willkommen, mach es dir gemütlich!"

Alexandra wickelte sich aus ihrem Badetuch, breitete es neben Carolas aus und legte sich neben sie auf den Rücken.

„Ah! So lässt sich's leben, oder?", stieß sie mit einem Seufzer hervor.

Eine Zeitlang sagten sie nichts und lagen einfach schweigend und die wärmenden Sonnenstrahlen genießend, die ihre nasse Haut und ihr triefendes Haar trockneten, nebeneinander.

„Er scheint ein Auge auf dich geworfen zu haben", sagte Alexandra auf einmal ohne jeglichen Zusammenhang, und Carola war ehrlich verwirrt.

Sie riss die Augen auf und sah die Freundin verständnislos an: „Wer? Was meinst du? Ein Auge auf *mich*?"

Jetzt schlug auch Alexandra die schwarzbewimperten Augenlider auf und blickte Carola von unten mit großer kindlicher Unschuldsmiene an:

„Na wer schon – der Skipper natürlich! So blind kannst ja nicht einmal du sein – oder?"

Carola überlegte einen Augenblick. Sollte sie protestieren? Zwar hätte sie nie Alexandras Formulierung gewählt – aber zu leugnen, dass von Anfang an die Luft zwischen ihnen gebrannt hatte, hätte vor jemandem wie Alexandra, die, was solche Dinge betraf, über den Spürsinn eines Luchses verfügte, ohnehin keinen Sinn gehabt. Sie hoffte nur, dass Cicero schlief oder sich wenigstens bei geschlossener Tür in seiner Koje aufhielt und sie nicht hörte.

Eigentlich war sie erleichtert darüber, sich jemandem, ihrer Freundin, anzuvertrauen. Nur – von sich aus hätte sie es nicht getan. Zumindest noch nicht.

Zögerlich begann sie: „Alexandra ich …", und schon wusste sie nicht mehr weiter.

„Du stehst total auf ihn, hab ich Recht?"

„Oh du immer mit deinen – direkten Formulierungen!", schimpfte Carola.

Alexandra machte eine entschuldigende Geste, „Aber es stimmt doch, oder? Ich hab das schon am Samstag bemerkt, als wir zum ersten Mal an Bord gegangen sind."

Carola seufzte.

„Du bist unmöglich. Aber – ja, ich – er macht mich, ich meine er hat mich – er …"

„Oje Mädchen!", Alexandra setzte sich mit einem Schwung auf und sah Carola mit gespielt entsetzter Miene an: „Das ist ja schlimmer, als ich dachte! Du bringst ja kein vernünftiges Wort mehr heraus!"

„Alexandra – das ist lächerlich. Ich bin dreiundvierzig Jahre alt!"

„Na und? Was hat das damit zu tun?"

„Was das damit zu tun hat? Alles hat damit zu tun! Ich bin kein Teenager mehr! Ich war mehr als zwanzig Jahre verheiratet! Ich bin – ach verdammt! Ich bin Witwe! Ich bin …"

„Du bist was? Du bist keine Frau mehr, weil dein Mann gestorben ist?"

Carola war blass geworden. In ihrem Inneren fühlte sie ein Zittern, etwas schnürte ihr die Kehle zu.

Alexandra war zwar oft gnadenlos direkt, aber sie war nicht unsensibel. Sie wusste, dass sie zu weit gegangen war.

„Oh Carola, es tut mir so Leid. Ich wollte dich nicht – verzeih mir, das war dumm von mir. Du darfst mich nicht immer so ernst nehmen, ich weiß, das ist ein Fehler von mir, dass ich immer alles aus mir herausplappere, was mir so in den Sinn kommt."

Alexandras Worte taten weh. Sie taten weh, weil sie, wie fast immer, den Nagel auf den Kopf getroffen hatte. Aber in dieser unbarmherzigen Deutlichkeit hatte es Carola noch nicht betrachtet. Hatte sie mit dem Tod von Hannes nicht wirklich still und heimlich aufgehört, sich selbst als Frau zu fühlen und zu verstehen? Oder – wenn sie den Gedanken weiterspann – war es vielleicht sogar noch früher geschehen? Monate, Jahre, Jahrzehnte früher?

In ihren Augen schwammen Tränen, sie konnte es fühlen und es war ihr gleichgültig.

„Er hat gesagt ich bin schön, wenn ich so lebendig bin", stieß sie flüsternd hervor, man konnte es kaum hören, aber Alexandra hatte es verstanden.

Mehr brauchte es nicht, Carolas Augen gingen über. Alexandras Arme umfassten sie und wie ein müdes Kind gab Carola allen Widerstand auf, ließ die Stirn auf die Schulter der Freundin sinken und ihren Tränen freien Lauf.

Alexandra strich ihr beruhigend über den Kopf, als wäre sie eine Mutter, die ihr Kind tröstet. Es tat so gut.

Nach einer Weile wurden die Tränen spärlicher, dann versiegten sie. Das Zittern in Carolas Innerem war vorbei, an seine Stelle trat ein Gefühl der Leere.

Alexandra schob sie ein Stück von sich, wischte ihr mit dem Handrücken die Tränen von den Wangen.

„Carola, sieh mich an", Alexandras Stimme war leise, aber sie betonte nachdrücklich jede Silbe.

Carola hob den Kopf.

„Ich möchte, dass du mir genau zuhörst, dass du dir ganz genau einprägst, was ich dir jetzt sage!"

Carola nickte wortlos.

„Gut. Wenn er, wenn Cicero das gesagt hat, dann nehme ich alles zurück, was ich dem Kerl bis jetzt innerlich an Schmähungen und Verwünschungen an den Kopf geworfen habe. Nein, unterbrich mich nicht. Für mich war er auf den ersten Blick ein Flegel. Ein Macho. Einer, der Frauen nicht als Menschen sieht, sondern als Beute. Einer, der von sich selbst eine allzu hohe Meinung hat, auch wenn er so klug ist, das hinter einem perfekten Mantel von Höflichkeit zu verstecken. Aber – ich scheine mich gründlich geirrt zu haben. Mehr sag ich jetzt nicht zu dem Thema Cicero Colli, denn es könnte ja sein", und an dieser Stelle zwinkerte sie Carola verschwörerisch zu, „dass du ihn noch näher kennen lernen und dir selbst ein Bild von ihm machen willst. Nur eines möchte ich dezidiert festhalten: Mit dem, was er da zu dir gesagt hat, hat er absolut und hundertprozentig Recht!"

Carola saß wie versteinert.

„Ja, ja, glaub mir, die dich schon länger kennt, als die meisten anderen Menschen – die kleine Unterbrechung von dreißig Jahren lassen wir jetzt einmal beiseite! Siehst du, jetzt lachst du schon wieder! Nein, wirklich Carola, ich sehe das auch, wie gut dir dieser Törn tut. Und wenn Colli seinen Anteil daran hat, dann kann ich ihm nur gratulieren."

„Es ist alles zusammen, Alexandra – das Segeln, das Meer, die Sonne, und alle, die dabei sind, es ist so fröhlich hier, so unbeschwert, so unkompliziert. Und ich bin hier nie allein. Und du bist es auch, du bist so – du bist so ein wunderbarer Mensch, Alexandra!"

„Na, nun lass mal gut sein", winkte diese, obwohl sichtlich gerührt, ab.

„Noch einmal: Dafür hat man Freunde. Aber du blühst richtig auf. Das ist nicht zu übersehen. Das find ich so schön und ich freu mich für dich. Und bitte, Carola, lass es weiter geschehen! Wie auch immer es geschieht, wer auch immer seinen Anteil daran hat oder in welcher Form, hör auf den Rat deiner verrückten, überdrehten, geschiedenen, anstrengenden und kreuzfidelen Freundin: Lass es zu!

Aber ich sehe, dass du das tust. Tu es in deinem Tempo, aber hör nicht auf damit. So, und jetzt geh ich und lass dich ein bisschen allein."

Alexandra erhob sich, raffte ihr Badetuch zusammen, und ging nach unten. Carola hörte ihre Schritte unter Deck und die Tür zu ihrer Koje.

Wie taktvoll sie sein konnte. Wenn sie nicht gerade unverschämt war!

„Ach Alexandra, du hast das Herz am rechten Fleck", murmelte Carola leise vor sich hin. Sie legte sich nicht noch einmal hin, sondern blieb sitzen, mit leicht gegrätschten Beinen, die Knie angewinkelt, die Ellbogen darauf gelegt, und schaute den Schiffen zu, die rund um die „Seevogel" ankerten, dem geschäftigen Brummen des Lebens. Und obwohl sie längst trocken war und obwohl man sie von den anderen Schiffen aus sehen konnte, verschwendete sie keinen Gedanken an Sonnenbrand – oder daran, dass sie, wieder einmal, keinen Bikini trug.

Kapitel 9

Der Rest des Tages und auch der Großteil des darauf folgenden verliefen in angenehmer Eintönigkeit – Sonne, blauer Himmel, blaues Wasser, kräftige Mahlzeiten, Schwimmen, Geplauder an Bord und ruhige Buchten, in denen sie ankern konnten. Carola stellte an sich fest, und sie unterhielt sich auch mit Alexandra darüber, wie wohl es ihr tat, dass Tagesablauf und Tagesinhalt sich sozusagen auf das Notwendigste, das Grundlegende reduzierten – Essen, Schlafen, sich von A nach B bewegen, aufs Meer hinausschauen. Man wurde seltsam ruhig und bedürfnislos – und das war genau das, was Carola brauchte.

Alexandra wandte ein, dass sie diese Empfindungen zwar grundsätzlich teile, dass es für sie aber langsam ein bisschen zu viel der Ruhe und der Reduktion auf das Wesentliche wären. Sosehr sie das Segeln genoss und sich, wie Carola, an Bord und mit ihren Mitseglern wohl fühlte – langsam sehnte sich ein Stück von ihr wieder zurück zu ihrer Arbeit und den Anregungen und Zerstreuungen der Stadt.

„Dir ist ja nicht zu helfen!", witzelte Carola. Aber sie kannte ihre Freundin gut genug, um zu wissen, dass Alexandra von ihrem Temperament her sicherlich etwas mehr Trubel und Bewegung brauchte, als ein Leben an Bord einer Segelyacht es bieten konnte – auch wenn sie in noch so schönen Gebieten, bei noch so traumhaftem Sommerwetter unterwegs war.

Möglicherweise erging es den anderen ähnlich wie Alexandra – denn als sie am dritten Tag am späten Nachmittag in dem kleinen Ort Drvenik, gelegen auf der Insel Veli Drvenik, anlegten – diesmal hatten sie sogar das Glück, einen freien Platz direkt an der Hafenmauer zu ergattern – freuten sich alle auf den bevorstehenden Landgang und die in dem pittoresken kleinen Hafen zu erwartende Atmosphäre von südlich buntem Sommertreiben.

Cicero teilte Carola mittlerweile ganz normal wie alle anderen bei den Manövern ein – und wenn sie nicht gleich verstand, was sie tun sollte, so gab es immer jemanden, der es ihr noch einmal erklärte – Alexandra, Rudi, Werner oder Verena, einer von ihnen war fast immer in der Nähe.

Carola stellte fest, dass sie großen Spaß daran hatte, Leinen aufzuschießen, um Poller zu wickeln oder um eine Klampe zu schlagen. Sogar den Anker hatte sie schon einmal bedient – und sie war von Stolz erfüllt gewesen, als es ihr gelungen war.

Auch die anderen Vorgänge an Bord begann sie nach und nach immer mehr zu durchschauen. So hatte sie zum Beispiel verstanden, dass an der Spitze des Großmastes ein kleiner Pfeil saß, der so genannte Windanzeiger oder „Verklicker", an dem man, wie der Name schon sagte, ablesen konnte, aus welcher Richtung der Wind kam.

Die für sie völlig neuen seemännischen Ausdrücke und Bezeichnungen speicherte und lernte sie in ihrem Kopf wie die Vokabel einer fremden Sprache.

Außerdem getraute sie sich mittlerweile, Fragen zu stellen – sogar an Cicero. Warum und auf welche Weise er die Segelstellung veränderte, wenn sie den Kurs änderten oder wenn der Wind aus einer anderen Richtung kam. Ob man an den Wellen erkennen konnte, wie viele Windstärken es hatte. Warum es zwei Steuerräder gab und nicht nur eines. Oder was manche Begriffe, die sie ihn oder andere immer wieder nennen gehört hatte, bedeuteten – *Lee* und *Luv, Schot, achtern, Kreuzen, Halse, Halbwindkurs, Vorwindkurs, Achterspring* und noch so einiges mehr.

Im Laufe dieser halben Woche, die Carola nun an Bord der „Seevogel" verbracht hatte, hatte sie zweierlei festgestellt: Erstens, dass sie nie gedacht hätte, wie sehr die Welt des Segelns ihr Interesse wecken und wie großen Spaß sie daran haben würde. Manchmal kam es ihr vor, dass sie es viel mehr genoss als Alexandra, die es zwar auch mochte, die es aber dennoch im Grunde schon wieder zurück an Land und zu ihren gewohnten Tätigkeiten zog. Wenn es nach Carola gegangen wäre, hätte sie die nächsten sechs Monate auf einem Schiff wie der *„Seevogel"* verbringen können! Dann hätte sie genügend Zeit gehabt, sich alles in Ruhe anzusehen, alles in Ruhe auszuprobieren und zu üben und nach und nach immer mehr zu begreifen und zu verstehen – dazu hätte sie große Lust verspürt, wenn es möglich gewesen wäre! Und schlussendlich – was erwartete sie schon zuhause? Eine leere Wohnung. Ein leeres Leben. Aber daran wollte sie jetzt, solange sie noch an Bord war, keine Sekunde lang denken!

Zweitens hatte sie festgestellt, dass Cicero es mit einer unglaublichen Geduld, ja sogar mit Freude aufzunehmen schien, wenn sie ihm Löcher in den Bauch fragte. Wenn man ihm zuhörte, spürte man, wie groß seine Leidenschaft für das Segeln war, für das Meer und den Wind, und welch unglaubliches Wissen er über diese Dinge in sich trug. Carola liebte es, wenn er darüber sprach und sie liebte es, den Klang seiner Stimme zu hören und die Begeisterung, die Lebendigkeit, die Kraft, die in seinen Worten lagen. Sie liebte es auch, ihn zu betrachten, wenn er redete. Seine behaarten Unterarme, seine breiten Schultern, seine kräftigen, wohlgeformten Hände, sein markantes Kinn, seine strahlenden Augen, seine dunklen, schwungvollen Augenbrauen, seinen schönen Mund – und, natürlich, seine umwerfende Zahnlücke.

Kaum in Drvenik angekommen, machten sich auch schon alle daran, sich zuerst „landfein" zu machen, und danach, beinahe überstürzt, von Bord zu gehen – alle waren offenkundig landhungrig!

Bei der Einfahrt hatten sie ein Restaurant erspäht, dessen große, hoch gelegene Terrasse überaus einladend auf sie wirkte, sodass sie einstimmig beschlossen, später gemeinsam dort essen zu gehen. Die verbleibende Zeit bis dahin wollte offenbar niemand an Bord verbringen. Verena und Josi waren die Ersten gewesen, die mit einem kurzen Winken über die Schulter beinahe fluchtartig an Land gegangen waren – sie freuten sich so offensichtlich auf einen Spaziergang zu zweit, dass alle sich schmunzelnd anblickten. Rudi und Werner hatten sich um Alexandra geschart, die gerade, mit Händen und Füßen redend, offensichtlich eine gehörige Portion ihres femininen Charmes in die Welt versprühte – der die beiden norddeutschen Seemänner allem Anschein nach nicht viel entgegenzusetzen hatten, sodass Carola sich einen Moment lang überflüssig vorkam. Sie verspürte keine große Lust, sich in Alexandras Fischzüge einzumengen – ihr war mehr nach Stille zumute. Vielleicht konnte sie ihre Kamera auspacken und damit ein wenig im Alleingang in dem weitläufigen Hafenbecken umherstreunen und ein paar Bilder machen?

Da erklang Ciceros Stimme unvermutet ganz nahe bei ihrem Ohr: „Hast du Lust, ein paar Schritte mit mir zu gehen, Carolina?"

Überrascht blickte Carola auf – sie hatte ihn gar nicht gehört. Ein Seitenblick auf Alexandra und ihre beiden Begleiter, die sich plaudernd und lachend bereits von der „Seevogel" entfernten, sagte ihr, dass ihre Anwesenheit von den dreien sicher weder bemerkt noch, im negativen Fall, vermisst würde.

Also nahm sie Ciceros Angebot mit einem überraschten, aber erfreuten Lächeln an.

„Gerne."

„Hast du alles, was du für die nächste halbe, dreiviertel Stunde brauchst?", erkundigte er sich bei ihr.

Carola sah ihn an: „Ja. Ich denke, ich habe alles, was ich brauche."

Es lag eine tiefere Bedeutung in diesen Worten, Carola spürte es, als sie sie ausgesprochen hatte.

Wie vor kurzem das alte lateinische Hochzeitslied, fiel ihr wieder unvermutet etwas ein, ein Film diesmal, den sie vor mehreren Jahren gesehen hatte – sie wusste weder den Titel mehr, noch die genaue Handlung. Die Hauptdarstellerin war Katherine Hepburn gewesen – oder Ingrid Bergman? Jedenfalls war es so ein wunderbarer alter Schinken gewesen, schwarz-weiß, wie sie ihn liebte, aus den vierziger oder fünfziger Jahren, in dem es noch, wie sie fand, echte Dialoge, echten Wortwitz und große Gefühle gegeben hatte. Und wo alles so wunderbar langsam und subtil abgelaufen war. Jedenfalls gab es gleich am Anfang dieses Filmes eine Szene, wo die Heldin und der Held, die einander zu diesem Zeitpunkt noch beinahe unbekannt waren, gemeinsam eine Gesellschaft verließen. Draußen war es kühl und der Mann fragte die Frau, ob sie einen Mantel wolle. Sie hatte ihn angesehen und geantwortet: „Danke. Sie genügen mir."

Wie kam sie jetzt darauf?

Als Cicero über das Landbrett gegangen war, drehte er sich nach ihr um und erwartete sie. Als sie ihn erreicht hatte, bot er ihr, als wäre es das Selbstverständlichste auf der Welt, seinen Arm an. Und als wäre es nicht weniger selbstverständlich, nahm sie ihn und hakte sich bei ihm ein. Eine Weile gingen sie schweigend. Carola spürte, wie ihre Atmung flacher wurde, sie spürte seinen Körper neben sich, spürte die Hitze, die von ihm ausging, die geballte Kraft, die er ausstrahlte. In den flachen Schuhen, die sie trug, reichte sie ihm bis zum Kinn, das mittlerweile ein recht beachtlicher dunkelgraumelierter Bartwuchs zierte.

„Wie alt bist du eigentlich, Cicero?"

Die Vertrautheit, die ihre körperliche Nähe hergestellt hatte, ermöglichte es ihr, diese Frage zu stellen. Und er beantwortete sie auch ohne Umschweife:

„Ich bin fünfzig." Und ein wenig geistesabwesend fügte er hinzu: „Ich kann es selber kaum glauben, aber es ist so."

Er hatte sie nicht zurückgefragt, aber sie wollte ihm ihrerseits ihr Alter nennen – nicht aus Höflichkeit, sondern weil sie in diesem Augenblick das Gefühl hatte, dass ein Gutteil ihrer Persönlichkeit sich in dieser Zahl widerspiegelte:

„Ich bin dreiundvierzig."

Er blieb stehen, trat einen Schritt zurück und sah sie an. Sein Blick wanderte von ihrem Kopf über ihren Körper bis hinunter zu ihren Füßen und wieder zurück hinauf – als hätte er in der letzten halben Woche nicht genügend Gelegenheit gehabt, sie anzusehen, wenn er es gewollt hätte.

Seltsamerweise machte es ihr nichts aus, so von ihm taxiert zu werden. Es machte sie nicht verlegen. Sie fand es nur – ungewohnt. Sie konnte sich nicht erinnern, wann ein Mann sie so angesehen hatte. Nein, das stimmte nicht, sie wusste es sehr genau: nämlich noch nie! Höchstens als junges Mädchen, von Burschen in der Tanzschule oder bei den wenigen Malen, die sie mit ihren Freundinnen in eine Diskothek gegangen war.

„Du siehst nicht aus wie dreiundvierzig", stellte Cicero fest. Es war keine Schmeichelei, es war für ihn eine Tatsache.

„Du bist wie ein junges Mädchen, Carola", fügte er hinzu, seine Stimme war nicht mehr als ein Flüstern.

Sie standen einander gegenüber und keiner wusste etwas zu sagen.

„Ich kenne dich", hörte Carola sich plötzlich sagen, ohne dass diese Worte zuvor durch den Filter ihres Bewusstseins gedrungen wären, es war, als hätten sie sich selbständig gemacht und wären ohne ihr Zutun oder ihre Zustimmung von ihren Lippen getropft.

Und wenn das schon einmal gesagt war, konnte sie ebenso gut den Rest auch noch bekennen:

„Ich bin dir zum ersten Mal begegnet, als ich dreizehn Jahre alt war."

Sie hatte erwartet, dass er sie unterbrechen, dass er lachen, sie für verrückt erklären oder wenigstens nachfragen würde. Aber er sah sie einfach nur an, schweigend, abwartend. Der Ausdruck seines schönen, männlichen Gesichts war offen und einladend, ohne einen Hauch von Ironie oder Zurückweisung.

Also fuhr sie fort: „Es war eine Art Traum, aber einer, den man am Tag träumt."

(Von dem Traum, den sie eines Nachts, die noch nicht so weit zurücklag, von ihm geträumt hatte, wollte sie, zumindest fürs Erste, definitiv nicht sprechen!)

„Ich stand am Fenster von unserem Ferienhaus in der Südsteiermark, das hab ich oft gemacht, denn ich liebte den Ausblick von dort über die sanften, waldlosen Hügel der Umgebung. Wenn das Gras im Sommer hoch stand und der Wind durch die Halme fuhr, dann sah es aus, als wären es Wellen. Ich nannte es das *Gräsermeer*. Und dann sah ich es immer, stellte es mir vor, ein großes, aus Holz gebautes Segelschiff, so ein altes mit vielen Segeln und mit drei stolzen Masten. Es fuhr dort am Horizont und ich wusste, dass du an Bord warst. Du warst der Kapitän. Und ich wusste, du würdest eines Tages kommen und mich mitnehmen. Und ich konnte mir nichts Schöneres vorstellen, es gab nichts, nach dem ich mich mehr gesehnt hätte."

Carola brauchte ein paar Augenblicke, um wieder zu Atem zu kommen, so schnell, so heftig hatte sie von dieser Erinnerung gesprochen.

„Dann ist mein anderes Leben gekommen. Ich habe meinen Mann kennen gelernt, habe geheiratet, eine Tochter bekommen. Ich habe für die beiden gelebt, mein Tag hat sich um ihre Bedürfnisse gedreht. Ich selbst – bin dabei irgendwie verschwunden. Und dann – dann ist er gestorben. Das war vor etwas über einem halben Jahr."

Sie sah ihn an.

„Es war ein Autounfall, weißt du. Es kam so plötzlich, so unerwartet. Er war um einiges älter als ich, fast zwanzig Jahre. Aber er war ein guter Mann, ich – dass es so plötzlich geschah, von einer Sekunde auf die nächste, das war das Grausame daran. Ich konnte mich nicht darauf vorbereiten, mich nicht damit abfinden. Ich konnte mich nicht von ihm lösen, ihm Auf Wiedersehen sagen. Ich konnte es einfach nicht begreifen. Und ich dachte, ich könnte nicht damit fertig werden."

Wieder ein Seitenblick auf Cicero – seine Miene verriet nicht, was in ihm vorging. Aber alles an ihm eröffnete ihr Raum, und Sicherheit zu erzählen, was immer sie ihm erzählen wollte.

„Ich habe gedacht, dass ich ohne ihn nicht weiterleben kann. Weißt du, Elvira, das ist meine Tochter, war, ich meine sie ist schon erwachsen. Sie ist zweiundzwanzig und hat gerade ihre Berufsausbildung abgeschlossen. Zur Stunde ist sie auf Europareise mit einem jungen Mann, der ihr Freund ist."

Die Erwähnung Elviras war eine Ablenkung gewesen, Carola war das klar. Aber sie wollte es sich nicht ersparen, noch einmal zum eigentlichen Thema zurückzukehren. In dieser Minute, angesichts dieses Mannes, der im Grunde ein Fremder war und doch derjenige, der ihr, so unvorstellbar es war, seit jeher vertraut war, wollte sie ihre Geschichte zu Ende erzählen.

„Cicero – ich wollte nicht mehr leben. Ich dachte, ich könnte es nicht. Ich habe mir Tabletten besorgt, das ist erst zehn Tage her."

Noch immer sagte er nichts, unterbrach sie nicht, bewegte sich nicht, sondern sah sie immer noch unverwandt an.

„Ich habe es nicht getan – logisch, sonst wäre ich nicht hier."

Ein verlegenes Lächeln, eine Geste, mit der sie sich eine Locke aus der Stirn strich.

Er fing ihre Hand mit der seinen auf, die wie ein flatternder Vogel durch die Luft taumelte, als wisse sie nicht, wohin, und hielt sie fest.

„Komm", sagte er und seine Stimme hatte einen ungewohnt weichen Klang, „gehen wir ein Stück. Manchmal redet es sich leichter, wenn man sich dabei bewegt."

Nach ein paar Schritten nahm Carola den Faden ihrer Erzählung wieder auf:

„Ich habe einen Vogel singen gehört, weißt du, eine Amsel. Vor meinem Fenster. Genau in dem Moment, als ich sie nehmen wollte. Das hat mich davon abgehalten, ich weiß auch nicht wieso. Dann bin ich in den Wald gelaufen – von meiner Wohnung kommt man zu Fuß in ein paar Minuten in den Wald. Ich bin gelaufen und gelaufen, und ich glaube, ich hab die ganze Zeit geheult. Dann war ich irgendwann oben, auf dem Hügel, auf dem Berg, wenn du willst und hab hinuntergeschaut auf die andere Seite. Und dort hab ich es wieder gesehen – mein *Gräsermeer*. Und – jemand hat mir gesagt, dass es – also, sinngemäß, dass es im Leben manchmal so sein muss, dass es erst sehr schwer werden muss, ehe es dann wieder besser werden kann. Und das hat mir geholfen. Weil, ich hab es gespürt, dass es die Wahrheit ist. Und ich hab gespürt, dass ich, na ja, dass ich nur noch ein kleines Stückchen durchhalten muss, dann wird es wieder heller. Und – ja, so war es ja dann auch!"

Carola dachte daran, wie beschwingt sie sich in den nächsten Tagen gefühlt, über wie viel mehr Kraft sie auf einmal verfügt hatte, und dass sich dann auf einmal so viel ereignet hatte …

„Ja", fuhr sie fort, „am nächsten Tag habe ich Alexandra wieder getroffen – sie ist eine Freundin aus meiner Kinder- und Jugendzeit, sie hat dort unten in der Südsteiermark mit ihrer Familie gelebt, und ich hatte sie seit dreißig Jahren nicht gesehen! Und genau an diesem Tag begegneten wir uns! Und es war so, als wäre keine Zeit vergangen, es war, als hätten wir uns erst am Tag zuvor voneinander verabschiedet. Und dann hat sie mich ganz spontan mitgenommen zu diesem Törn, ich hatte gerade einmal eine Woche Zeit, mich darauf vorzubereiten!"

Sie lachte und schüttelte den Kopf. „Ist das nicht verrückt?"

„Deshalb also", brummte Cicero.

„Deshalb – was? Wie meinst du das?"

„Ich meine – deshalb habe ich bei dir das Gefühl, dass das Segeln etwas Besonderes für dich ist. Du hast seit deiner frühesten Jugend darauf gewartet."

Seltsam, so hatte sie es selbst noch nicht gesehen. Aber es fühlte sich hundertprozentig richtig an, was er sagte.

Sie nickte. „Ja, du hast Recht. Es hat immer schon auf mich gewartet. Weißt du – es fühlt sich an wie Heimkommen. Alles, alles fühlt sich so an – wenn ich im Meer schwimme, wenn ich die weißen Segel sehe, die sich vor dem Himmel ausbreiten, die Geräusche an Bord, das Singen des Windes in den Wanten, das Rauschen der

Bugwelle – einfach alles! Es fühlt sich sogar auf seltsame Weise vertraut an, wenn ich ein Seil in der Hand habe und damit herumhantiere, dabei bin ich nie zuvor in meinem Leben gesegelt! Es ist das allererste Mal!"

Ohne dass sie es bemerkt hatten, waren sie das ganze Rund des Hafenbeckens abgeschritten. Das Licht war wieder zu den Pastellfarben des Abends hinübergewechselt, das Wasser des Meeres lag still und glatt wie die Oberfläche eines Spiegels vor ihnen. Ein paar Einheimische und ein paar Touristen wanderten noch umher, mit Plastiksäcken in der Hand oder mit Badeutensilien. Großmütter riefen ihre Enkelkinder ins Haus, Nachbarn standen in Toreinfahrten beisammen und tauschten sich über die Ereignisse des Tages aus.

Beide, Carola und Cicero, schauten sich zum ersten Mal bewusst um.

„Es ist wunderschön hier", stellte sie fest.

Er nickte.

„Ja, das ist es."

„Warst du schon oft hier?"

„Ja. Ich komme immer wieder gerne hier her. Es ist einer meiner Lieblingsplätze."

Carola konnte das nur allzu gut verstehen.

„Es ist still hier. Obwohl wir Hochsaison haben."

„Ja, es ist still hier."

Entlang der Hafenmauer lagen einige kleine Fischerboote, manche alt, manche noch gut in Schuss, manche modern und manche beinahe nostalgisch anzusehen. Da und dort führten ein paar Stufen von der erhöhten Hafenmauer hinunter ins Wasser. Es schien die bevorzugte Stelle für kleine dunkelgraue Krabben zu sein, die, wann immer Carola und Cicero daran vorbeikamen, schnell in die nächste Mauerritze huschten. Entlang des Weges standen Palmen, zum Teil mit riesigen Dattelpaketen an gelborangen Stängeln. Kleine ebenerdige oder einstöckige Häuser, einige umgeben von kleinen Gärten, in denen Rosmarin und Oleander, Feigen und Salbei, Granatapfel- und Orangenbäume wuchsen. Die Luft war getränkt von den vielfältigsten Gerüchen, die all diese Pflanzen und Gewächse verströmten, dazu der Salzgeruch des Meeres. Und noch ein Geruch kam dazu – Cicero hatte sich eine Zigarette angesteckt.

„Setzen wir uns ein bisschen hier hin", sagte er. Wieder war es mehr eine Feststellung als eine Frage gewesen.

Carola fühlte, wie diese Art von ihm, diese Selbstsicherheit, Klarheit und Reduziertheit sie schüchtern machte wie ein junges Mädchen. Er war es gewohnt, Menschen zu führen, begriff sie. Aber er tat es nicht wie ein Macho, wie Alexandra ihm ihr gegenüber vorgeworfen hatte, und er bildete sich auch nichts darauf ein. Er war einfach so. Es war eine natürliche Gabe, wenn man so wollte. Und wenn er führte, so tat er es liebevoll, kraftvoll und mit großer Umsicht und Achtsamkeit.

Es machte ihr nichts aus, ihm zu folgen. Es machte sie nur ein bisschen verlegen. Aber das war nicht wichtig. Höchstens amüsierte es sie ein bisschen.

Sie setzte sich neben ihn. Er hatte ihre Hand losgelassen und die Berührung fehlte ihr augenblicklich. Andererseits tat es ihr gut, ein wenig körperlich auf Abstand zu ihm zu gehen, dadurch wurden ihre Gedanken klarer.

„Du wirkst auf mich wie jemand, der stärker, lebendiger ist als die meisten Menschen", bemerkte Carola.

„Das hast du mir schon einmal gesagt."

„Das hast du dir gemerkt?"

„Natürlich. Ich merke mir alles, was du sagst."

Er lächelte sie an. Sie konnte es kaum glauben.

„Ich dachte – nun ja, ich war mir nicht sicher, ob du mich überhaupt bemerkt hast, seit ich an Bord gekommen bin."

Jetzt verzog sich sein Mund zu einem breiten Lachen, das man beinahe als Grinsen bezeichnen konnte:

„Bist du verrückt, Carola? Und ob ich dich bemerkt habe!"

Sie war nicht sicher, was sie von dem Unterton, der seiner Stimme bei diesen Worten unverkennbar beigemengt war, halten sollte.

Sie fühlte einen Anflug von Hitze in ihren Wangen empor kriechen.

Doch er fuhr unbeirrt fort: „Du weißt offenbar nicht, wie du auf Männer wirkst, oder?"

Das haute Carola nun wirklich beinahe von der Hafenmauer, auf der sie sich niedergelassen hatten.

„Ich? Auf Männer? Bist du sicher, dass du mich nicht mit Alexandra verwechselst?"

Sein Gesicht wurde wieder ernst: „Da bin ich mir ganz sicher, ja."

„Du – findest mich – attraktiv?" Oh Himmel, wieder dieser Schulmädchenton! Sie hasste sich dafür!

„Natürlich bist du attraktiv!" Das kam so überzeugend, dass sie es beinahe glaubte.

Doch Cicero merkte wohl, dass er hier noch ein wenig ausführlicher werden musste: „Carola, du bist eine der ganz wenigen Frauen, die bis ins hohe Alter hinein attraktiv sein werden, weil du nicht wirklich alt wirst. Du wirkst heute auf mich wie ein junges Mädchen von vielleicht siebzehn oder achtzehn Jahren. Du bewegst dich so. Du hast so eine Art zu lachen, oder deine Haare zu bewegen – die sind übrigens einfach unglaublich schön, aber *das* wirst du wohl wenigstens wissen, oder?"

„Ich – äh …"

„Egal", unterbrach er sie brüsk, „aber wenn wir schon dabei sind – du bist ein bisschen zu dünn. Aber ich denke, ich weiß jetzt, woran das liegt, und ich sehe, dass du bereits daran arbeitest, dass das wieder anders wird, hm?"

Jetzt musste Carola schlucken. Das war ein wunder Punkt.

Er hatte es bemerkt.

„Entschuldige", räumte er ein, „wenn ich zu direkt bin. Und was ich eigentlich sagen will ist: Du bist wunderschön, Carola, sprühend, feinsinnig, klug, humorvoll, sensibel, geschmeidig, elegant – und, wenn du so weiter isst, in ein paar Wochen auch noch mit perfekten Kurven ausgestattet – und es ist unfassbar, dass du das nicht weißt!"

„Es hat mir bis jetzt niemand gesagt!", murmelte sie, mittlerweile sicher, dass ihre Wangen in tiefstem Tomatenrot glühten.

„Dann wird es Zeit." Das war wieder eine seiner Feststellungen.

„Jetzt haben wir so viel über mich gesprochen", beeilte sich Carola, das Thema zu wechseln, „und ich weiß immer noch fast nichts über dich, Cicero. Außer dass du zur Hälfte Italiener und zur anderen Hälfte Österreicher bist, dass du seit deinem fünfzehnten Lebensjahr segelst und dass du jetzt fünfzig bist. Was hast du in den fünfunddreißig Jahren dazwischen gemacht – außer zu segeln, meine ich? Hast du – hm, eine Familie? Wie hast du es angestellt, dass du so geworden bist, wie du jetzt bist – so, wie ich es dir schon zweimal gesagt habe?", fügte sie mit einem Augenzwinkern hinzu.

Cicero holte tief Luft: „Das, Carolina, erzähle ich dir ein anderes Mal. Jetzt habe ich Hunger und ich denke, die anderen wundern sich schon langsam, wo wir bleiben."

Mit diesen Worten erfasste er wieder ihre Hand und zog sie mit sich hoch. Sie hatten noch den ganzen köstlich langen Weg zurück, bis auf die andere Seite des Hafenbeckens, wo sie sich mit dem Rest der Mannschaft in dem einladenden Terrassenrestaurant zum Abendessen treffen wollten. Carola genoss jede Minute davon, jede Minute an Ciceros Seite.

Kapitel 10

Als Carola am nächsten Morgen die Augen aufschlug, überrollte sie die Erinnerung an den gestrigen Abend wie eine Flutwelle: Cicero! Wie war es nur dazu gekommen? Nach und nach rief sie sich alle Erinnerungsbilder ins Gedächtnis – der gemeinsame, lange Abendspaziergang im Hafenbecken, ihre Unterhaltung, seine körperliche Nähe, seine bestimmende Fürsorglichkeit, seine Komplimente, seine Blicke. Dann waren sie Arm in Arm im Gasthaus aufgetreten und es war ihm egal gewesen, dass die anderen sie so sahen oder was sie sich dabei denken mochten.

Er hatte den ganzen Abend über nicht zugelassen, dass sie von seiner Seite wich. Sie hatten gemeinsam getrunken, gelacht – es war wie ein Rausch gewesen. Hatte sie sich verliebt? Nur ein gutes halbes Jahr nach dem plötzlichen, tragischen Tod ihres Mannes? Konnte man sich nach so langer Zeit überhaupt noch einmal neu verlieben? Wie war das damals mit Hannes gewesen? Es lag so weit zurück, sie konnte sich kaum noch daran erinnern, wie es damals gewesen war. Sie war jung gewesen, blutjung, gerade mit der Schule fertig. Sie hatte nichts, rein gar nichts vom Leben gewusst oder gekannt. Hannes war damals schon ein reifer Mann gewesen, der alles im Leben erreicht hatte, was er erreichen wollte, zumindest in beruflicher und finanzieller Hinsicht, und der ganz genau gewusst hatte, was er wollte. Zufällig hatte er sie gewollt. Er hatte sie beeindruckt, auf allen Linien. Er war einfach da gewesen, großmächtig, sie war schlichtweg nicht darum herumgekommen, ihn zu heiraten.

Es war mit Hannes niemals so gewesen, wie es gestern mit Cicero Colli, dem Kapitän, gewesen war. Niemals so innig, so vertraut, so aufregend, aufwühlend, so groß, so stark, so tief. Dabei war, streng genommen, gestern gar nichts gewesen. Keine Berührung, die über das normale Maß von Skipper und Mitseglerin hinausgegangen wäre. Und doch – es war so viel geschehen!

154

Carola fühlte sich wie ein Teenager nach dem ersten Rendezvous. Sie schwebte im siebenten Himmel. Und gleichzeitig war sie unendlich verwirrt. Konnte sie ihren Empfindungen trauen? Sie fühlte sich aufgekratzt, übermütig, kraftvoll.

Hatte Alexandra ihr nicht, beinahe prophetisch, erst vor zwei Tagen geraten, sie solle es geschehen lassen, was auch immer, wie auch immer etwas geschehen mochte, das sie zurück ins Leben brachte, sie aus dem Tal ihrer Traurigkeit und Bewegungslosigkeit heraustrug?

Als Carola sich fertiggemacht hatte und aus ihrer Koje kam, waren die anderen dabei, das Frühstück herzurichten. Cicero war nirgends zu sehen. Carola brachte es einfach nicht über sich, sich dazuzugesellen und zum Bordalltag zurückzukehren, als brächen in ihr zur Stunde nicht gerade tausend Vulkane aus. Sie schnappte, gleichsam als Vorwand, ihre Kamera und verließ das Schiff in der augenscheinlichen Absicht, ein bisschen herumzulaufen, um zu fotografieren.

In Wirklichkeit wollte sie sich, musste sie sich einfach bewegen. Und sie hatte große Lust, allein zu sein – und ihre Gefühle und Gedanken in Ordnung zu bringen.

Ein Stück vom Anlegesteg entfernt, ein Stück entlang des Weges, den sie gestern mit Cicero gegangen war, entdeckte sie einen schmalen Durchgang zwischen zwei alten Steinmauern. Breite, grasüberwachsene Stufen führten hügelan, Carola folgte diesem romantisch anmutenden Weg, der nach wenigen Metern schon wieder endete – Carola stand vor der Steinfassade einer Kathedrale. Als sie näher trat, stellte sie fest, dass es wirklich nur die äußere Mauer eines Bauwerks war, das offenbar niemals fertig gestellt worden war. Hinter der imposanten, aber unvollendeten Fassade gab es einen kleinen Innenhof – und dahinter eine, allerdings verschlossene, um vieles kleinere Kirche. Gestern Abend, als sie vom Restaurant zum Schiff zurückgekehrt waren, hatte man auf dem Hügel die indirekt beleuchtete Fassade dieses sakralen Baurudiments erkennen können. Dass sie jetzt, im Licht des Morgens, direkt davor stand, war eine Überraschung für Carola. Doch so seltsam der Ort sein mochte – er gefiel ihr. Das Gras, das überall hoch stand, die abgerundeten, von vielen Tritten abgeschliffenen Steinquader, die leeren Fensteröffnungen in mehreren Metern Höhe. Aus einer wuchsen ein paar wilde Blumen, die schöne, leuchtend gelbe Blüten trugen.

Nachdem sie sich ausgiebig umgesehen und die beruhigende Atmosphäre dieses Ortes in sich aufgenommen hatte, verließ sie den Kirchplatz. Als sie schon wieder den schmalen Pfad zurückgehen wollte, den sie gekommen war, entdeckte sie auf einem verlassenen Wiesenstück, das vielleicht einmal ein Garten gewesen war, der zu einem der verfallenen Häuser gehört hatte, die sich unter der Kirche aneinanderdrängten, eine Holzbank unter einem Olivenbaum. Der Platz sah so einladend aus, dass Carola hinging und sich auf der Bank niederließ. Die Sonnenstrahlen sickerten durch die Äste des Baumes und Carola betrachtete ein paar Minuten das Spiel von Licht und Schatten auf den Brettern der Bank, auf ihren eigenen Oberschenkeln und Füßen und auf dem Stück Erde vor ihr. Wenn sie ihren Blick geradeaus gleiten ließ, erkannte sie hinter den Bäumen und Sträuchern des alten Haines, jenseits der Hafenpromenade, das Meer, das zu ihr herauf glitzerte. Wie friedlich es hier war. Hier konnte ihr aufgeschrecktes Herz zur Ruhe kommen …

Auf einmal durchzuckte es sie – wie hatte sie das nur vergessen können? Carola sprang auf. Da sie gedacht hatte, dass es um diese Uhrzeit vielleicht noch ein bisschen kühl sein könnte, hatte sie ihre ärmellose Trainingsjacke übergeworfen, als sie vom Schiff losgegangen war. Außerdem hatte sie in einer ihrer zahlreichen Taschen ihre Kamera unterbringen können – sie hatte sogar ein paar Bilder von der Kathedrale und dem schmalen Weg, der zu ihr hinauf führte, gemacht. Jetzt tastete sie alle ihre Jackentaschen ab, denn sie hoffte, etwas Bestimmtes darin zu finden.

„Ah! Ich habe Glück!", rief sie halblaut triumphierend aus und zog ihr Mobiltelefon hervor. Sie war so gefangen gewesen von ihren Segelerlebnissen – und von dem Skipper der „*Seevogel*" –, dass sie gar nicht mehr daran gedacht hatte, dass sie sich ja vorgenommen hatte, Elvira anzurufen – Carola verspürte auf einmal den dringenden Wunsch, mit ihrer Tochter zu sprechen. Zu erfahren, wie es ihr ging, einfach ihre Stimme zu hören, zu wissen, wo sie war, dass es ihr gut ging. Sie hatte nicht vor, ihr irgendetwas zu erzählen – im Grunde gab es ja auch nichts zu erzählen, oder anders ausgedrückt – was hätte sie ihrer Tochter sagen sollen? Elvira, stell dir vor, mir ist ein Mann begegnet, der hat mich einfach umgehauen! Und, du wirst es nicht glauben, er scheint sich doch tatsächlich ebenso für mich zu interessieren! Für mich, deine geschlechtslose, deine trauernde, stille, genügsame, selbstlose, farblose, depressive Mutter. Und stell dir vor – er sieht mich ganz anders! Er sieht mich so, wie ich mich selbst schon lange nicht mehr gesehen habe, wie ich mich vielleicht noch nie gesehen habe, aber wie ich mich immer sehen wollte – er bringt es fertig, dass ich mich groß fühle, lebendig, schön und begehrenswert …

Natürlich würde sie nichts von alledem sagen. Aber dass sie hier in Kroatien war, mit Alexandra, ihrer alten Freundin aus Kindertagen, auf einem Segelschiff, und dass sie es genoss, über die Maßen genoss – das konnte sie sehr wohl erzählen. Vielleicht freute sich Elvira darüber, oder war wenigstens erleichtert oder beruhigt, wenn sie wusste, dass es ihrer Mutter gut ging.

Schon war das Telefon eingeschalten und Elviras Nummer gewählt. Eigentlich hatte Carola nicht erwartet, dass Elvira das Handy eingeschalten hatte, dennoch war sie ein bisschen enttäuscht, als sie die Stimme ihrer Tochter von der Mobilbox hörte: „Hallo, das ist die Sprachbox von Elvira Haupt. Ich freue mich über eine Nachricht und rufe vielleicht sogar zurück!"

Kurz schnappte Carola nach Luft, dann legte sie wieder auf. Wenn Elvira ihr Telefon das nächste Mal einschaltete, würde sie sehen, dass sie angerufen hatte. Vielleicht würde sie es auch später noch einmal probieren und ihr eine kurze Nachricht hinterlassen.

Ein bisschen war Carolas euphorische Stimmung getrübt, als sie das Handy wieder verstaute und gemessenen Schrittes zum Schiff zurückkehrte.

Als sie bei der „*Seevogel*" ankam, waren die anderen mit dem Frühstück schon beinahe fertig – sie war wohl länger weggeblieben, als sie gedacht hatte. Cicero saß in seiner üblichen Ecke hinter einem der Steuerräder und warf ihr, als sie an Bord kam, einen zornigen Blick zu.

„Wo zum Teufel warst du, Carola?", knurrte er ihr entgegen.

Carola sah ihn überrascht an – „Ich war spazieren. Und ich hab ein paar Fotos gemacht."

„Es hat niemand gewusst, wo du steckst!", presste er mit mühsam beherrschter Aggression hervor.

Als er ihren entsetzten Blick sah, fügte er, etwas milder, hinzu: „Ich habe mir Sorgen gemacht, Carola."

Oh! Carola wusste nicht, was sie dazu sagen, nicht einmal, was sie davon halten sollte. Auf der einen Seite fand sie sein Gehabe übertrieben – immerhin war sie eine erwachsene Frau, sie musste sich nicht abmelden, wenn sie einmal ein paar Schritte gehen wollte. Und was sollte der Zirkus, immerhin war sie ja da. Andererseits machte ihr Herz bei dem Gedanken, dass er sich Sorgen um sie gemacht, dass er sie vermisst hatte, einen Sprung! Gott sei Dank fiel ihr eine passende Antwort ein:

„Entschuldige, Skipper – aber du warst auch nicht da, als ich an Deck kam! Was würdest du sagen, wenn ich sagen würde, dass ich losgegangen bin, um dich zu suchen?"

Damit hatte er nicht gerechnet. In der nächsten Sekunde schmolz sein Groll wie Schnee an der Sonne und die versteinerte Miene auf seinem Gesicht machte seinem berühmten Grinsen Platz.

„Touché, Madame. Aber mach das nie wieder, hörst du?"

Und dann unterstrich er seine Worte doch tatsächlich, indem er ihr einen leichten Klaps auf den Hintern versetzte.

„Mein Herr! Ich muss doch sehr bitten!", alterierte sie sich in teils gespielter, teils echter Empörung.

Sein Grinsen vertiefte sich: „Das heißt ,Aye, aye, Capetan!' – etwas anderes will ich gar nicht hören!"

Carola lachte ihr hellstes, mädchenhaftestes Lachen, als sie sich straffte, die Haken zusammenschlug und die gestreckte Hand an die Schläfe führte:

„Aye, aye, Capetan!"

„So ist es recht", knurrte er noch einmal zurück, aber in seinen Augen blitzte es jetzt schelmisch.

Das Eis war gebrochen und Carola konnte sogar noch, als Nachzüglerin, ihr Frühstück einnehmen, ehe sie, und diesmal tat sie es zum ersten Mal mit wehem Herzen, den Hafen von Veli Drvenik wieder verließen, um in einen neuen Segeltag zu starten.

Kapitel 11

Da die Hälfte der Woche vorbei war, wendeten sie sich nunmehr wieder in nördliche Richtung, an diesem Tag mehr oder weniger immer entlang des Festlandes. Zu Mittag machten sie Station in dem, wie Carola fand, bezaubernden Städtchen Primošten, wo sie gemeinsam einen kurzen Landgang absolvierten – hinauf zur Kirche und zum Friedhof, mit traumhafter Rundumsicht auf das Meer – und ihre Wassertanks auffüllten. Da sie den guten Wind ausnutzen wollten, legten sie aber nach kaum etwas mehr als einer Stunde schon wieder ab.

Pünktlich etwa eine Stunde vor Sonnenuntergang erreichten sie die Insel Kaprije und den gleichnamigen Hafen, wo sie einen Liegeplatz im Bojenfeld, das neben der, nur für relativ wenige Schiffe Platz bietenden, Hafenanlage, angelegt worden war, für die Nacht fanden.

Während des ganzen Tages hatte niemand ein Wort darüber verloren, dass sich zwischen ihr und dem Skipper etwas verändert hätte. Nicht einmal Alexandra hatte sie darauf angesprochen. Carola war die ganze Zeit über mehr oder weniger in Ciceros Nähe geblieben, sie hatten einander immer wieder verstohlen zugelächelt oder viel sagende Blicke ausgetauscht, ansonsten war alles wie immer gewesen.

Carola war voll von Sonne und Wind, und sogar ein bisschen müde von den vielen Stunden im Freien. Aber es war eine ganz einfache, angenehme, physische Müdigkeit und nichts, was etwas mit ihrer Seele zu tun hatte.

Ihre Seele fühlte sich frisch und frei und genährt – wie schon lange, lange Zeit nicht mehr!

Bevor sie für das Abendessen mit dem Beiboot an Land fuhren, versuchte es Carola noch einmal bei Elvira – wieder erreichte sie nur die Mobilbox. Diesmal sprach sie ihr allerdings eine Nachricht drauf – „Hallo, hier ist Mama. Hoffe, es geht dir und euch gut, mir geht es einfach fantastisch, ich segle mit Alexandra in Kroatien, wir sind heute Abend in Kaprije, das ist eine kleine Insel unweit von Šibenik. Lass doch einmal etwas von dir hören! Ich bin noch bis Freitag hier entlang der Küste unterwegs. Hab dich lieb. Hoffentlich bis bald."

„Ist etwas mit deiner Tochter?"

Schon wieder war seine Stimme plötzlich direkt neben ihr, sodass sie zusammenfuhr.

„Cicero! Bitte schleich dich nicht immer so an, das macht mich nervös!"

„Oh pardon, bella Signorina!", seine Augen lachten.

Carola winkte, ebenfalls lachend, ab: „Schon gut. Signore. Aber – nein, es ist nichts mit Elvira. Ich kann sie nur nicht erreichen. Aber ich denke, das hat nichts zu bedeuten. Hoffe ich jedenfalls."

„Du machst dir Sorgen?"

„Nein, nein. Nicht wirklich." Carola seufzte. „Sie ist erwachsen. Bestimmt ist alles in Ordnung. Ich hätte sie nur gerne einmal gehört."

Er nickte wortlos.

Dann fuhren sie an Land. Cicero spielte den Chauffeur und manövrierte das Beiboot mit geübter Hand hinüber zum Hafen, wo sie beinahe direkt vor einer gemütlich wirkenden Gastwirtschaft mit offenem Grillofen festmachen konnten. Er musste seine Mitsegler in zwei Partien überführen, denn zu siebt in dem kleinen, schwankenden und beängstigend knapp an der Wasseroberfläche dahinschaukelnden Beiboot zu fahren, wäre doch etwas zu viel des Abenteuers gewesen. Carola fuhr mit der zweiten Tranche, sodass sie, während die anderen schon vorgingen, um sich einen Tisch auszusuchen, auf Cicero warten konnte, als er das Beiboot festmachte. Einer spontanen Eingebung folgend, beugte sie sich zu der Leine hinunter, die er eben an dem kleinen Boller festmachen wollte, und nahm sie ihm aus der Hand.

„Lass mich das machen, bitte. Ich möchte den Palstik üben!"

Schmunzelnd überließ er ihr das Seil und beobachtete mit gestrenger Miene, wie sie den Knoten fabrizierte. Als sie in sein Gesicht sah, stellte sie fest, dass er mit ihren Leistungen zufrieden war. Trotzdem merkte er an:

„Du hättest auch einen Rundtörn mit zwei halben Schlägen machen können."

„Ja. Hätte ich", räumte sie ein, „oder einen dalmatinischen Fischerknoten."

Seine Mundwinkel zogen sich auseinander und seine Zahnlücke blitzte auf: „So ist es, Fräulein Musterschülerin!"

Dann zog er sie an sich, nicht ohne zu bemerken, dass er das mochte, wenn er mit einem Arm die Taille einer Frau umfassen konnte, so wie er es bei ihr gerade tat, und drehte sich mit ihr um und sie gingen in Richtung Gasthaus.

„Ach Cicero, ich wünschte, wir könnten heute auch wieder einen Abendspaziergang machen, nur wir beide allein", flüsterte Carola, beinahe wurde sie bei diesen Worten wieder verlegen.

Er blieb stehen und schob sie vor sich hin, kaum eine Handbreit von sich entfernt. Carola glaubte beinahe, seinen Herzschlag hören zu können, so nah war er ihr. Mit zwei Fingern fasste er unter ihr Kinn und hob ihr Gesicht zu sich empor.

Mit ruhiger, unendlich sanfter Stimme sagte er: „Dazu werden wir noch genug Gelegenheiten haben, Carolina."

Carola spürte, wie ihre Knie weich wurden und einen Augenblick fürchtete sie, sie könnten nachgeben. Wie konnte er so etwas sagen – etwas, das implizierte, dass sie eine gemeinsame Zukunft haben würden? Warum sah er sie so an? So ernst, so eindringlich. Wie konnte es sein, dass er solche Empfindungen in ihr wachrief?

Kaum brachte sie es fertig zurückzuflüstern: „Warum nennst du mich Carolina?"

Ein leises Lächeln erhellte sein Gesicht: „Ich weiß nicht. Es passt zu dir." Er überlegte einen Augenblick: „Ich glaube, es passt deshalb, weil es deine Weichheit einfängt. Und deine Mädchenhaftigkeit."

„Der Klang gefällt mir. Vor allem, wenn du ihn sagst."

„Und dieses Lächeln gefällt mir", dabei hob er einen Finger an ihre Lippen und zeichnete mit der Kuppe seines Zeigefingers den Schwung ihrer Oberlippe nach.

Carola hatte ein Gefühl, als durchzuckten sie tausend elektrische Blitze. Sie meinte, die Spannung, die zwischen ihnen herrschte, kaum noch ertragen zu können.

Da erklang, zu ihrer Erleichterung, Rudis Stimme: „He, ihr Turteltäubchen! Kommt mal rüber, wir wollen bestellen!"

Das Essen und der Wein waren köstlich, wie sie es in den letzten Tagen bereits kennen gelernt hatten. „Oh Mann, zuhause kann ich mindestens eine Woche fasten und jeden Tag ins Gym gehen, bis ich diese Schlemmerei wieder runtergearbeitet habe!", stöhnte Verena, und alle stimmten ihr zu. Aber warum sollten sie nicht die köstliche kroatische Küche genießen, so lange sie da waren?

„Wie machst du das eigentlich, Cicero", wollte Alexandra wissen, „du bist doch öfter hier, oder? Wie schaffst du das, dass du nicht schon hundert Kilo hast?"

Der Skipper ließ das Besteck sinken, mit dem er eben noch heftig an seinem Schweinskotelett herumgearbeitet hatte, und sah sie mit todernster Miene an: „Das, meine Liebe, schaffe ich nur mit eisernem Willen und rigoroser Disziplin."

„Du wirkst nicht gerade wie ein, entschuldige, wenn ich das so sage, sehr puritanisch veranlagter Mensch", entgegnete Alexandra mit einem zweifelnden Blick.

„Nun ja, ich gestehe", räumte Cicero ein, „dass der Puritanismus und ich keine besonders guten Freunde sind. Ich bin eher dafür, dass man genießen soll, was man hat. Solange man es hat. Živijeli, meine Herrschaften! Darauf trinken wir!"

Alle erhoben die Gläser und prosteten einander zu. Nur Carola hatte bemerkt, dass in Ciceros Stimme wieder etwas mitgeschwungen war, als er das gesagt hatte. Schon einmal hatten seine Worte so einen Klang gehabt, sie konnte es im Augenblick nur nicht mehr festmachen, wann das gewesen war. Wieder schien es ihr, als läge für ein paar Sekunden eine tiefe Traurigkeit oder Verbitterung, jedenfalls ein Schatten in seiner Stimme.

Sie war sich sicher, dass sie sich nicht getäuscht hatte. Vielleicht konnte sie ihn einmal danach fragen.

Als alle mit ihrer Mahlzeit fertig waren und sich umblickten, stellten sie fest, dass jetzt erst alle Tische im Lokal besetzt und das Restaurant so richtig zum Leben erwacht war. Als sie, vor vielleicht einer Stunde, gekommen waren, war noch nicht einmal die Hälfte der Plätze besetzt gewesen.

Werner fasste diese Beobachtung in Worte: „Hier im Süden isst man wohl im Allgemeinen später, als wir Nordländer das gewohnt sind."

Und alle nickten. „Ja, hier geht das Leben um diese Zeit erst richtig los!", pflichtete Cicero ihm bei.

Da die Wirtin gerade noch eine ganze Flasche Schnaps in einer eisgekühlten, beschlagenen Flasche auf den Tisch stellte, hatten sie es nicht eilig, aufzubrechen. Nun, da sie satt waren, lehnten sich alle zurück, ließen ihre Gespräche für eine Weile ruhen, und beobachteten das bunte Treiben ringsum an den Tischen, die Wirtin und ihre Gehilfin, die eifrig Speisen und Getränke servierten, den Wirt, der selbst am Grillofen stand und Fleisch und Fisch brutzelte, die Gäste aus aller Herren Länder, deren Stimmen durcheinander flossen und sich zu einem vielfarbigen Geräuschteppich vereinten. Nur wenige Schritte entfernt ahnte man im Dunkeln das stille Wasser des Meeres, irgendwo dort drüben lag ihr Schiff an der Boje und wartete auf sie. Und einen Steinwurf vom Gasthaus weg hatte sich eine ganze Traube von Menschen versammelt, Carola konnte nur nicht erkennen, was sich dort befand, das eine solche Anziehungskraft besaß.

Neugierig zupfte sie Cicero, der neben ihr saß, am Ärmel: „Was machen die dort drüben, Skipper? Dort, wo sie das Flutlicht angemacht haben. Ist das eine Volksversammlung? Oder ein Gesellschaftsspiel?"

Der Angesprochene warf einen Blick über die Schulter, dann sah er Carola überrascht an, als könne er nicht glauben, dass sie nicht wusste, was dort vor sich ging:

„Die spielen Boccia, mein Schatz! Das ist hier so etwas wie der Nationalsport – so wie übrigens auch in Italien oder Frankreich. Nur dort heißt es Boule."

„Oh!", Carolas Herz machte zwar ob der vertraulichen, liebevollen Anrede einen Satz, allein ihre Neugier war mit Ciceros Antwort nur bedingt befriedigt. Schon wollte sie ihn abermals am Ärmel zupfen und ihn bitten, mit ihr hinüber zu gehen, damit sie sich das Spiel mit ihm aus der Nähe ansehen und er es ihr erklären konnte, als ein begeisterter Ausruf Alexandras ihre Aufmerksamkeit in eine andere Richtung lenkte:

„He – hört mal! Da drüben gibt es Musik!"

Und tatsächlich – im Lokal neben ihnen, in der anderen Richtung als die Bocciabahn lag, hatten sich offenbar ein paar kroatische Männer zusammengefunden, ob spontan oder verabredet, ließ sich schwer sagen. Jedenfalls hatte einer sogar eine Gitarre bei sich und durch die Gespräche der Gäste dieses und jenes Gasthauses hindurch drangen fremdländisch klingende Melodien zu ihnen herüber.

„Wollen wir rübergehen und zuhören?", schlug Alexandra vor, und da sie ihre Zeche bezahlt und auch ihre Schnapsgläser weitestgehend geleert hatten – die letzten Tropfen ließen sich sozusagen noch auf dem Weg ihrer Bestimmung zuführen –, machten sich alle auf und wechselten hinüber, dorthin, woher die Musik kam.

Eine Viertelstunde später lehnte Carola an Ciceros Schulter an der Theke des neuen Restaurants, vor ihnen stand je ein Glas jenes hochprozentigen, sonnengoldenen Getränks, das sie sich bislang an Bord der „Seevogel" immer geweigert hatte zu trinken.

„Cicero, wie heißt das Zeug noch mal?"

„Travarica, mia bella. Travarica. Das musst du dir merken, wenn du in Kroatien unterwegs sein willst!"

Schon wieder eine Andeutung?

Carola seufzte und nahm einen Schluck. Es brannte, wie sie erwartet hatte, in der Kehle. Aber der Geschmack war gar nicht schlecht. Würzig. Er passte zu den Gerüchen, die sie hier kennen gelernt hatte – nach Kräutern, nach Sonne und Hitze und aufgeheizten Steinen. Sie wollte jetzt nicht weiter über Ciceros kryptische und seltsam selbstverständlich eingestreute Sätze nachdenken. Sie wollte überhaupt nicht nachdenken – sondern einfach nur hier sein, ganz den Augenblick erleben und – *genießen, solange man ihn hatte.* Das hatte auch er gesagt, dieser Fels von einem Mann, der da, auf wundersame Weise, neben ihr stand.

Sie kuschelte sich eng an seinen heißen Oberarm, umfasste ihn mit einer Hand. Unter dem hellen Leinenhemd, das er trug – und das ihm übrigens ausgezeichnet stand –, konnte sie seine Muskeln fühlen. Wenn sie die Augen schloss, konnte sie ihn riechen – er roch wie das Land hier, oder wie das Meer, ein bisschen nach Tabak, und viel nach sich selbst. Es war ein starker Geruch und er hatte eine Wirkung auf Carola, die sie sich nicht erklären konnte, fremd und unendlich vertraut zugleich – so wie alles hier, alles, was sie in dieser Woche bisher erlebt hatte, alles, was mit Cicero Colli zu tun hatte.

Die Musik, deren schwermütigen, melodiösen Klängen sie lauschte, gehörte auch dazu.

„Worüber singen die, Cicero? Verstehst du den Text des Liedes?", riss sie sich selbst aus dem leicht benebelten, wunschlosen, schwebenden Zustand, in dem sie sich befand – und der nur zu einem kleinen Teil vom Alkohol herrührte.

Er wandte sich ihr zu und lächelte: „Worüber sollen sie schon singen? Über die Liebe natürlich!"

„Ist das so?", flüsterte sie zurück.

Sein Lächeln vertiefte sich, aber zugleich legte sich eine Art Schleier über seine Augen, in denen nun eine tiefe Schwermut zu liegen schien: „Natürlich, Carolina. Hier im Süden wissen die Menschen, dass es nichts gibt, was stärker ist im Leben als die Liebe, keine Kraft, die größer ist – sie ist das Schönste und sie ist das Schlimmste, das Schmerzhafteste, was uns widerfährt. Deshalb haben sie darüber endlos viele Lieder gedichtet und gesungen, solange es die Zeit gibt. Und sie werden sie immer singen – diese Lieder, diese Musik, die sie hier *Klapa* nennen."

„Klapa", wiederholte Carola beinahe andächtig, um es sich zu merken. Denn sie hatte beschlossen, dass sie diese Musik immer wieder hören wollte, zuhause in Österreich, wenn das alles vorbei war, damit sie sich an diese Zeit, an diesen Abend und – an ihren Kapitän erinnern würde können.

„Es gibt Dinge, die kann einem nichts und niemand mehr nehmen, wenn man sie einmal besessen hat", sinnierte sie laut vor sich hin. Etwas unendlich Schweres lag in diesen Worten, aber auch etwas Leichtes und Tröstliches.

Da fühlte sie Ciceros Hand, wie sie sich auf ihren Hinterkopf legte und ihn leicht an seine Schulter führte, sodass ihr Gesicht auf seinem Brustkorb, auf dem weißen Leinenstoff seines Hemdes, das getränkt war von seinem Duft, zu liegen kam. Und wieder war es ein Wiedererkennen, ein Zurückkommen, das sie dabei fühlte. Seine andere Hand umfasste fest ihren Oberkörper und sein Mund sprach in ihre glänzenden, kastanienfarbenen Locken:

„Du kennst den Wellenschlag des Lebens, Carolina, so wie ich ihn kenne. Aus diesem Grund haben unsere Seelen einander vom ersten Augenblick an erkannt."

Und als könne er dem Drang, ihr in die Augen zu schauen, nicht widerstehen, schob er sie bei diesen Worten wieder ein kleines Stück von sich weg, seine meerblauen Augen waren mit geradezu hypnotischer Intensität auf sie gerichtet, seine starken Hände lagen auf ihren Schultern. Seine Stimme war nicht mehr als ein Flüstern, aber Carola verstand jede Silbe:

„Wir gehören zusammen, Carolina."

Sie ergriff seinen Arm und zog ihn weg, weg von den anderen, die sich ohnehin längst, taktvoll, von ihnen abgewandt und ein gutes Stück entfernt um einen Tisch geschart hatten, weg von den brodelnden Stimmen, dem Geklapper des Geschirrs, den Gerüchen nach gebratenem Fleisch und Fisch und Knoblauch und Rosmarin.

Sie musste ihn für sich allein haben, nichts als die Nacht und ein paar herüberwehende Klapa-Klänge konnte sie in diesem Augenblick bei sich ertragen.

In Carolas Augen standen Tränen, und als er sie wieder, diesmal ganz fest und von Angesicht zu Angesicht in den Arm nahm, konnte sie sie nicht mehr zurückhalten und alle Gefühle, die sich in den letzten Tagen in ihr aufgestaut hatten, durchbrachen den Damm ihrer Selbstbeherrschung.

„Cicero – wer bist du? Wieso bist du plötzlich da? Wie kannst du innerhalb von ein paar Tagen über mich hereinbrechen wie eine – Flutwelle? Du bringst mich völlig durcheinander! Ich weiß nicht mehr, wo mir der Kopf, wo mir das Herz steht! Ich hab Angst vor dir, vor mir, ich …", ihre Stimme versagte.

Statt einer Antwort hielt er sie einfach weiter fest, eine Hand fest um ihren Körper geschlungen, die andere spielte scheinbar gedankenverloren mit ihren Haaren.

Es fühlte sich so unglaublich gut an. Noch nie, niemals zuvor, hatte sie sich so verletzlich gefühlt in den Armen eines Mannes, und zugleich so vollkommen beschützt und behütet.

Er ließ sie einfach weinen und hielt sie fest, minutenlang, bis der Tränenstrom versiegte.

Dann begann er leise zu sprechen, und während er sprach, hob Carola ihren Kopf, um ihn besser verstehen zu können, jetzt war sie es, die schwieg, die ihm einfach nur zuhörte.

„Carola, ich denke, es ist an der Zeit, dass ich dir einiges über mich erzähle."

Er holte tief Luft, als bräuchte er einen Anlauf für das, was nun kommen würde.

„Du hast mich gefragt, was ich in den letzten fünfunddreißig Jahren gemacht habe, seit ich als Fünfzehnjähriger mit dem Segeln begonnen habe. Nun, ich will es dir sagen. Ich habe, wie die meisten jungen Männer aus meiner Nachbarschaft, aus meiner Schule, mit achtzehn Jahren die Matura gemacht – ich habe immer in Österreich gelebt, weißt du, meine Eltern hatten ein italienisches Restaurant, eine *Trattoria*, in Klagenfurt. Jetzt führt sie mein Bruder Antonio mit seiner Frau, obwohl Mama und Papa beide noch leben und ebenfalls noch jeden Tag im Geschäft mitarbeiten. Es ist einfach ihr Lebenswerk, und ich bewundere sie dafür. Für mich wäre das aber nie etwas gewesen und ich bin froh, dass Antonio der ältere von uns beiden ist und es somit für niemanden jemals infrage stand, dass er das Geschäft übernehmen würde.

Was aber sollte ich nach der Schule mit meinem Leben anfangen? Ich wusste es nicht. Zuerst habe ich einmal zwei oder drei Monate in Italien bei unseren Verwandten verbracht, aber das war natürlich nichts, was ich auf Dauer tun konnte. Also habe ich mich dann so herumgetrieben – im Sommer habe ich Törns gemacht, schon damals als Skipper, den Rest des Jahres habe ich irgendwelche Gelegenheitsjobs gemacht, es war mir nicht wichtig. Im Grunde wollte ich nur segeln. Eine Zeitlang habe ich mir überlegt, ob ich Berufsschiffer werden soll, du weißt schon, Kapitän auf einem großen Frachtschiff, das Containerladungen über den Atlantik oder den Pazifik fährt. Aber dann habe ich es sein lassen, denn das hätte mit meiner Art, das Meer zu befahren, nicht viel zu tun gehabt. Hundert Instrumente um mich herum und das Meer hätte ich vom fünften Stock aus gesehen. Es hätte Zeitpläne und Kontingente, Firmen und Reeder und Chefs gegeben, die mir gesagt hätten, wann und wo und in welcher Zeit ich irgendwo ablegen oder ankommen müsste. Nein, das war nicht meine Welt.

So ging das einige Jahre. Ich war zufrieden damit, ich wollte nicht mehr vom Leben, und das Leben wollte nicht mehr von mir. Ich war nur für mich selbst verantwortlich und ich musste nur für mich selbst sorgen. Ich war vogelfrei, niemand vermisste mich, wenn ich nicht da war, niemand wartete auf mich, wenn ich nachhause, in meine kleine Mietwohnung in Klagenfurt kam, die ich mir genommen hatte, und die ich mir leisten konnte. Ich war achtundzwanzig oder neunundzwanzig Jahre alt, als ich eine Frau kennen lernte. Meine Frau."

Carolas Herz zog sich bei diesen Worten zusammen und sie spürte, wie es in ihr drinnen eiskalt wurde. Sie befreite sich aus Ciceros Armen, doch er tat, als hätte er es nicht bemerkt und sprach einfach weiter.

„Ich lernte sie in einem Tanzlokal kennen, ich war dort mit ein paar Kumpels unterwegs und auf einmal stand sie vor mir und ich konnte nicht anders, als sie anzusprechen. Sie war jung, wie ich es war, sie war hübsch, ich lud sie auf ein Getränk ein und wir stellten fest, dass wir uns gut unterhalten konnten. Ich forderte sie zum Tanz auf. Ich war bereits ein wenig angetrunken. Eines kam zum anderen. Wir blieben zusammen. Sie stammte aus einer so genannten *besseren* Familie, ihre Eltern waren beide Ärzte, und als es sozusagen ernst wurde und sie mich ihrer Familie offiziell als ihren Freund vorstellte, nahm mich der Vater nach dem Familienessen beiseite und fragte mich, wie *ernst* meine Absichten seiner Tochter gegenüber wären. Das fand ich total altmodisch und lächerlich. Aber ich wollte Lydia, so hieß meine spätere Frau, nicht blamieren, und so redete ich halt so dahin. Dass ich sie wirklich mochte und dass ich nur die besten und ehrenhaftesten Absichten hätte und so weiter. Es war ja auch die Wahrheit, ich musste mich dafür nicht verstellen. Aber immerhin war ich damals auch schon dreißig Jahre alt und hatte seit über einem Jahrzehnt meinen Mann gestanden, zur

See und zu Lande. Ausgefragt zu werden wie ein Schuljunge ging mir gegen den Strich.

Vielleicht hätte ich damals meinen niedrigsten Instinkten vertrauen und einfach abhauen sollen. Diese Welt war nichts für mich. Doch Lydia gehörte nun einmal in diese Welt, und ich wollte sie nicht verlieren. Immerhin hatte sie es damals schon fast zwei Jahre mit mir Weltenbummler ausgehalten und kein Wort dazu gesagt, wenn ich Woche um Woche, wieder und wieder ans Meer gefahren war, von einem Törn zum nächsten. Ich muss auch sagen, dass es mir damals zum ersten – und einzigen – Mal in meinem Leben durch den Kopf gegangen ist, dass ich vielleicht nicht mein ganzes Leben auf diese Art verbringen wollte.

Lydia hat es nicht böse gemeint. Sie wollte mich zu nichts überreden. Aber ich sah, wie es war und wie ihre Familie über mich dachte. Jedenfalls kam es dazu, dass ich – und nicht nur ihr zuliebe, sondern weil ich es selbst damals wollte – mein Leben änderte und mir ein so genanntes geregeltes Einkommen besorgte. Ich wurde Angestellter in einer Bank."

Carola hob verwundert den Kopf, denn sie konnte sich einen Mann wie Cicero beim besten Willen nicht in Anzug und Krawatte hinter einem Schreibtisch oder Schalter vorstellen, ein Aktenköfferchen in der Hand. Aber sie sagte nichts dazu.

Mittlerweile hatten sie sich, ohne es richtig zu bemerken, in Bewegung gesetzt. Sie schlenderten nun nebeneinander her, ohne sich zu berühren, aber ihre Füße gingen im selben Takt.

„Es hat sogar recht gut geklappt. Ich arbeitete wie jeder normale Mensch von acht bis siebzehn Uhr, mit einer Stunde Mittagspause. Lydia war glücklich und ihre Familie auch. Auch meine Eltern mochten Lydia, sie war so ein sonniges Wesen. Wir waren recht oft bei meinen Leuten auf Besuch, auch bei meinen Verwandten in Italien, alle mochten Lydia und alle – warteten mehr oder weniger darauf, dass wir heiraten würden.

Also heirateten wir. Warum sollten wir es nicht tun? Wir waren zu diesem Zeitpunkt schon sechs Jahre zusammen, wir verstanden uns immer noch gut und alle Weichen waren für eine stabile gemeinsame Zukunft gestellt. Es war eine durch und durch klassische Hochzeit, sie in Weiß, ich im schwarzen Anzug und beide Familien vertreten, alle stolz, alle glücklich, eine große Feier mit allem Drum und Dran – so wie Lydia es sich gewünscht hatte. Sie sollte alles bekommen, was ihr Herz begehrte.

Bald nach der Hochzeit wurde Lydia schwanger. Das war im Grunde nicht mehr und nicht weniger als ein Wunder, denn Lydia hatte als Mädchen einmal eine schwere Unterleibsoperation gehabt – man hatte ihr eine, eigentlich harmlose, allerdings ziemlich große Zyste entfernt und dabei war es passiert, dass ein Eileiter komplett durchtrennt worden war. Irgendwie musste Lydias Körper dadurch völlig irritiert worden sein, denn auch ihr zweiter Eierstock funktionierte nur noch eingeschränkt. Die Ärzte prognostizierten ihr damals, dass es für sie sehr schwer werden würde, schwanger zu werden und sie sollte sich lieber darauf einstellen, dass es aller Voraussicht nach nicht klappen würde.

Aber es klappte. Einfach so, ohne irgendwelche Hilfsmittel. Es war, als wäre es uns bestimmt gewesen, ein Kind zu bekommen, als hätte dieses Kind unbedingt zu uns kommen wollen. Und, so seltsam das jetzt vielleicht klingen mag, in dem Moment, als sie es mir sagte, wusste ich, dass ich für immer mit ihr verbunden sein würde. *In guten wie in schlechten Tagen.* Aber kein Ehegelübde der Welt konnte so stark, so endgültig bindend sein, wie die Tatsache, dass meine Frau mein Kind, unser Kind unter dem Herzen trug. Es würde uns immer verbinden.

Alles lief gut und neun Monate später waren wir Eltern eines entzückenden kleinen Mädchens. Wir gaben ihr den Namen Emilia, nach meiner italienischen Großmutter, der Mutter meines Vaters.

Emilia war ein kleiner Sonnenschein, wie ihre Mutter es war. Dasselbe helle, blonde Haar, dieselben strahlenden veilchenblauen

Augen. Ich war verliebt in sie beide. Ich war ein glücklicher Mann, weil ich ein Zuhause hatte und zwei so schöne Frauen, die mich vergötterten. Auf einmal war es schön, dass da jemand auf mich wartete, wenn ich von der Arbeit nachhause kam. Und ihre Anwesenheit wog es damals auf, dass die Arbeit, die ich machte, keine Arbeit für einen Mann wie mich war.

Nun – die Jahre vergingen, Emilia wuchs heran. Lydia hätte gerne noch ein weiteres Kind gehabt, aber es hat nicht mehr geklappt. Nachdem eine gewisse Zeit vergangen war, dachten wir nicht mehr daran. Es war so schön, dass wir Emilia hatten, dass sie gesund und glücklich war.

Ich hatte meine beiden Damen immer wieder einmal auf einen Segelausflug mitgenommen, meistens auf den Wörthersee, denn wir lebten nach wie vor alle in Klagenfurt. Das war praktisch, denn so konnten einmal die einen, dann wieder die anderen Großeltern auf Lydia aufpassen oder uns besuchen oder wir sie, wie es sich gerade ergab. Ich hätte also durchaus einmal allein mit Lydia aufs Meer zum Segeln gehen können, da wir fanden, dass Emilia noch zu klein dafür war, und sie derweil bei ihren oder meinen Eltern unterbringen können. Aber eigentlich war Lydia gar nicht so scharf darauf. Sie sagte immer, sie würde mitkommen, wenn Emilia mitkam und ich akzeptierte das. Lydia war eben ein Mensch, der das Meer nicht brauchte.

Und dann kam jener Sommer, den ich nie in meinem Leben vergessen werde. Emilia war sieben Jahre alt, und Lydia und ich hatten beschlossen, dass sie damit alt genug wäre, dass wir uns zu dritt ein Schiff chartern und aufs Meer hinaus segeln konnten. Nahe liegender Weise fuhren wir dazu nach Caorle, wo ich so oft als Kind und Jugendlicher selbst gesegelt war und womit ich so viele wunderbare Erinnerungen verband. Mein erster Urlaub mit meiner kleinen Prinzessin und ihrer Mutter sollte eine weitere schöne Erinnerung werden.

Aber es kam alles anders."

Da war er wieder – dieser Klang, dieser Unterton in Ciceros Stimme, wie ihn Carola schon wiederholt herausgehört hatte, und sie fürchtete sich vor dem, was er gleich sagen würde. Aber es wäre ihr nicht im Traum eingefallen, ihn zu unterbrechen, denn sie spürte, wie wichtig es für ihn war, dass er alles erzählte, was es zu erzählen gab. Und so sehr es sie schmerzte, wenn er von seiner Familie sprach – einfach deshalb, weil es, bevor sie ihn getroffen hatte, Menschen in seinem Leben gegeben hatte, die er geliebt, denen er nahe gestanden hatte –, so sehr spürte sie auch, dass es die Nähe war, die sie jetzt mit ihm verband, die ihn dazu brachte, ihr das alles zu erzählen. Und natürlich war er mit fünfzig Jahren kein unbeschriebenes Blatt mehr – so wie sie selbst auch nicht. Sie hatten beide ein Leben hinter sich, wie hätte es anders sein können.

„Wir fuhren also hinaus und alles war wunderbar. Am dritten Tag kam ein Sturm auf. Er war nicht einmal besonders schwer. Wir waren auf See, und ich konnte nichts anderes tun, als draußen zu bleiben und abzuwettern. Wie gesagt – ich hatte hundert schlimmere Stürme erlebt, ich hatte keine Sekunde lang Sorge, dass etwas Ernstes passieren könnte. Lydia war unter Deck und wollte uns Tee kochen, vor allem mir, denn ich war ja derjenige, der im Regen an Deck ausharrte. Emilia war von dem Ausflug begeistert und – so ähnlich wie du Carola – unglaublich interessiert an allem, was es beim Segeln zu schauen, zu lernen, zu wissen, zu erfahren gab. Sie plapperte mir, wie es ihre Art war, den ganzen Tag die Ohren voll und ich beantwortete ihre Fragen mit einer Eselsgeduld, wie es Lydia ausdrückte.

Und dann kam sie hoch, Emilia. Sie hatte keine Schwimmweste an, denn eigentlich sollte sie bei ihrer Mutter unter Deck bleiben, bis es wieder sicher für sie war heraufzukommen. Ich weiß nicht genau, warum sie es getan hat. Vielleicht hatte sie von unten durch eine Luke irgendetwas gesehen, was ihre Neugierde geweckt hatte und sie wollte es unbedingt genauer anschauen. Vielleicht wollte sie einfach zu mir oder – was weiß ich, was in dem Kopf so eines Kindes vor sich geht.

Jedenfalls – sie kam herauf und ohne ein Wort zu sagen, ging sie an der Luvseite nach vorne. Ich hatte ihr natürlich beigebracht, dass sie sich festhalten musste, wenn sie sich an Bord bewegte, auch bei ruhigem Wetter, und das hat sie auch getan. Ich sah, wie sie nach vorne huschte und dachte noch: Was macht sie da? Ich rief ihr zu: Komm sofort wieder zurück, geh unter Deck oder bleib wenigstens hier neben mir stehen. Da war es auch schon geschehen. Eine Welle, ich war einen Moment lang unkonzentriert, weil ich auf sie geachtet hatte und nicht auf den Seegang. Ich federte die Welle nicht ab, Emilia glitt auf dem nassen Deck aus – und weg war sie."

„Oh Cicero", entglitt es Carola, ihre Hand fuhr hoch zu ihrem Mund, als könnte sie das Entsetzen, das in ihrem Ausruf steckte, ungehört machen.

Der Kapitän blieb stehen. In diesem Moment wirkte er wie ein alter Mann. Er hatte sich von ihr abgewandt und starrte hinaus in die Richtung, in der das Meer lag, so ruhig und so friedlich, dass man es kaum leise glucksen hörte.

Er schwieg.

Carola stellte sich neben ihn, doch sie berührte ihn nicht. Sie spürte, dass er Platz für seine Trauer, für seine Erinnerung brauchte. Sein Gesicht, das sie von der Seite ansah, war grau und leblos, wie aus Stein.

Nach einer ganzen Weile, die Carola endlos erschien, sprach er weiter:

„Sie ist ertrunken. Wir konnten ihr nicht mehr helfen."

Er sah sie an, seine Miene war immer noch unbewegt.

„Ich erspare uns beiden eine detaillierte Schilderung, wie es war, ohne sie zurückzukommen. Ich denke, du kannst es dir ungefähr vorstellen. Das Entsetzen, den Unglauben, den Schmerz, die Trauer – von uns selbst und von allen, die sie gekannt hatten, Großeltern, Verwandte, ihre Freundinnen, ihre Kindergärtnerinnen. Sie wäre im darauf folgenden Herbst in die Schule gekommen und sie hatte sich schon so sehr darauf gefreut. Es war ein Albtraum. Das Begräbnis, das keines war, denn ihr kleiner Körper wurde nie gefunden. Das Meer hat sie sich geholt, Carola. Das Meer, das ich so liebte, das mein Leben war. Es hat mir mein kleines Mädchen genommen, das auch mein Leben war. Wir waren sozusagen quitt.

Lydia und ich – wir kamen nicht darüber hinweg. Jeder von uns hatte seine Art, zu trauern und mit dem Schicksal zu hadern. Zumal wir wussten, dass es für uns, für Lydia und für mich, keine zweite Chance geben würde.

Eine Zeitlang wartete ich darauf, dass sie mich anschreien, mir Vorwürfe machen würde. Aber sie tat es nicht. Sie schwieg mich einfach nur an. Und das war viel schlimmer. Ich wusste umgekehrt, dass sie sich selbst mit Vorwürfen quälte – so wie ich es tat. Aber natürlich nutzte das alles nichts, denn es war geschehen und niemand, kein Mensch und kein Gott und kein Teufel konnten uns Emilia zurückbringen.

Manchmal habe ich gedacht, ich werde verrückt. Ich könnte nicht mehr weiterleben.

Ich habe weitergelebt. Und es ging von Tag zu Tag leichter – irgendwann. Und selbst dafür habe ich mich gehasst.

Für Lydia war es vielleicht schwieriger, weil sie die Mutter war, weil sie sie neun Monate in sich getragen, weil ihr kleines Herz in ihrem Bauch geschlagen hatte. Auch sie hat sich Tabletten besorgt, Carola. Aber sie hat sie genommen. Ich habe sie rechtzeitig gefunden und ins Krankenhaus gebracht. Sie wurde gerettet und das hat sie mir nie verziehen. Sie hat mich angeschrien, dass ich nicht nur Emilia umgebracht, sondern jetzt auch noch verhindert hätte – und mit welchem Recht? – dass sie zu ihrem Baby ging. Sie war außer sich.

Zwei Jahre später haben wir uns getrennt. Lydia ist zurück zu ihren Eltern. Eine gewisse Zeit hat sie dann noch in einer eigenen Wohnung gewohnt, aber das hat nicht geklappt. Was ich über sie wusste oder was ich über sie weiß, weiß ich über ihre Eltern, denn sie selbst hat jeden Kontakt zu mir abgebrochen. Sie konnte es nicht mehr ertragen, mich zu sehen. Sie konnte mich nicht mehr ertragen. Und so ist es bis zum heutigen Tag.

Vor der Geburt Emilias war Lydia Lehrerin gewesen. Sie konnte nicht mehr in ihren Beruf zurückkehren. Sie hätte jeden Tag Kinder sehen müssen, fremde Kinder, und in jedem Mädchen hätte sie Emilia gesehen.

Jetzt lebt sie wieder bei ihrer Familie und sie ist – ja, sie ist nicht mehr ins Leben zurückgekehrt. Ihre Eltern kümmern sich um sie. Sie lebt in ihrer eigenen Welt und auf ihre Weise ist sie doch noch zu Emilia gegangen."

Carola verstand, was er damit sagen wollte. Und sie verstand jetzt auch, warum er sie von Anfang an so angesehen, warum sie von Anfang an das Gefühl gehabt hatte, dass er sie bis in die letzte Faser hinein verstand. Und warum sie eine solche Verbindung zu ihm spürte. Nur war es für ihn ungleich schwieriger gewesen. Obwohl sie ihre beiden Schicksale natürlich nicht gegeneinander aufwiegen wollte. Und sie konnte sich in Wirklichkeit nicht vorstellen, wollte es auch gar nicht, wie es sein musste, sein Kind zu verlieren und seinen Partner, seine Partnerin – nicht auf diese Weise. Sie hatte ihre Tochter ja noch, Elvira lebte, sie war erwachsen und stand mit beiden Beinen im Leben, war gescheit, erfolgreich, glücklich.

„Elvira, meine Tochter, sie ist auch Lehrerin geworden", kam es ihr in den Sinn, „so wie meine Mutter übrigens."

Auf einmal schien ihr der eigene Verlust – wenn auch vielleicht nicht weniger schlimm, so doch sehr, sehr relativiert.

Jetzt wandte Cicero sich ihr wieder zu. Die steinerne Maske war von seinem Gesicht abgefallen, er blickte ihr ernst, aber ruhig und gelassen und sehr direkt in die Augen.

„Jetzt weißt du alles, was es über mich zu wissen gibt, Carola. Also – ich bin noch verheiratet, aber ich lebe seit sechs Jahren von meiner Frau getrennt, die ich in Wahrheit in dem Moment verloren habe, als ich meine Tochter verlor. Ich habe mich nicht von der Mutter meiner Tochter scheiden lassen, weil ich zum einen, wie ich dir gesagt habe, weiß, dass wir durch Emilia immer miteinander verbunden sein werden. Das gilt auch über ihren Tod hinaus. Außerdem bin ich ein halber Italiener – und die Italiener sind ein sehr katholisches Volk. Scheidung gibt es da nicht. Und – na ja, es liegt auch daran, dass es mit Lydia – eben nicht so einfach ist. Selbst wenn sie mich sehen wollte, wäre sie immer noch – eben so, wie sie jetzt ist. Nicht mehr von dieser Welt. Sie ist schon lange gegangen. Ich konnte sie nicht halten, wie ich Emilia nicht halten konnte.

Aber so entsetzlich das alles gewesen ist und immer noch ist – für mich ist es vorbei, Carola. Ich hatte das Glück, dass ich vorher ein eigenes Leben hatte und ich bin zu mir selbst, zu meinem Leben zurückgekehrt. Du hast zu mir gesagt, dass ich stark bin und lebendig."

„Der stärkste und der lebendigste Mensch, den ich je getroffen habe!", versicherte sie ihm.

„Weißt du, ich glaub dir das", entgegnete er, „und doch – ist es so seltsam. Aber ich weiß, dass du Recht hast. Denn ich habe einen anderen Weg gewählt als Lydia. Damit will ich nicht sagen, dass ihrer verkehrt und meiner richtig war, ganz bestimmt nicht! Jeder von uns konnte eben nur das tun, was er tun konnte. Und ich – habe mich dafür entschieden, wieder segeln zu gehen.

Nachdem es mit Lydia vorbei war, habe ich in der Bank gekündigt und unsere gemeinsame Familienwohnung verkauft. Die Hälfte des Geldes habe ich an Lydia überwiesen und für meine Hälfte habe ich mir eine kleine Wohnung kaufen können, wieder einmal vier Wände nur für mich allein und meine bescheidenen Bedürfnisse. Ein bisschen etwas ist sogar noch übrig geblieben, das ist so eine Art Polster, falls es sonst einmal nicht reicht. Aber ich komme ganz gut über die Runden. Ich habe sogar" – und an dieser Stelle musste er auflachen, es war ein bitteres Lachen, „ich habe sogar begonnen, mir eine gesicherte, eine solide Existenz aufzubauen. Ein paar Monate nach der Trennung von Emilias Mutter habe ich ein Architekturstudium begonnen. Seit einem Jahr arbeite ich selbständig auf Werkvertragsbasis für eine Reihe von Architekturbüros und Baufirmen. Das gibt mir die Möglichkeit, frei über meine Zeit zu verfügen und – ja, genug Zeit auf dem Wasser zu verbringen, mit nichts als einem Segelboot unter dem Hintern, denn das ist nun mal mein Leben, ist es immer gewesen und wird es immer sein. Aber etwas ist dabei ganz entscheidend – und das habe ich erst begriffen, als ich schon mittendrin war: Ich arbeite jetzt dabei mit, etwas Beständiges, etwas, hoffentlich, Schönes und Feststehendes, etwas Bleibendes in die Welt zu setzen. Ein Haus wird nicht so leicht von einem Sturm umgeworfen. Irgendwie brauche ich das."

Er seufzte. Ein paar Atemzüge lang horchten sie gemeinsam dem Echo der verklungenen Worte nach, die sich Cicero von der Seele geredet hatte.

Er streckte seinen Arm aus und ergriff Carolas Hand.

„Jetzt weißt du, wer ich bin."

Sanft schlugen die Wellen gegen den Kai. Sie hatten sich auf ihrem Weg wieder dem bunten Treiben der Gasthäuser, den Lichtern und durcheinander fliegenden Stimmen angenähert. Die Klapa-Sänger sangen immer noch mit ihren kraftvollen, reinen Stimmen, die einem seltsam unter die Haut gingen, und für eine Weile standen sie einfach da und hörten ihnen zu.

„Jetzt singen sie gerade: *Ich wusste nicht, was es bedeuten würde, der alte Hafen, das Meer und du …*", übersetzte Cicero.

Und dann nahm er sie, beinahe schon in gewohnter Weise, in die Arme, fasste mit der einen Hand in ihr Haar und bog mit einer einfachen, kleinen Geste ihren Kopf in den Nacken. Dann beugte er sich über sie und Carola schloss die Augen, um die volle Süße seines Kusses in sich aufnehmen zu können. Und sie war froh, dass er sie hielt, denn sie meinte, vergehen, sich auflösen zu müssen, so zart und gleichzeitig so besitzergreifend fühlten sich seine Lippen auf den ihren an. Das Universum stand still und die Welt um sie herum war verschwunden, so entrückt, so ineinander versunken standen sie da und hörten, unter dem glänzenden Sternenhimmel, eine lange, lange Weile nicht mehr auf, einander zu küssen und sich in die Wärme und Nähe des anderen zu schmiegen. So übergroß war das Wunder, dass sie sich auf dieser weiten Welt, in diesem verrückten Leben, gefunden hatten.

Als sie sich endlich voneinander lösten, fühlte sich Carola schwindlig, atemlos und auf eine zarte, neue, noch fragile Weise unendlich glücklich. Sie zitterte am ganzen Körper.

„Cicero, lass mich bloß nicht zu schnell wieder los!", keuchte sie, erhitzt von seinen brennenden Küssen.

Er blinzelte sie verschmitzt an: „Das habe ich nicht vor!"

Dann fügte er hinzu: „Komm, wir gehen zurück. Es ist Zeit."

Und tatsächlich kamen sie gerade rechtzeitig, um mit Rudi, der diesmal das Steuer übernommen hatte, mit dem Beiboot zurückzufahren. Die anderen waren schon drüben auf dem Schiff, und Rudi, die gute Seele, hatte eben noch einmal zurückfahren und die beiden Vermissten aufspüren wollen.

„Wenn ik euch jetzt nich jefunden hätte, wär's mir wurscht jewesen und ihr hättet schauen können, wo ihr die Nacht verbringt!", unkte er, und Cicero konterte:

„Aber dann hättet ihr morgen schauen müssen, wie ihr zu eurem Skipper kommt, meine Herrschaften!"

Als sie endlich, als Letzte, an Bord kamen und Rudi sich mit einem eiligen „Jute Nacht zusamm!" aus dem Staub gemacht hatte, standen sie einen Augenblick lang zögernd vor dem Niedergang.

Dann ergriff Cicero Carolas Hand und drückte sie sanft: „Schlaf gut, Carolina. Wir sehen uns morgen."

Einen Augenblick musste Carola schlucken, denn sie fühlte den bitteren Geschmack der Enttäuschung in ihrer Kehle. Es war wie in ihrem Piratentraum – die Umarmung, der Kuss – und dann war sie aufgewacht, unbefriedigt, ruhelos. Aber dann sagte sie sich, dass es besser so war und nickte, während sie seinen Händedruck erwiderte.

„Aye, aye, Capetan. Schlaf gut. *Laku noć.*"

„*Buona notte.*"

Ein flüchtiger, zarter Kuss auf ihre Stirn, und er war verschwunden.

Carola tapste ihrerseits, möglichst geräuschlos, in ihre Koje, wo Alexandra bereits in ihrem Bett lag und zumindest so tat, als würde sie schlafen.

Ehe sie sich ebenfalls niederlegte, tastete Carola noch einmal nach ihrem Handy, das sie den ganzen Tag über eingeschalten gelassen, jetzt am Abend aber nicht mit an Land genommen hatte, und warf einen kurzen Blick auf das Display. Noch immer keine Nachricht von Elvira.

Ob sie sich doch langsam Sorgen machen sollte?

Carola zog sich das Leintuch bis ans Kinn und beschloss, das morgen zu entscheiden. Denn im Augenblick war sie viel zu glücklich, um sich mit irgendwelchen schwarzen Gedanken zu beschäftigen!

Kapitel 12

Der darauf folgende Tag war Donnerstag, der vorletzte ihrer Segelwoche. Carola wollte nicht daran denken, dass bald alles vorbei sein würde. Wie konnte sie nach allem, was in den letzten Tagen geschehen war, zurückkehren in ihr altes Leben? Letztlich wusste sie nur eins mit absoluter Gewissheit: Ihr Leben würde nicht mehr dasselbe sein, denn sie war nicht mehr dieselbe. Sie war heute, in dieser Stunde, eine andere Frau als die, die am Samstagmorgen in Alexandras Auto gestiegen war. Daran gab es nichts zu rütteln.
Aber was sollte sie tun? Das, was sich zwischen ihr und Cicero anbahnte, oder eher: entlud, war noch viel zu neu, viel zu unfassbar, als dass sie sich über etwaige gemeinsame Zukunftspläne unterhalten hätten.

Gott sei Dank ging auch an einem Morgen nach einem solchen Abend wie dem gestrigen der Alltag weiter, in diesem Fall: der Alltag an Bord. Cicero war der Skipper und wurde von Schiff und Mannschaft gebraucht. Carola hielt sich bewusst im Hintergrund. Zum einen hatte sie das Gefühl, sie brauche Zeit, um das zu verdauen, was er ihr gestern erzählt hatte, und auch das, was zwischen ihnen geschehen war. Denn nun war wirklich etwas geschehen, das konnte nicht einmal sie mehr in Abrede stellen.

„Was sieht denn der Tagesplan vor?", wollten Verena und Josi nach dem Frühstück wissen, und die anderen stimmten mit ein: „Wohin geht es heute? Wo fahren wir hin? Was machen wir?"

Und, wie an jedem Tag, holte Cicero die großen Seekarten aus dem Navigationstisch hervor und erklärte, für die, die es noch nicht mitbekommen hatten, wo sie sich zur Zeit befanden, wie es mit dem Wind aussah, und wie sie den heutigen Tag gestalten könnten.

Da sich alle einig darüber waren, dass es prinzipiell in Richtung Sukošan ging, sie aber am Vortag gut Strecke gemacht und damit keine besondere Eile hatten, die Wetterlage aller Voraussicht nach an diesem, wie auch an den folgenden Tagen stabil bleiben würde, war die Entscheidung bald gefallen: Man einigte sich darauf, am Vormittag einen Abstecher nach Šibenik zu machen, dort eine Stunde oder zwei zu verbringen und dann in nördlicher beziehungsweise nordwestlicher Richtung weiter zu segeln, soweit sie eben kamen, sodass ihnen für den letzten Tag noch eine adäquate Tagesetappe übrig blieb.

Carola beteiligte sich nicht an diesen Diskussionen, es war ihr ziemlich egal, wohin sie fuhren, oder wo sie Station machen würden. Für sie stand viel mehr der Weg im Vordergrund, den sie selbst in ihrem Inneren in den letzten Tagen zurückgelegt hatte, dass sie gleichsam aufgewacht war aus ihrer monatelangen inneren Emigration, aus der bleiernen Müdigkeit, die sich wie Manschetten um ihre Glieder, um ihr Herz gelegt hatte.

Sie segelten los, und Carola hatte, zum ersten Mal, keine Lust, sich an den Manövern zu beteiligen – weder gedanklich, noch handgreiflich. Stattdessen wanderte sie gleich nach vorn zum Bugsitz, auf den zu setzen sie sich bislang noch nicht getraut hatte, aber jetzt tat sie es mit der größten Selbstverständlichkeit.

Während die „Seevogel" über das Wasser glitt, ließ sie sich den Fahrtwind um die Ohren blasen, sie spürte das Salz auf ihrer Haut und ihr Körper entspannte sich nach wenigen Minuten in der ungewohnten Position.

Hier vorne konnte sie sich vorstellen, dass es das Schiff und die Mannschaft gar nicht mehr gab, sie konnte sich vorstellen, sie wäre allein auf der Welt, allein mit dem Meer, das nur etwa eineinhalb Meter unter ihren Fußsohlen dahinrauschte. Wenn sie sich ein wenig zur Seite neigte, konnte sie die Bugspitze der „Seevogel" beobachten, wie sie durch das Wasser schnitt. Wenn sie sich wieder aufrichtete und ein paar Meter vor sich auf die Wasseroberfläche blickte, dann konnte sie ein besonderes Lichtspiel beobachten – nämlich wie sich die Sonnenstrahlen sternförmig im Wasser brachen, wie türkise Fäden schienen sie sich ein paar Meter vor dem Schiff in einem Punkt zu treffen, und wie die Streben eines Spinnennetzes zogen sie das Licht nach allen Seiten. Natürlich war der Mittelpunkt beweglich und flog vor ihr her. Carola konnte sich nicht satt sehen und wie hypnotisiert saugten sich ihre Pupillen an dem Spiel von Licht und Wasser fest, ihre Gedanken zogen davon in unendliche Weiten – oder blieben einfach stehen, setzten ein paar köstliche Atemzüge lang aus und waren still.

Die Hafeneinfahrt von Šibenik war wirklich sehenswert und Carola fand es perfekt, alles von ihrem exklusiven Platz aus miterleben zu können. Hier gab es eine alte Festungsanlage, gefolgt von hohen Felswänden, die teilweise mit Pinien bestückt waren. Tiefe Einschnitte im Fels zeugten von alten Bunkern aus dem Krieg. So lang und relativ schmal die Durchfahrt auch war, so war es doch im Wesentlichen unproblematisch, sie zu befahren, denn es war hier durchschnittlich um die sechzig Meter tief. Die Altstadt von Šibenik lag malerisch ausgebreitet vor ihnen und strebte einen Hügel hinan, an dessen Spitze wiederum eine alte Festung prangte. Seitlich des alten Stadtteils erkannte man moderne Industrieanlagen.

Da es noch früh am Tag war, als sie ankamen – etwa zehn Uhr Vormittag –, gab es noch genügend Platz direkt an der Hafenpromenade der Altstadt. Ein Marineangestellter kam auf einem roten Motorskooter angefahren, kaum dass sie angelegt hatten, um die übliche Hafengebühr einzuheben. Dann hieß es, wie schon einige Male in dieser Woche: Landgang für alle! Man einigte sich darauf, dass sie sich zwei Stunden Zeit lassen, also um zwölf Uhr Mittag wieder zurück am Schiff sein wollten.

Carola fühlte sich auf einmal sehr müde. Cicero hatte sie heute noch kein einziges Mal direkt angesprochen oder auch nur angesehen. Ob es ihm Leid tat, dass er, womöglich allzu sehr angestachelt vom Wein und vom Travarica, von dem lauen, vor Leben überschäumenden Abend und von der sentimentalen, eindringlichen Musik der kroatischen Sänger, so viel von sich preisgegeben hatte?

Oder spürte er, dass Carola sich im Moment einfach überfordert fühlte und Zeit brauchte, um alles zu verdauen?

Oder war es so, dass er von sich aus auf Abstand ging, weil er mit sich selbst genug zu tun hatte, und weil er sich von ihr und dem Gefühlskarussell, das sich zwischen ihnen zu drehen begonnen hatte, nicht bei seiner Arbeit ablenken lassen wollte? Oder von seinem Leben, das, nach schweren Stürmen, endlich wieder in stabilere, ruhigere Gewässer gefunden hatte? Oder deshalb, weil ihm, genauso wie ihr, nur allzu klar war, dass sie sich nur noch einen Tag lang sehen würden – und dann wieder in verschiedene Richtungen davonfahren würden, um sich in diesem Leben nie wieder zu begegnen?

Jedenfalls machte er keine Anstalten, sie zu fragen, ob sie mit ihm durch die Stadt spazieren wollte. Stattdessen hakte er sich bei Rudi und Werner ein und Carola hörte die drei Männer laut und übermütig scherzen, als sie von Bord gingen. Hier war sie also überflüssig. Verena und Josi waren ohnehin schon längst verschwunden, und von Alexandra war nichts zu sehen.

Eben überlegte sie, ob sie sich nicht einfach für zwei Stunden ins Bett legen und eine Runde schlafen sollte, als sich eine Hand auf ihre Schulter legte. Wieder einmal war es Alexandra, die genau im richtigen Moment an ihrer Seite war.

„Na, Süße?", sprach sie sie im fröhlichen Plauderton an, „hast du ein bisschen Zeit für eine alte Freundin?"

Carola war so froh, sie zu sehen, und das sagte sie ihr auch.

„Na ja – ich verstehe natürlich, dass ich jetzt nur noch an zweiter Stelle komme", Alexandra zwinkerte auf eindeutige Weise, „aber im Augenblick scheinst du ja zu haben zu sein!", sie deutete auf das Triumvirat, bestehend aus einem Skipper und zwei nordländischen Bootsmännern, das entlang der Hafenmole davon schlenderte.

„Ja", Carola zuckte mit den Achseln, „sieht so aus."

„Na komm, Carola, lass ihn mal ein paar Stunden sein Testosteron wieder aufladen. Wahrscheinlich hast du ihn ganz schön geschafft!"

„Alexandra!"

Das war wieder typisch Frau Mangold, ehemals Fräulein Hübner!

Es wurden doch noch zwei sehr angenehme Stunden, die die beiden Freundinnen einerseits für einen kurzen Stadtbummel, andererseits für eine entspannte Pause und ein kühles Getränk in einem malerischen Straßencafé nutzten.

Ihr Weg durch die Altstadt führte Carola und Alexandra auf verschlungenen Pfaden durch die engen alten Steingässchen, an Touristenschwärmen und netten kleinen Läden – in vielen von ihnen gab es Kunsthandwerk zu kaufen – vorbei, den Hügel hinauf zum Kastell, wo sie allerdings darauf verzichteten, die Anlage zu betreten – denn es gab eine Eintrittskasse, vor der sich eine ganze Schlange von besichtigungshungrigen Besuchern tummelte, und Carola hatte absolut keine Lust dazu, sich in der Hitze anzustellen. Alexandra war ihr deswegen nicht böse, also machten sie auf dem Absatz kehrt und schlenderten stattdessen eine Runde über den romantischen alten Friedhof, der gleich unterhalb der Burg, hinter einem großen schmiedeeisernen Tor zwischen alten Pinien lag.

„Das ist wirklich ein besonderer Ort", stellte Alexandra fest und Carola stimmte ihr zu.

Die Grabsteine waren größtenteils aus Marmor gefertigt und neben einfachen Gräbern gab es richtige Sarkophage und Mausoleen, viele mit alten schwarz-weißen Fotographien ihrer „Einwohner" versehen. Auf manchen Steinplatten fanden sich kunstvolle Reliefs, die zum Beispiel Symbole der Unendlichkeit darstellten – wie etwa eine Schlange, die sich in den Schwanz beißt –, oder Bilder, die wahrscheinlich auf den Beruf derjenigen hinwiesen, die hier ihre letzte Ruhe gefunden hatten – Kornähren oder, was Carola besonders beeindruckte, ein Schiff – ein Dreimaster, der sich schräg durch die aufgepeitschten Wellen eines Sturmes kämpfte. Wie passend, fand Carola, und sie vertiefte sich minutenlang in den Anblick.

Was Carola und Alexandra ebenfalls bemerkten, war, dass es hier viele italienische Namen auf den Grabsteinen gab.

„Die Italiener hatten auch ihre große Zeit in dieser Gegend, was?",
bemerkte Alexandra. Carola musste sich eingestehen, dass sie darüber viel zu wenig wusste. Doch plötzlich fiel es ihr wieder ein: Hatte nicht Cicero einmal einen kleinen historischen Vortrag über die Gegend hier gehalten und dabei unter anderem erwähnt, dass sich über die Jahrhunderte alle möglichen Mächte um den Landstrich bemüht hatten, der lange Zeit als „Dalmatien" bezeichnet wurde und der, mehr oder weniger, das heutige Kroatien umfasste?

„Der Name Dalmatien kommt doch von den Dalmaten oder Delmaten, einem Illyrerstamm, oder?", sickerte plötzlich eine Erinnerung an Ciceros Vortrag durch ihre Gehirnwindungen, und Alexandra nickte zustimmend.

„Genau. Und nach den Delmaten kamen die Römer, im fünften und sechsten Jahrhundert die Goten, und dann noch so alle möglichen anderen – die Byzantiner, die Franzosen, die Ungarn, die Osmanen und die Italiener."

„Du sagst es! Vor allem Venedig, das ja damals eine Großmacht war, übte einen beträchtlichen Einfluss auf die Gegend aus."

„Deshalb findet sich auch in den kroatischen Städten so einiges an venezianischer Architektur!"

„Ja, aber die Österreicher darfst du auch nicht vergessen, die waren ja wohl die Letzten, die hier ihren Einfluss geltend gemacht haben – wenn wir von den Russen in der Zeit des Kommunismus einmal absehen –, du weißt schon, ehe mit dem Ersten Weltkrieg dann das Habsburgerreich zerfiel."

„He – wir haben uns ja eine ganze Menge von dem gemerkt, was dein Kapitän so verzapft hat, hätte ich gar nicht gedacht!"

„Hier wird die Geschichte einfach lebendig, Alexandra. Und übrigens ist er nicht *mein* Kapitän."

„Bist du dir da so sicher?" Jetzt hatte sie wieder ihren unnachahmlich anzüglichen Ton am Leibe.

Carola blieb stehen und blickte die Freundin verständnislos an: „Also wenn ich ehrlich bin, Alexandra, ich weiß es selbst nicht."

„Du weißt es nicht? Was genau gibt es da nicht zu wissen, Carola? Ihr fahrt aufeinander ab, das sieht doch ein Blinder! Und ihr seid beide keine Teenager mehr, bei denen so etwas jeden zweiten Tag passiert. Mann – der Kerl ist in Ordnung, Carola, und wenn ich das sage, dann mag das schon etwas heißen, denn ich bin bei Männern wirklich saumäßig kritisch geworden! Wenn du mir diese Ausdrucksweise verzeihst. Und – Himmel! – er sieht wirklich unverschämt gut aus! Und, was das Beste ist, aus irgendeinem Grund scheint er das nicht zu wissen – oder es ist ihm egal. Jedenfalls dürfte er, wenn mich nicht alles täuscht, doch kein Weiberheld sein. Dafür ist er viel zu still. Und viel zu beeindruckt von dir, meine liebste Freundin!"

Carola schüttelte verlegen den Kopf.

„Meinst du, dass er das ist?"

Alexandra lachte hell auf: „Glaub einer gereiften Frau, Carola – er ist es. Ist ja auch verständlich", fügte sie mit schulmeisterlicher Miene hinzu, „du bist einfach bezaubernd, Süße!"

„So in etwa hat er es auch ausgedrückt", Carola scharrte verlegen mit ihren Fußspitzen auf dem Boden.

„Na also! Dann ist doch alles in Butter!"

„Alexandra – so einfach ist das nicht!", wehrte Carola ab. „Ich meine – ja, ich gebe zu, da ist eine fulminante Anziehungskraft zwischen uns. Aber, na ja, er hat auch ein ganz schönes Paket auf seinen Schultern zu tragen, und ich bin ja auch noch – hm, ziemlich beschädigt, sozusagen. Und sag mir eines: Wie soll das weitergehen?"

„Das fragst du dich heute schon zum tausendsten Mal, hab ich Recht?"

Carola nickte stumm.

In diesem Moment öffnete sich die Gasse und vor ihnen erhob sich die Kuppel einer wunderschönen, ganz aus hellem Stein errichteten Kathedrale.

„Oh Alexandra, sieh nur!", rief Carola mit überraschter Stimme aus.

Sie brauchten nur der steinernen Treppe zu folgen, dann standen sie auf einem von der Sonne aufgeheizten Platz, oder eher noch, wo sie gerade von den Einflüssen der italienischen Architektur gesprochen hatten, einer „Piazza". Zahllose Touristen waren an dem beeindruckenden Bauwerk unterwegs und Carola und Alexandra schlossen sich ihnen an. Die hohen, mit Dutzenden Reliefs und Figuren geschmückten Wände mit den vielen Säulen, Verzierungen und Verstrebungen waren wirklich wunderschön. Dazu das große Rosettenfenster und das beeindruckende Portal.

„Schau mal, Carola, dort ist eine Schautafel!"

Carola folgte der Aufforderung der Freundin und mit ihr gemeinsam las sie interessiert, was es dort über die Geschichte und den Bau der Kathedrale „Sveti Jakova" zu lesen gab.

„Weißt du, Carola", griff Alexandra noch einmal das Thema auf, als die beiden schließlich, nachdem sie genug vom Besichtigen und Umherflanieren hatten, in einer schattigen Seitengasse bei einem kühlen Getränk in einem Kaffeehaus saßen, „ich freu mich wirklich für dich, dass dich, nach allem, was du erlebt und durchgemacht hast, so ein Blitzschlag getroffen hat. Das passiert einem schließlich nicht oft im Leben, oder?"

Dem konnte Carola nur beipflichten.

Und Alexandra fuhr fort: „Gott – wer bin ich, dass ich dir etwas raten könnte? Ich hatte bislang ja auch nicht gerade das ganz große Glück mit den Männern. Wenn ich es auch schon mehrere Male ernsthaft versucht habe!"

Sie lachte und diesmal hatte ihr Lachen einen ironischen Klang.

„Carola, ich kann nur sagen – ich mag dich. Und wenn du jemanden brauchst, mit dem du reden, bei dem du dein Herz ausschütten oder mit dem du einen Kaffee trinken, von dem du ein Mittagessen gekocht oder einen Drink spendiert haben möchtest – oder was immer ich dir sonst so bieten kann – dann bin ich für dich da! Du hast mich als Freundin zurück, wenn du mich brauchst, wenn du magst für den Rest unseres Lebens. Aber die Sache mit Cicero Colli – die musst du selbst auf die Reihe kriegen! Ich weiß schon, dass ich dir vor ein paar Tagen gesagt habe, dass du dich darauf einlassen sollst, und das sage ich immer noch. Aber pass auf dich auf. Und das Wichtigste – und das kann ich dir wirklich aus eigener, mehrfacher Erfahrung sagen: Bleib dir selbst treu! Du musst immer diejenige sein, auf die du dich letztlich verlassen kannst!"

Alexandras Blick war eindringlich und Carola war ihr für ihre ehrlichen und offenen Worte dankbar. Es war gut, zu wissen, dass sie in derselben Stadt wohnten, und dass sie jederzeit auf Alexandras Angebote – Reden, Heulen, Essen, Trinken – zurückkommen könnte.

Laut sagte sie: „Ich hab einfach eine so gottverdammte Angst, wie es sein wird, wenn diese Woche um ist, wenn der offizielle Stundenplan endet, sozusagen ..."

„Oh Carola!", Alexandras Stimme war weich und voll Wärme, und sie ergriff Carolas Hand und drückte sie ganz fest.

„Carola – was immer passiert, was immer du tust und wofür immer du dich entscheidest – lass dir dieses Gefühl, lebendig zu sein, nicht mehr wegnehmen! Versprich mir das! Es war ein so langer, so steiniger Weg, bis du hierhin gekommen bist. Halt das fest, es ist der größte Schatz, den du dir im Leben erringen kannst!"

Ein paar Sekunden lang zog vor Carolas innerem Auge wieder das *Gräsermeer* vorbei und sie wusste genau, von welchem Gefühl Alexandra sprach.

„Du bist eine großartige Frau, Alexandra. Es ist so schön, dich zur Freundin zu haben."

Dann war es Zeit, zurück zum Schiff zu gehen. Ein tiefes Gefühl des Verstehens lag auf dem Rückweg zwischen ihnen. Und wenn es nicht seltsam ausgesehen hätte, hätten sie sich die ganze Zeit über an den Händen gehalten, so wie sie es als Kinder getan hatten. Aber ihre Seelen berührten sich sowieso.

Die gesamte Crew, inklusive Kapitän, waren begeistert von der Stadt – obwohl Letzterer sie natürlich schon gekannt hatte – und in fröhlicher Stimmung brach die „*Seevogel*" zu ihrer Nachmittagsetappe auf, die sie vorbei an der Insel Tijat und, bei bestem Am-Wind-Kurs, bis zur Insel Murter führte, wo sie in der Bucht Koromašna für die Nacht vor Anker gingen.

Dank ihrer offenen Unterhaltung mit Alexandra gelang es Carola, sich in der zweiten Hälfte des Tages Cicero gegenüber wieder einigermaßen natürlich zu benehmen. Sie mischte sich unter ihre Mitsegler und alles war, zumindest ihrer eigenen Einschätzung nach, wie immer.

Am Abend, als die Sonne mit einem wunderschönen rotorangenen Farbenspiel hinter dem Horizont verschwunden war, kochten sie noch einmal Spaghetti mit Tomatensauce. Carola beteiligte sich beim Küchenteam, während die Übrigen das Tischdecken übernahmen.

Es war ihr letzter Abend auf offener See, morgen um diese Zeit würden sie wieder in der Marina von Sukošan sein.

Obwohl Werner sich als Chefkoch wirklich alle Mühe gegeben hatte und die Nudeln ausgezeichnet waren, wollte es Carola nicht so recht schmecken. Es war, als hätte sich ein Ring um ihren Magen gelegt, der es verhinderte, dass sie etwas in ihn hineinbrachte.

„Hast du heute keinen Hunger?", kam da auch schon die besorgte Frage von Alexandra.

Carola schüttelte den Kopf. „Nein", und damit ließ sie das Besteck sinken, obwohl sich noch einiges auf ihrem Teller befand.

„Ich hab ein bisschen Kopfweh", erfand sie eine für alle plausibel klingende Ausrede und lehnte sich zurück. Dabei vermied sie es, Cicero anzusehen, der ein Stück entfernt auf seinem Stammplatz hinter dem Steuerrad saß.

Er sagte kein Wort, aber Carola wusste, dass er sie die ganze Zeit über beobachtete.

Es war ihr unangenehm und sie wusste nicht, wie sie darauf reagieren sollte.

„Bitte entschuldigt mich", presste sie schließlich hervor, „ich fühl mich nicht so gut. Ich hau mich schon einmal hin. Gute Nacht, alle zusammen."

Natürlich war es eine Flucht. Cicero wusste es, und Alexandra wusste es, und Carola selbst wusste es auch. Aber es fiel ihr einfach nichts Besseres ein.

Allein im Dunkeln im Bett zu liegen, die Stimmen der anderen noch zu hören und dann ihre Schritte und das Herumwerkeln mit Geschirr, Besteck und Gläsern, war überaus angenehm für Carola.

So euphorisch der gestrige Abend gewesen war, so ernüchternd war der heutige. Nein, sie hatte wirklich keine Ahnung, wie es weitergehen sollte – zumal sie mit völliger Gewissheit wusste, dass es, fürs Erste, in weniger als vierundzwanzig Stunden vorbei sein würde mit diesem Törn: Good bye Segeln, good bye Meer und Sonne, good bye neues, leichtes, kraftvolles, intensives Lebensgefühl und, was am schlimmsten war, good bye Cicero, *moj Capetan*.

Kapitel 13

In dieser Nacht hatte Carola einen Albtraum. Sie träumte, sie befände sich an Bord eines Segelschiffes und sie führe über das offene Meer. Ein Sturm tobte, ringsherum nichts als aufgewühlte See, meterhohes, schwarzes, brodelndes Wasser.

Carola selbst war an Deck, auch andere waren dabei, eine Handvoll schemenhafter Gestalten, die, wie sie, damit beschäftigt waren, das Schiff am Laufen und sich selbst buchstäblich über Wasser zu halten. Eine Stimme schrie Kommandos gegen das Pfeifen des Windes an, sie konnte kaum ein Wort verstehen. Immer wütender bäumten sich die Brecher auf und Carola klammerte sich verzweifelt an der Reling fest. Auf einmal gab es einen Blitz und ein durchdringender Schrei ertönte, der ihr das Blut in den Adern gefrieren ließ.

Sie riss den Kopf herum und blickte in die Richtung, aus der der Schrei gekommen war. Da sah sie, erhellt von dem unablässigen Wetterleuchten, das nun den Himmel durchzuckte, eine hell gekleidete Frauengestalt, die als Einzige keine Wetterweste und keinen Regenschutz trug, sondern nichts als ein leichtes Sommerkleid. Ihr Haar war hell und lang und der Sturm riss daran, sodass es wie eine Fahne um den Kopf wehte. Erstaunt erkannte Carola, dass die Gestalt keine Schuhe anhatte, und ihr schoss durch den Kopf, dass ihre Füße furchtbar kalt sein mussten.

Da wendete die Frau oder das Mädchen Carola ihr Gesicht zu und im Schein des nächsten Blitzes erkannte sie mit Entsetzen das bleiche Antlitz ihrer Tochter. Was seltsam war, denn Elvira hatte in Wirklichkeit walnussbraunes und nicht blondes Haar.

Es war, als würde eine eisige Hand nach Carolas Kehle greifen und kein Ton kam daraus hervor. Ein fischartiges, schnappendes Öffnen und wieder Zuklappen des Mundes war alles, was sie zuwege brachte, und was ein verzweifelter Schrei hätte werden sollen: „Elvira!"

Doch selbst wenn es ihr gelungen wäre zu schreien, so hätte das Orgeln und Brausen des Windes ihre Stimme mit Sicherheit verschluckt.

Im nächsten Moment geschah folgendes: Die helle Gestalt, die, trotz hellerem Haar Elvira war, wandte ihr Gesicht ihrer Mutter zu und Carola sah, dass sich ein völlig entspanntes, gelöstes Lächeln darauf ausgebreitet hatte. Und dann ließen ihre Hände die Reling los, an der sie sich bislang festgeklammert hatte. Das Mädchen streckte die Arme rechts und links des Körpers aus, gerade so, als wolle ein Vogel seine Schwingen aufspannen, und mit der nächsten Bö sich hinaufschwingen in den Himmel.

Endlich nahmen Carolas Stimmbänder ihren Dienst wieder auf, und diesmal gelang ihr der Schrei, der voll Panik und Entsetzen über das Deck tönte:

„Elvira, um Gottes Willen, was tust du?"

Es kam keine Antwort. Stattdessen wandte die Gestalt ihr Gesicht wieder ab, ihr Blick glitt auf ein für Carola unsichtbares, unbekanntes Ziel zu, das weit in der Ferne, irgendwo vor ihr im Sturm zu liegen schien. Dann tat sie etwas vollkommen Unmögliches – sie sprang. Und es schien wie in Zeitlupe zu geschehen, Carola konnte nichts tun, sie selbst war wie gelähmt. Nur ihre Augen klebten an der springenden Gestalt, die sich im Flug zu verwandeln schien, kleiner zu werden, zu schrumpfen. War sie am Anfang eine junge Frau oder ein Mädchen von etwa zwanzig Jahren gewesen, so wirkte sie auf einmal wie zwölf oder dreizehn, dann wie sechs oder sieben, und am Ende, ehe sie von den schwarzen, rollenden Brechern verschlungen wurde, war sie nur noch ein heller Lichtpunkt, der sich nahtlos in die Gischt der Wellenkämme einfügte und von ihr vollkommen verschluckt wurde.

„Oh Gott, nein! Nein! Nein! Nein!"

Carolas Schrei war auf einmal ein ganz und gar realer. Mit einer heftigen Bewegung zerriss sie das Traumgespinst, und fand sich, um Atem ringend, aufrecht in ihrer Koje sitzend, am ganzen Körper zitternd, im Wachzustand wieder.

Aber sie war nicht allein. Da war jemand, der neben ihr stand, es war Alexandra, die sie mit beiden Händen an den Schultern festhielt und beruhigend auf sie einsprach:

„Ho, ho, meine Süße, schschsch! Es war ein Traum, du hast geträumt, es war nur ein Albtraum, beruhige dich, es ist alles in Ordnung!"

„Nein!", Carola konnte, wollte nicht aus dem Gefühl herausfinden, das mit Macht von ihr Besitz ergriffen hatte, „Nein, Alexandra, es war nicht nur ein Traum! Es war wirklich, es ist wirklich! Oh Gott, ich muss etwas tun! Ich muss ihr helfen! Ich muss es verhindern!"

Und mit einem Satz war Carola aus dem Bett und knipste das Licht an. Alexandra blinzelte und wollte die Freundin beschwichtigen, aber diese hatte schon begonnen, wie eine Besessene ihre Sachen zu durchwühlen.

„Himmel, Carola, was machst du? Wach auf! Was – was suchst du da? Es ist mitten in der Nacht, du weckst das ganze Schiff auf!"

Carola fuhr herum, kreideweiß, und sah die Freundin eindringlich an: „Ich suche mein Telefon, Alexandra. Ich muss es finden. Und es tut mir wirklich Leid, wenn ich jemanden aufwecke. Aber darauf kann ich im Moment keine Rücksicht nehmen!"

Endlich hatte sie ihr Mobiltelefon gefunden und mit bebenden Fingern drückte sie auf die Tasten.

Dann erstarrte sie in der Bewegung, blickte wie versteinert sekundenlang auf das Handy, dann stammelte sie: „Nichts. Keine Nachricht."

Alexandra schüttelte verständnislos den Kopf: „Was hast du erwartet? Nachricht von wem?"

In dem Moment war es, als erwache Carola zum zweiten Mal. Verwirrt blickte sie um sich, auf das Telefon in ihrer Hand und dann auf Alexandra.

Erschöpft ließ sie sich auf das untere Bett fallen und bettete den Kopf in die offene Handfläche ihrer linken Hand.

„Oh Gott, ich weiß es nicht. Ich weiß nicht, was ich erwartet habe."

Dann sah sie Alexandra, die sich neben ihr niedergelassen hatte und beruhigend den Arm um ihre Schulter gelegt hatte, mit großen, vor Angst geweiteten Augen ins Gesicht, ihre Stimme klang dünn und verzweifelt:

„Ich hab von Elvira geträumt. Wir waren zusammen auf einem Schiff. Es gab einen fürchterlichen Sturm, und sie ist über Bord gegangen, obwohl ich nur wenige Meter neben ihr stand, und ich konnte nichts, rein gar nichts, dagegen tun! Es war so ähnlich wie bei …", sie unterbrach sich. Sie hatte kein Recht, von Ciceros kleiner Tochter zu sprechen. Was er ihr anvertraut hatte, war nur für ihre Ohren bestimmt gewesen.

Sie atmete tief ein und aus, wischte sich mit den Händen über das Gesicht, als wolle sie den Albdruck abwaschen.

„Alexandra, es war so – realistisch. Sie meldet sich seit über einer Woche nicht, sie reagiert nicht auf meine Anrufe!"

Alexandra öffnete den Mund, doch Carola schnitt ihr mit einer Geste das Wort ab.

„Ich weiß, was du sagen willst. Entschuldige. Natürlich kann ich mir einreden, dass das nichts zu bedeuten hat, dass sie eben unterwegs ist und nicht dauernd auf ihr Handy schaut, dass sie vielleicht ihren Akku vergessen hat oder weiß der Kuckuck was. Aber ich bin ihre Mutter, Alexandra! Du kannst das vielleicht nicht verstehen, weil du selbst keine Kinder hast. Aber – auch wenn sie schon längst erwachsen ist – ich spüre einfach, dass etwas nicht stimmt! Oh Alexandra …", hier wurde Carolas Stimme ganz leise, „Alexandra, ich hab Angst. Ich hab so furchtbare Angst um mein kleines Mädchen!"

„In Ordnung."

Alexandra war jetzt hellwach und ganz die resolute, vernünftige Frau, die sie war.

„Ich glaube dir, Carola. Aber du kannst jetzt nichts tun, was deine Befürchtungen irgendwie aus der Welt schaffen oder, im schlimmsten Fall, was wir nicht hoffen wollen, bestätigen könnte. Es ist" – ein kurzer Blick auf ihre Armbanduhr – „es ist dreiviertel vier. Mitten in der Nacht. Wir sind auf einem Segelschiff in einer Bucht irgendwo in Kroatien. Und deine Tochter ist weiß Gott wo! Ich weiß im Moment wirklich nicht, wie wir die Sache lösen, wie du Kontakt zu Elvira aufnehmen könntest, aber ich bin sicher, uns fällt etwas ein – morgen, bei Tageslicht, wenn wir ausgeschlafen sind. Und wenn uns keine Idee kommt, dann vielleicht Werner oder Rudi oder Verena oder Josi – oder Cicero."

Carola wusste, dass Alexandra Recht hatte. Sie konnte im Augenblick nichts tun. Schon überkamen sie leise Zweifel, ob sie nicht doch überreagiert hatte und im Grunde ihres Herzens hoffte sie inständig, dass es nicht mehr als ein Traum gewesen war, hervorgerufen von dem Aufruhr ihrer Gefühle und von den schrecklichen Bildern, die sich seit Ciceros Erzählung in ihr Herz eingegraben hatten. Wahrscheinlich war es einfach die Vorstellungskraft einer Mutter, die ihr diesen Albtraum beschert hatte.

„Ich – entschuldige Alexandra. Natürlich hast du Recht."

„So ist es gut, Süße. Komm, wir legen uns wieder hin und schlafen noch ein paar Stunden."

Carola nickte und legte sich gehorsam wieder hin. Alexandra schaltete das Licht aus.

„Danke, Alexandra."

„Schon in Ordnung, Süße. Wir alle haben hin und wieder Albträume, da ist nichts weiter dabei. Und denk dran – morgen sieht die Welt wieder ganz anders aus!"

Carola schloss seufzend die Augen und versuchte, Alexandras Rat zu befolgen und wieder einzuschlafen. Wider Erwarten schaffte sie es nach einer Weile.

Am nächsten Morgen erwachte Carola zeitig mit einem Gefühl von Unruhe. Draußen zog bereits der Tag herauf, aber auf dem Schiff lag alles noch mucksmäuschenstill und friedlich, eingehüllt in tiefen Schlaf. Sie beugte sich hinunter zu Alexandra, die ruhig und gleichmäßig atmete und im Schlaf, mit rosigen Wangen, entspannten Zügen und angewinkelten Armen und Beinen wie ein junges Mädchen aussah. Carolas Hand tastete sofort nach ihrem Handy, und ihr fiebrig über das Display huschender Blick registrierte sofort: noch immer nichts! Aber das hatte sie auch nicht wirklich erwartet.

So leise wie möglich glitt Carola aus ihrem Bett und schlüpfte, noch in Nachthemd und Höschen, barfuß, ungekämmt und ungewaschen, aus der Koje. Sie konnte es einfach nicht mehr im Bett aushalten.

Ihre Hoffnungen hatten sich nicht erfüllt – die Angst um Elvira, ausgelöst, oder eher: zum Ausdruck gebracht, durch ihren Albtraum, war keineswegs verschwunden, im Gegenteil. Ihre diffuse Ahnung war beinahe zur Gewissheit geworden. Sie hätte es nicht erklären können, aber sie wusste einfach, dass Elvira etwas zugestoßen war.

Sie schlich sich hinauf an Deck und stellte sich ans Heck. Ruhig, beinahe unbeweglich lag die „Seevogel" an ihrem Anker, wie ein großes Tier an der Leine. Wie wunderbar die Farben des Morgens zu dieser Stunde waren – zu jedem anderen Zeitpunkt hätte sie es unbeschreiblich schön gefunden und das Bild, die Gerüche, die Frische der Luft begierig und genussvoll in sich aufgenommen.

Jetzt hatte sie dafür keinen Sinn. Und sie registrierte, dass auf einmal, schon wieder, alles anders war, als noch wenige Stunden zuvor. Plötzlich gab es etwas, das ihre Gedanken und Gefühle völlig in Anspruch nahm, und das die Gedanken und Gefühle, die vor ein paar Stunden noch ausschließlich und beinahe in schmerzhafter, monotoner Beständigkeit um Cicero gekreist waren, zwar nicht auslöschte, aber überdeckte.

Eigentlich war sie überraschend ruhig. Kein Zittern mehr, keine fahrigen Bewegungen, kein hechelndes Atmen, keine hysterischen Schreie, keine unzusammenhängenden Gedanken – so wie letzte Nacht.

Beinahe konnte sie spüren, wie ihr Hirn zu arbeiten anhob und begann, konzentriert und systematisch einen Plan auszuarbeiten, wie sie vorgehen, was sie unternehmen konnte, um ihre Tochter zu finden, beziehungsweise etwas über sie in Erfahrung zu bringen.

So vertieft war sie in ihre Überlegungen, dass sie nicht bemerkte, wie jemand den Niedergang heraufkam und sich hinter sie stellte.

Als Ciccro seine Hand auf ihre Schulter legte, zuckte sie zusammen.

„Was hast du, Carola? Kannst du nicht mehr schlafen?", seine Stimme war so tief und warm, als hätte es keinen Rückzug, keine Distanzierung voneinander gegeben.

Für einen Augenblick überkam Carola die Versuchung, sich einfach nach hinten, an seine breite Brust zu lehnen und sich von seinen starken Armen halten zu lassen.

Aber dazu war sie im Augenblick nicht in der Stimmung. Stattdessen wandte sie sich ihm zu und der Ausdruck auf ihrem Gesicht war offenbar dergestalt, dass auch seine Züge mit einem Schlag einen sehr ernsten Ausdruck annahmen.

„Ist etwas passiert? Nun sag schon!", er zog sie auf die Bank und setzte sie dicht neben sich. „Ich hab dich letzte Nacht gehört, Carola, ich denke, wir alle haben dich gehört. Ich wollte schon nach dir sehen, aber dann habe ich mitbekommen, dass sich Alexandra bereits um dich kümmert. Also sag mir: Was ist los?"

Sein besorgter Tonfall und die Tatsache, dass er ihren Albtraum akustisch mitbekommen hatte, ließen sie nun doch ihre Beherrschung für einen Moment aufgeben, mit einem leisen Seufzen lehnte sie sich an ihn und ließ sich von ihm festhalten, doch nur einen kurzen Augenblick lang. Dann löste sie sich wieder aus der warmen Sicherheit seines Körpers.

„Ich hatte einen Albtraum, in dem es – um Elvira ging, meine Tochter."

Einen Herzschlag lang zögerte sie, ob sie ihm das Traumbild so erzählen sollte, wie sie es gesehen hatte, aber er würde den Zusammenhang mit seiner eigenen Geschichte ohnehin erahnen.

„Also es war Elvira – und es war gleichzeitig auch deine Tochter, Cicero, Emilia. Sie hatte blondes, langes Haar, aber Elviras erwachsene Gestalt und ihr Gesicht. Wir waren auf einem Schiff, einem Segelschiff. Es gab einen Sturm, und sie ist – über Bord gegangen. Ich war auch dort, aber ich konnte nichts für sie tun, ich konnte sie nicht retten."

Einen Moment schwiegen beide. Carola war Cicero unendlich dankbar, dass er sie nicht gleich mit einer Bemerkung wie „Es war doch nur ein Traum" zu beschwichtigen versuchte, sondern, wie er es schon einige Male getan hatte, sie einfach reden ließ und geduldig wie ein Fels zuhörte.

„Ich weiß, dass es nur ein Traum war. Aber – und das kann ich dir jetzt nicht wirklich erklären – ich weiß trotzdem, dass es mehr als das war, dass es etwas bedeutet!"

Unverwandt blickte sie ihn an: „Cicero – bitte halte mich nicht für verrückt oder für überspannt, ich *weiß* einfach, dass ihr etwas zugestoßen ist! Ich spüre es so deutlich, als hätte mir jemand in den Arm geschnitten. Ich muss sie erreichen! Ich muss wissen, wo sie ist und was mit ihr los ist."

Eine Sekunde zögerte sie, dann sprach sie weiter: „Bitte – hilf mir dabei!"

Was unausgesprochen dabei noch mitklang, war in etwa Folgendes: Ich brauche deine Stärke, es ist so schön, dass du in der Nähe bist, bitte zeig mir, dass ich mich auf dich verlassen kann, so wie ich es fühle, dass ich es kann, gib mir damit zu verstehen, dass ich dir so viel bedeute, dass du dich auch außerhalb deiner Pflichten als Skipper meiner Angelegenheiten annimmst. Es wäre so schön zu wissen, dass ich nicht allein über diese Klippe springen muss …

Ciceros Blick war sehr intensiv, das Blau seiner Augen eine Spur dunkler als sonst, als er mit bedächtiger Stimme antwortete:

„Ich halte dich nicht für verrückt, Carola, ich verstehe dich. Und ich helfe dir."

So schlicht diese Worte waren, so brachten sie doch eine unsagbare, süße Erlösung für Carolas angespannte Nerven, für ihre aufgepeitschten Gefühle.

Er würde ihr helfen, er ließ sie nicht im Stich. Er nahm das, was sie sagte, ernst und er ließ sie so, wie sie war, er würde, was diese Sache betraf, nicht von ihrer Seite weichen.

Wie gut das tat.

Auch hinter Ciceros Stirn schienen, wie eben noch bei ihr selbst, die Gedanken Fahrt aufzunehmen.

„Weißt du, wo deine Tochter sich im Augenblick befindet, Carola?"

„Nein, ich weiß es leider nicht. Ich habe nichts mehr von ihr gehört, seit unserem Telefonat vor beinahe zwei Wochen, wo sie mir, für mich völlig überraschend, mitgeteilt hat, dass sie gerade zu einer längeren Europareise aufbricht. Seitdem habe ich nichts von ihr gehört. Sie hat mir damals nur ungefähr gesagt, welche Route sie nehmen wollen, sie und ihr Freund. Möglicherweise ist sie zurzeit in Italien, aber ich bin mir natürlich nicht sicher, denn sie hat es selbst noch nicht gewusst, wann sie wo sein würde. Ich versuche seit Tagen, sie anzurufen, aber sie hat nicht darauf reagiert."

„Gut. Lass mich einen Moment überlegen – du hast gesagt, sie ist mit einem Freund unterwegs – hast du zufällig seine Telefonnummer?"

„Nein. Daran hatte ich auch schon gedacht."

„Weißt du, wie sein Nachname lautet und wo er wohnt? Dann könnten wir vielleicht seine Familie kontaktieren, die uns dann seine Handynummer weitergeben könnte?"

Carola überlegte krampfhaft, dann musste sie passen.

„Nein. Leider. Keine Ahnung."

Bis vor kurzem wusste ich nicht einmal seinen Vornamen, musste sie sich beschämt eingestehen. Sie hatte in den letzten Wochen, Monaten wirklich aufgehört, eine Mutter zu sein! Wie hatte sie nur so wenig Notiz von ihrem einzigen Kind und seinem Leben nehmen können? Wie sehr sie in sich selbst gefangen gewesen war – es kam ihr jetzt schmerzlich zu Bewusstsein.

Cicero seufzte: „Dann fällt mir auf die Schnelle auch keine Lösung ein, fürchte ich."

Er warf einen Blick auf seine Armbanduhr: „Glaubst du, dass du noch einmal einschlafen kannst?"

Sie zuckte die Achseln. „Also ehrlich – ich glaube eher nicht."

„Willst du einen Kaffee?"

„Oh – das ist furchtbar lieb von dir. Aber ich fürchte, ich kann im Moment weder etwas essen, noch etwas trinken."

Er nickte stumm.

Dann sah er sie erneut an und jetzt waren seine Augen sehr hell. Das Morgenlicht schimmerte auf seinen markanten Zügen.

„Dann weiß ich nur noch eines, was wir machen können", sagte er.

Sie hatte keine Ahnung, was er meinte.

Er lächelte und sagte:

„Komm."

„Wie meinst du …?"

„Nicht so, wie du vielleicht glaubst. Frag nicht lang, tu, was ich dir sage."

Einen Augenblick überlegte sie, ob sie sein Benehmen als machohaft einstufen sollte. Doch – wie schon einmal, wann war das gewesen? – befand sie stattdessen, dass es ihr egal war. Seine Stimme war so warm und von seiner ganzen Person ging eine solche Stärke, eine solche Anziehungskraft aus, dass sie ihm einfach folgte.

Wortlos ließ sie sich von ihm unter Deck führen, wo alles nach wie vor in tiefem Schlaf zu liegen schien. Plötzlich bemerkte Carola, dass ihr Herz heftig klopfte und sich an etwas erinnerte ... Er öffnete die Tür zu seiner Kajüte und ließ sie eintreten.

Da lag sein Bett vor ihr, das er gerade erst verlassen hatte, sie konnte noch die Kuhle erkennen, die sein Körper in die Laken gedrückt hatte.

„Cicero?", auf einmal hatte sie Angst und wusste selbst nicht warum oder wovor.

„Leg dich hin, Carola. Ich werde jetzt nicht mit dir schlafen. Ich werde dich nur im Arm halten – wenn du damit einverstanden bist."

Sie nickte, und mit belegter Stimme brachte sie ein Flüstern zustande: „Ja. Das klingt gut."

Es hörte sich wirklich unsagbar verlockend für sie an. Und dennoch wusste sie nicht, ob sie es geschafft hätte, sich in das Bett eines Mannes zu legen, der nicht ihr Ehemann war, und den sie erst seit ein paar Tagen kannte, wenn er nicht mit seiner hypnotischen Stimme, die jetzt frappant nach Kapitän klang, wiederholt hätte:

„Komm, leg dich hin."

Mit einem Mal rannen alle Bedenken, Sorgen, Ängste, Einwände, die sie gehabt hatte, davon, traten diskret in den Hintergrund.

Warum sollte sie es nicht tun?

Also folgte sie seiner Aufforderung und kringelte sich auf einer Hälfte der Matratze zusammen, das Bett war tatsächlich noch ein bisschen warm, und schloss die Augen. Dann spürte sie, wie er neben sie glitt, wie sein schwerer Körper sich neben ihr niederließ. Sie spürte seine Wärme, ihre Nase sog bebend seinen Geruch ein. Ein Gefühl überkam sie, als würde sie in eine weiche, wohlige Tiefe sinken.

Er rückte behutsam, langsam an sie heran, beide lagen seitlich, und er umarmte sie von hinten.

Sie spürte, wie er sein Gesicht in ihren Haaren vergrub, seinen Atem in ihrem Nacken. Sein Arm lag schwer und leicht zugleich auf ihrem Oberkörper, sie bemerkte, dass sie selbst ihre Arme fest um sich geschlungen hatte und sich krampfhaft selbst umklammerte.

Sie spürte das Heben und Senken seines Brustkorbes an ihrem Rücken. So fremd und aufwühlend – und doch so seltsam vertraut.

Sie spürte, dass sie keine Worte suchen musste, dass es einfach so sein konnte, wie es war. Ihre Sinne waren gespannt, aufmerksam. Sie wollte alles, alles in sich aufnehmen, speichern, festhalten, was es in diesem Augenblick, in Ciceros Umarmung, zu spüren und wahrzunehmen gab. Es spielte in diesem Moment keine Rolle, ob es einmal mehr zwischen ihnen geben würde oder nicht, es spielte nicht einmal mehr eine Rolle, ob es überhaupt ein morgen, ein In-einer-Stunde geben würde. Sie war hier, bei ihm. Mehr gab es nicht zu wollen, zu wünschen. Mehr gab es nicht.

Und selbst ihre Gedanken, die sich wie ein Magnet immer wieder zu Elvira und ihre Sorge um sie bewegten, rückten ein Stück weit weg, als hätte Cicero mit dem Schließen der Kabinentür die Welt und alles, was in ihr schwer oder sorgenvoll war, ausgesperrt.

Nach und nach wich die Spannung aus ihren Gliedern, die Wärme seines Körpers schmolz sie dahin wie Schnee in der Sonne. Und ehe sie recht wusste, wie ihr geschah, war sie eingeschlafen.

Jemand rüttelte an ihrer Schulter, Carola brauchte ein paar Sekunden, um sich zurechtzufinden.

„Carola, Carola wach auf! Dein Telefon klingelt. Ich glaube, du solltest abheben!"

Cicero stand, vollständig bekleidet, in der Kojentür und hielt ihr mit ausgestreckter Hand ihr Handy entgegen. Durch die Luken sickerte helles Sonnenlicht und an Deck hörte sie die Stimmen ihrer Mitsegler. Die „Seevogel" lag aber offenbar noch vor Anker. Allem Anschein nach hatte sie sehr tief und lange geschlafen.

„Wer ist es?"

„Ich weiß nicht – aber es ist eine Nummer mit italienischer Vorwahl!"

Mit einem Schlag war sie hellwach und saß aufrecht im Bett, ihre Stimme überschlug sich fast vor Aufregung: „Italienisch?"

Cicero nickte und drückte ihr den Apparat in die Hand. In der nächsten Sekunde hatte sie den Knopf gedrückt. Cicero blieb im Türrahmen stehen.

„Hallo?", sie schrie es fast ins Telefon, dabei schwang sie die Beine über die Bettkante, um in Ciceros Richtung zu blicken.

Von der anderen Seite der Leitung erklang, nach einer Zehntelsekunde Verzögerung, die Stimme ihrer Tochter:

„Mama!"

In diesem einen Wort lag eine solche Erleichterung, die aber keineswegs über das Zittern in Elviras Stimme hinwegtäuschen konnte, dass Carolas Herz einen Sprung machte.

„Elvira! Gott sei Dank! Ich kann dir nicht sagen, wie froh ich bin, dass du dich meldest! Ich hab x-mal versucht, dich anzurufen! Wo bist du? In Italien?"

„Ich – ja! Woher weißt du das?"

„Die Vorwahl …"

„Oh, ja. Ja – ich bin in Italien. In Florenz."

„Was ist passiert? Warum rufst du nicht von deinem Handy aus an?"

„Ich hab es nicht mehr – oh Mama, bitte, bitte reg dich jetzt nicht auf. Oder wenigstens nicht allzu sehr. Sitzt du?"

„Ja, ich sitze. Spann mich nicht auf die Folter, Elvira – sag mir, was los ist?"

Carola hörte Elvira tief Luft holen: „Ich hab mich mit Marcel gestritten. Vor zwei Tagen. Mama – es war richtig schlimm!"

Carola vernahm ein unterdrücktes Schluchzen: „Oh Mama, er ist einfach weg und hat mich allein gelassen! Dieser elende Mistkerl!"

Carola hielt mit einer Hand das Telefon so fest umklammert, dass ihre Knöchel weiß hervortraten. Mit der anderen fuhr sie sich immer wieder durchs Haar. In ihrem Herzen tobte ein Sturm und sie versuchte krampfhaft, sich nicht vorzustellen, was ihrer Tochter alles geschehen konnte, wenn sie – jung, hübsch und relativ unerfahren, wie sie war – allein durch Italien, durch Europa tingelte.

Als Elvira sich einigermaßen beruhigt hatte, sprach sie weiter: „Wir waren auf dem Campingplatz. Und er ist einfach weg, gerade dass er seine Sachen in den Rucksack gestopft hat. Ich hab dann stundenlang nur geheult! Aber irgendwann hab ich mich aufgerafft und angefangen zu überlegen, was ich jetzt tun soll. Ob ich ihn anrufen soll, aber das wollte ich eigentlich nicht. Ich hab mir gedacht, soll er sich doch zuerst melden, ich rühr mich bestimmt nicht, er kann mir den Buckel hinunterrutschen! Ich wusste ja nicht einmal, in welche Richtung er abgehauen ist. Jedenfalls – ich hab dann gedacht, vielleicht ist es das Beste, wenn ich erst einmal abwarte. Ich hab gehofft, dass es ihm bald Leid tut und er zurückkommt. Aber er ist nicht gekommen, und er hat auch nicht angerufen.“

Wieder ein Schluchzen.

„Ich hab also gewartet, den ganzen Tag, die ganze Nacht, ich hab so gut wie nicht geschlafen. Und dann hab ich noch einen Tag und noch eine Nacht gewartet. Ich bin nicht mehr rein in die Stadt, ich bin die ganze Zeit nur am Campingplatz herumgehangen und hab nicht gewusst, was ich tun soll. Heute Früh hab ich mir dann gedacht, dass das keinen Sinn hat und dass es das Gescheiteste ist, wenn ich heimfahre. Also hab ich meine Siebensachen gepackt und bin zum Bahnhof, mit dem ganzen Zeug, das war eine fürchterliche Schlepperei! Am Bahnhof bin ich dann zum Schalter und wollte mich erkundigen, wann der nächste Zug in Richtung Österreich geht und wo ich umsteigen muss und das Ganze.“

Carola nickte zu den Worten ihrer Tochter, obwohl es Elvira natürlich nicht sehen konnte, ihr Ohr hielt sie so fest gegen das Handy gedrückt, dass es schon schmerzte. Sie wartete ungeduldig darauf, was Elvira noch zu berichten hatte. Irgendwie ahnte sie, dass das mit dem Streit noch nicht alles gewesen war.

Ein neuer Heulkrampf Elviras bestätigte ihre Vermutung: „Und wie ich mich gerade als Letzte in die Schlange vor dem Schalter stelle, da spricht mich eine junge Frau an und fragt mich irgendetwas, ich hab kein Wort verstanden, was sie von mir wollte. Dann, nach einer halben Minute oder so, wo sie auf mich eingeredet hat, hat sie sich auf einmal umgedreht und ist davongerannt und wie der Blitz zwischen den Leuten verschwunden und ich hab mir noch gedacht, dass das komisch ist, dass sie einfach so wegrennt und nicht versucht, jemand anders zu fragen. Dann steh ich noch so eine ganze Zeit, die Minuten vergehen, und dann bin ich endlich drangekommen und der Schalterbeamte erklärt mir, wie und wo und alles, und dann gibt er mir einen Zugfahrplan, und wie ich den in die Handtasche stecken will, merke ich, dass sie weg ist!"

„Sie ist weg? Deine Handtasche?"

„Genau. Weg. Die junge Tussi war eine Taschendiebin. Oder die Komplizin eines Taschendiebes, die mich abgelenkt hat, während er zugeschlagen hat. Er oder sie muss den Riemen durchgeschnitten haben, ich hab absolut nichts gemerkt, weil ich ja noch den schweren Rucksack auf der Schulter hatte. Und jetzt bin ich immer noch da, in Florenz, meine ich, denn ohne Geld komm ich ja nicht weg!"

„Oh Gott Elvira – das ganze Geld? Wie viel war denn in der Brieftasche? Hast du schon eine Anzeige gemacht?"

„Ja Mama. Der Schalterbeamte hat die Polizei verständigt und da bin ich jetzt auch, auf der Polizeistation, meine ich, von dort ruf ich dich ja an."

Wieder nickte Carola heftig. „Ja, ich verstehe."

„Ja – und wegen dem Geld, es war nicht so viel Bargeld, aber immerhin so um die fünfhundert Euro. Ich wusste ja nicht, wann ich wieder die nächste Gelegenheit haben würde, zu einem Bankautomaten zu kommen, also hab ich schon ein bisschen was im Vorhinein abgehoben. Es sollte ja eine Weile reichen. Aber es war auch meine Bankautomatenkarte und meine Versicherungskarte, der Wohnungsschlüssel von Graz und alles drin, ich hab das der Polizei schon alles aufgezählt. Das einzig Gute ist, und das ist wirklich ein unglaublicher Zufall, dass ich meinen Pass nicht in der Handtasche hatte. Allerdings, und das ist jetzt wieder der Haken – den hat Marcel. Ich hab nämlich krampfhaft nachgedacht, ob er nicht doch in meiner Tasche gewesen sein könnte, aber ich erinnere mich hundertprozentig, dass ich meinen Marcel gegeben hab, er hat beide Pässe eingesteckt. Wir haben natürlich nicht daran gedacht, als wir so plötzlich und im Streit auseinander gingen!"

Carolas Gedanken begannen wieder zu laufen.

„Hast du schon versucht, ihn anzurufen, und ihm zu sagen, was los ist?"

„Hab ich. Aber er meldet sich nicht. Mobilbox. Ich kenn ihn, wenn er spinnt, kann das schon einmal ein paar Tage dauern. Aber ich hoffe, dass er irgendwann wieder auf sein Handy schaut und meine Nachricht abhört."

Carolas Kopf war jetzt völlig klar: „Okay, Elvira, hör mir zu. Ich bin in Kroatien, zurzeit noch unterwegs auf einem Segelboot, aber heute – Nachmittag?", dabei sah sie Cicero fragend an und er nickte, „also heute Nachmittag bin ich zurück im Hafen, wo wir das Boot zurückgeben."

„Du bist in Kroatien?" Elvira war verständlicherweise völlig überrascht.

„Ja, Mädchen, das erzähl ich dir später. Bleib, wo du bist, ich komm zu dir, so schnell ich kann. Vielleicht können dir die Polizisten helfen, dass du eine Unterkunft für die Nacht bekommst – ich hab keine Ahnung, wie lang es dauert, bis ich bei dir bin. Es wäre natürlich toll, wenn ich dich irgendwie erreichen könnte. Also, wenn du in einem Hotel oder einer Pension bist, dann schick mir eine SMS oder ruf mich kurz an, ich lass mein Telefon jetzt an. Ich komm und hol dich, hörst du? Mach dir keine Sorgen. Wir fahren dann zusammen nachhause. Hast du dein Konto schon sperren lassen?"

„Nein Mama, aber das mach ich gleich. Gute Idee."

„Gut. Also – soweit alles klar? Hab keine Angst, Baby, wir kriegen das schon hin."

Carola vernahm ein Schlucken auf der anderen Seite der Leitung. Dann Elviras leise Stimme, die, nach all der Aufregung, plötzlich müde und erschöpft klang.

„Ja Mama. Okay. Ich mach es so, wie du gesagt hast. Ich meld mich dann, sobald ich irgendwo bin."

„Ja. Halt die Ohren steif, Kleines, das ist jetzt alles ziemlich schlimm und du fühlst dich sicher furchtbar – aber es ist kein Weltuntergang. Versuch, ein bisschen zu schlafen. Es wird alles gut, mein Mädchen, in ein paar Stunden bin ich bei dir."

„Ja Mama. Ich bin ein großes Mädchen, ich schaff das schon."

„Genauso ist es! Also – bis in ein paar Stunden!"

„Ja Mama. Bis dann. Danke."

Dann war die Verbindung unterbrochen.

Cicero hatte das Wesentliche ihres Gesprächs mitbekommen:

„Sie ist in Italien und sie ist soweit gesund."

„Ja. Sie ist auf einer Polizeistation in Florenz. Man hat ihr auf dem Bahnhof die Handtasche gestohlen und jetzt steht sie ohne einen müden Heller da. Ihr Freund, der verantwortungslose Flegel, hat sie nach einem Streit einfach sitzen lassen. Ich muss zu ihr, so schnell wie möglich!"

„Natürlich. Wenn wir uns ins Zeug legen, sind wir bestimmt heute gegen fünf in Sukošan. Dann kannst du sofort von Bord gehen. Du kannst schon einmal deine Sachen zusammenpacken. In der Marina solltest du dir allerdings vielleicht noch ein bisschen Zeit nehmen, um dein Handy aufzuladen."

Carola nickte.

„Wie kommst du von dort aus nach Florenz? Kann Alexandra dich fahren?"

Oje, das hatte sie noch gar nicht bedacht.

„Hm – ich fürchte, das wird nicht gehen. Alexandra muss am Sonntag schon wieder arbeiten und ich weiß ja nicht, wie lange ich mit Elvira brauche – und insgesamt wird das wohl zu stressig für sie, so weit zu fahren und alles ..."

„Dann werde ich dich fahren."

Er hatte keine Sekunde zum Nachdenken gebraucht und seine Stimme klang fest und so, als spräche er eine Tatsache aus, die selbstverständlich war und an der es nichts zu rütteln gab.

„Cicero – ich …"

„Hör zu, Carola", er ergriff ihre beiden Hände und setzte sich neben sie auf die Bettkante.

„Ich sehe dir an, was du jetzt denkst. Du brauchst dir nicht zu überlegen, ob das für mich in Ordnung ist und ob du das von mir verlangen kannst. Erstens hast du es nicht verlangt, sondern ich habe es dir angeboten. Und zweitens hätte ich es dir nicht angeboten, wenn es für mich nicht in Ordnung wäre. Ich möchte das tun. Basta. Außerdem bin ich nicht gerade der Verkehrteste, wenn es darum geht, quer durch Italien zu fahren!"

Dann schien er einen Einfall zu haben, ließ sie los, trat aus der Kabine und begann, das Kartenmaterial im Navigationstisch zu untersuchen.

Carola erhob sich, folgte ihm nach draußen und sah ihm über die Schulter, wie er sich daranmachte, die Seekarten durchzublättern.

„Na ja, wie ich gedacht habe, beziehen die sich alle ausschließlich auf Kroatien. Aber ich hab ein bisschen Erfahrung mit diesen Strecken – in meinem Auto hab ich ein Navigationsgerät, da können wir dann natürlich nachschauen. Aber fürs Erste würde ich schätzen, dass die Strecke Sukošan – Florenz sich so in etwa auf siebenhundertfünfzig Kilometer belaufen wird, vielleicht auch ein bisschen mehr."

Er blickte zu ihr auf und sah sie an, während er weiter sprach:

„Das heißt, wir brauchen, mit zwei oder drei Pausen – zum Austreten und Kaffeetrinken – so an die acht Stunden."

„Oje, Cicero – ist das doch so weit?", Carolas Herz machte einen Sprung. Sie hatte im Stillen gehofft, dass sie noch an diesem Abend, wenn auch spät, bei Elvira sein würde.

„Ja. So weit ist es", bestätigte er. „Wir müssen sozusagen die gesamte nördliche Adria umrunden."

Da kam Carola ein Gedanke:

„Gibt es vielleicht eine Fährverbindung, sozusagen einen direkteren Weg?"

Cicero nickte.

„Fähren gibt es natürlich. Soweit ich weiß, sogar eine, die von Zadar nach Ancona geht, das wäre ungefähr die richtige Höhe, oder jedenfalls hätten wir dann nur noch ein vergleichsweise kleines Stück zu fahren. Einen Augenblick!"

Schon griff er nach seinem Telefon und wählte eine Nummer. Carola wartete gespannt und voller Hoffnung.

Es war offenbar das Marinabüro in Sukošan, das er anzurufen versuchte. Sie warf einen Blick auf die Uhr, die im Salon an der Wand hing. Es war zwanzig Minuten nach neun.

Während Cicero die Seekarten durchgeblättert hatte, waren nach und nach alle Mitsegler zumindest einmal im Salon aufgetaucht, um zu erfahren, was vor sich ging. Alexandra hatte sicher bereits erzählt, was in der Nacht vorgefallen war, von Carolas Albtraum.

Nach einem kurzen Gespräch, das halb auf Kroatisch, halb auf Englisch geführt worden war, hatte Cicero die relevante Information:

„Wie es aussieht, werden wir doch mit dem Auto fahren, Carola. Es geht dreimal die Woche eine Fähre Zadar-Ancona, wie ich es vermutet habe. Wir werden aber keine davon erwischen – eine geht jeweils am Montag und am Mittwoch am späten Abend, und die am Freitag fährt ausgerechnet schon um zwölf Uhr Mittag. Das schaffen wir nicht."

Carola ließ die Schultern sinken.

Cicero fuhr fort: „Jetzt müssen wir uns nur noch überlegen, wann wir losfahren. Deine Tochter geht für diese Nacht in ein Hotel, oder?"

Sie bestätigte es ihm.

„Dann ist sie bis morgen Früh fürs Erste gut aufgehoben!"

„Ich denke ja. Ich hab ihr gesagt, sie soll sich bei mir vom Hotel aus via Telefon melden."

„Gut. Carola, soweit ich das sehe, können wir zweierlei machen – entweder wir fahren, so wie wir gesagt haben, sofort nach dem Ankommen in Sukošan los, nachdem ich ausgecheckt habe. Bis wir tatsächlich unterwegs sein werden, ist es dann mindestens sechs, damit wären wir so gegen zwei Uhr in der Nacht in Florenz. Die andere Variante wäre, dass wir uns mit dem Ankommen Zeit lassen und noch, zumindest für die anderen, einen normalen Segeltag machen, mit einer Mittagspause in einer schönen Bucht, einem Badeaufenthalt, einem gemeinsamen Abschlussessen und allem. Bevor wir einlaufen, müssen wir noch den Dieseltank voll füllen, da gibt es eine Tankstelle unmittelbar vor der Marinaeinfahrt. Wir hätten, wenn wir uns für diese Variante entscheiden, keinen Zeitdruck und könnten alle an unserem gemeinsames Abendessen, dem obligatorischen Törnende, teilnehmen. Idealerweise fahren wir dann zwischen dreiundzwanzig Uhr und Mitternacht los, dann sind wir zwischen sieben und acht Uhr früh in Florenz. Dort können wir gemeinsam frühstücken und alles besprechen, wie wir weiter vorgehen und alles regeln."

Er machte eine kleine Pause und Carola überflog im Geiste rasch die beiden Varianten, die Cicero dargestellt hatte.

Sie musste nur ein paar Sekunden überlegen: „Nun – einerseits kann ich mir zwar nicht vorstellen, dass ich den heutigen Tag oder ein Törnabschlussessen noch irgendwie genießen werde können – aber andererseits ist es wohl nicht nötig, den anderen ihren Urlaub zu verderben, denn ich sitze sowieso mehr oder weniger auf Nadeln, ganz egal, was wir machen, oder wo wir sind. Fürs Erste bin ich, nachdem ich mit ihr telefoniert habe, beruhigt. Ich weiß jetzt, dass Elvira lebt und dass sie, zumindest körperlich, keinen Schaden genommen hat. Und es ist sicher besser für sie, wenn sie eine Nacht in Ruhe schlafen kann."

Sie blickte ihm fest in die Augen. Eine solche Entschlossenheit und Tatkraft hatte er noch nie darin gelesen. Die Kraft, die in diesem Blick lag – er kannte sie gut. Es war die Kraft, die eine Mutter aufbringen konnte, wenn es um ihr Kind ging. Er hatte sie oft in Lydias Augen gesehen, in Lydias Stimme gehört – früher, als sie noch ein Kind hatten und seine Frau noch eine Mutter sein konnte.

Carolas klare Stimme riss ihn aus seinen trüben Gedanken: „Wenn es für dich passt, wäre ich also dafür, dass wir gegen Mitternacht losfahren. Es ist vernünftiger für alle Beteiligten."

Dann brachte sie sogar ein Lächeln zustande.

„Und ich kann dich, als kleines Dankeschön, in Florenz auf ein Frühstück einladen!"

Er erwiderte ihr Lächeln und ließ dabei seine Zahnlücke blitzen: „Das Angebot ist zu verführerisch, um es abzulehnen, Signorina!"

Er machte eine kleine Verbeugung und Carola begab sich in ihre Koje, um sich endlich anzukleiden und ihre Morgentoilette zu absolvieren – und um gleich damit zu beginnen, ihre Sachen zusammenzupacken.

Eine halbe Stunde später lag die „Seevogel" am Wind, Kurs Sukošan.

Kapitel 14

„Carola – ich wünsch dir von Herzen alles, alles Gute! Dass ihr gut nach Florenz kommt und dass mit Elvira alles gut wird."

„Danke Alexandra!"

Die beiden Freundinnen standen am Kai neben Alexandras grünem Mercedes und umarmten einander herzlich. Carola hatte Alexandra dabei geholfen, ihre Taschen zum Auto zu bringen. Von den anderen und von Cicero hatte Alexandra sich bereits an Bord der „Seevogel" verabschiedet, wo sie noch einen letzten schnellen „Anleger" – für die Aufbrechende nur einen winzigen Solidaritätsschluck – getrunken hatten.

Nun, da Carola mit Cicero weiterfahren würde, hatte Alexandra sich kurzfristig dazu entschlossen, noch an diesem Abend die Heimfahrt nach Graz anzutreten – dann würde sie den ganzen Samstag zum Ausschlafen und Auspacken haben und könnte sich dann mit ganzer Kraft auf ihre Arbeit stürzen. Außerdem vermutete Carola, dass Alexandra es nicht mehr abwarten konnte, endlich in den rauschenden Strom der Zivilisation zurückzukehren – ob sie tatsächlich, wie gedacht, im nächsten Jahr ihre Familie zum Segeln einladen, beziehungsweise den Segelschein machen würde, bezweifelte Carola. Eine ganze Woche Beschaulichkeit und einfaches Leben mit Wellen und Wind war für ihre temperamentvolle Freundin, die ja bereits als ganz junge Frau der Ruhe der südsteirischen Weinberge entflohen war, wohl doch ein bisschen zu viel.

Erholt, gebräunt und voller Tatendrang stand sie jetzt vor Carola: „Es war eine wunderbare Woche!", strahlte sie. „Es war einfach toll, sie mit dir zu verbringen – trotz allem, was jetzt passiert ist. Und ich denke, du hast jemand Wunderbaren kennen gelernt."

Carola schmunzelte: „Ja, das denke ich auch."

„Dabei wollten wir einen reinen Mädelsurlaub machen!"

„Ja. Da hat uns jemand schon ein bisschen einen Strich durch die Rechnung gemacht – aber damit konnte wirklich niemand rechnen!"

Beide lachten, dann wurde Alexandra wieder ernst:

„Elvira geht es gut, meine Süße, mach dir nicht zu viele Sorgen! Und melde dich, wenn ihr alle wohlbehalten wieder in Graz seid!"

„Das mach ich. Fahr du auch vorsichtig und – viel Spaß bei deiner Arbeit, ohne die dir ja scheinbar doch etwas abgeht!"

Alexandra warf den Kopf in den Nacken und öffnete schwungvoll die Autotür.

„Ich werde jede Minute genießen! Ciao, bella Signorina!"

„Alexandra!"

„Si, si! Bin schon weg! Bis bald in Graz!"

Damit warf Alexandra die Autotür zu und ließ den Motor an, der sofort losschnurrte. Sie winkten einander ein letztes Mal zu, und als der grune Mercedes um die Ecke gebogen war, wandte sich Carola um und lenkte ihre Schritte gemächlich über den Steg zurück zum Schiff. Für einen kurzen Moment fühlte sie sich alleingelassen, doch als ihre Gedanken zu Cicero wanderten, verging das Gefühl sofort.

Wider Erwarten hatte sie den Tag ganz gut überstanden. Da der Wind kräftig von schräg vorne gekommen war, waren sie die ganze verbleibende Strecke gekreuzt. Cicero hatte Carola fast zwei Stunden ans Steuer gestellt, was ihren Geist und ihren Körper beschäftigt hatte. Da sie ihre ganze Aufmerksamkeit für die neue Herausforderung benötigt hatte, kam sie nicht viel zum Grübeln und das war gut so. Um die Mittagszeit hatten sie sich ein nettes Plätzchen vor der Insel Vrgada gesucht, einer der wenigen Stellen an der kroatischen Küste, wo es Sandstrand gab, waren geschwommen und hatten anschließend ein letztes kaltes Mittagessen an Bord eingenommen.

Carola hatte Alexandra und den anderen erzählt, was Elvira ihr berichtet hatte. Es tat gut, darüber zu sprechen, es war besser, als bloßen Hirngespinsten nachzujagen. Ciceros Anwesenheit hatte im Übrigen, wie immer, eine zutiefst beruhigende Wirkung auf sie ausgeübt.

Am frühen Abend war die „*Seevogel*" sozusagen heimgekehrt in ihren Stall oder in ihr Nest, mehr als die Hälfte der Stege waren schon wieder dicht an dicht mit Segelbooten bestückt, als sie gegen halb sieben in der Marina einliefen.

Ähnlich wie beim Ablegen vor einer Woche herrschte auch nun wieder überall geschäftiges Treiben. Carola kam nicht umhin, ihren Blick umherwandern zu lassen: Teilweise saßen die Mannschaften der bereits angelegten Schiffe noch an Deck und aßen oder tranken gemeinsam, plauderten, ließen den Törn ausklingen. Andere waren bereits dabei, ihre Sachen von Bord zu schaffen – offenbar wollten auch sie, so wie Alexandra, heute noch den Heimweg antreten. Wieder andere feierten ausgelassen, sangen Lieder oder spielten laute Musik. Viele stürmten die Waschanlagen, um sich gründlich zu duschen, nach den doch etwas beengten Verhältnissen am Schiff, man sah reihenweise Menschen mit nassen Haaren und mit den einschlägigen Duschsackerln und Handtüchern „bewaffnet" umhereilen. Auch in den Charterbüros herrschte wieder Betrieb.

Über all das hatte der Abend seine pastellige Farbpalette ausgegossen, die Wasseroberfläche war dabei, sich zu glätten und wie ein Spiegel auszubreiten.

Als Carola, nach ihrer Verabschiedung von Alexandra, zum Schiff zurückkam, waren alle ausgeflogen – sicher zum Duschen!

Obwohl sie wusste, dass sie bald acht Stunden im Auto sitzen würde, konnte auch Carola der Versuchung, sich für ein paar Minuten unter einen fließenden Wasserstrahl zu stellen, nicht widerstehen und kramte ihren Waschbeutel aus der bereits gepackten Reisetasche hervor. Gerade wollte sie damit nach oben gehen, als sie unverkennbar Ciceros Schritte an Deck vernahm.

Sie blieb vor dem Niedergang stehen und wartete auf ihn.

Als er sie erblickte, strahlte er: „Ah! Das ist aber eine angenehme Überraschung! Nur du und ich an Bord – was könnten wir denn da anstellen?", witzelte er, in seinen Augen blitzte es dabei dunkel und gefährlich.

„Cicero!"

Er stand so dicht vor ihr, dass sein Oberkörper den ihren berührte, doch sie wich keinen Zentimeter zurück.

Er beugte sich zu ihr und flüsterte ihr ins Ohr: „Ich weiß schon, dass dir jetzt nicht der Sinn danach steht – aber lass dir dennoch eines gesagt sein: Du machst mich langsam aber sicher verrückt, Carolina!"

Wie er ihren Kosenamen aussprach, rau und ein wenig heiser, jagte Carola eine Gänsehaut über den ganzen Rücken. Nun wich sie doch einen Schritt zurück.

„Cicero, ich ..."

„Schschschsch. Nicht reden", raunte er ihr zu, schon hatte er sie eingeholt und mit einem Griff umschlungen, sein Gesicht bewegte sich sekundenlang nur wenige Millimeter von ihrer Wange entfernt, in unerträglicher Langsamkeit. Carola schluckte, da war es wieder, dieses Beben, diese Erschütterung, die ihren ganzen Körper erfasste. Die Luft zwischen ihnen knisterte vor Elektrizität, als ihre Lippen, kaum hörbar, die Worte formten:

„Küss mich, Capetan!"

„Aye, aye, Signorina", kam seine Antwort wie ein Knurren aus seiner Brust.

Und dann spürte sie, wie er seine Lippen auf die ihren presste, diesmal war da kein Hauch von Vorsicht mehr, diesmal war es eine raubtierhafte, gierige Annäherung, die bei Carola alle Barrikaden in einer Sekunde niederriss. Sie fühlte, wie ihr ganzes Wesen sich ihm entgegenneigte, wie die tiefsten Schichten ihrer Seele wünschten, er würde sie mit Haut und Haaren fressen, in sich einsaugen, sie erobern, in Besitz nehmen!

Sie hatte es nicht einmal gemerkt, aber auf einmal gaben ihre Knie nach, und sie wäre zu Boden gesunken, hätte er nicht mit einer raschen Bewegung seines Armes, den er ohnehin fest um ihre Taille geschlungen hatte, ihren Sturz aufgehalten.

„Ho, ho, mia Bella, immer langsam", raunte er ihr zu.

„Das musst gerade du sagen", flüsterte sie zurück, doch ehe sie noch ein weiteres Wort sagen konnte, hatte er ihren Mund schon wieder mit Küssen verschlossen, Küssen, die sie aufwühlten, wie ein Sturmwind die Wellen, und die in ihr ein Feuer entfachten, das sie noch nie gespürt hatte! Blind, taub für alles, was es außerhalb dieser Küsse geben mochte, erwiderte sie seine Attacken mit derselben Heftigkeit, schnappte nach ihm, als wäre sie am Verhungern. Als sich ein Stöhnen ihrer Kehle entwand, ohne dass sie es hätte beeinflussen können, warf sie in einer heftigen Geste den Kopf in den Nacken, um sich von ihm freizukämpfen.

„Cicero!", sie rang nach Atem, „lass noch etwas übrig von mir!"

Carolas Puls raste und sie fühlte sich erhitzt bis unter die Haarwurzeln.

„Nur wenn du mir versprichst, dass ich dich bald zur Gänze rauben darf, meine Prinzessin!"

„Rauben, Cicero?"

„Genau das! Ich bin ein Piratenkapitän, das weißt du doch, oder?"

Kapitel 15

Gleichmäßig brummte der Motor von Ciceros weinrotem Passat. Es hatte gut getan, den letzten Abend ihres Törns gemeinsam mit den anderen zu verbringen, das musste Carola sich eingestehen. Sie hatten köstlich gespeist und während des Essens war die von ihr sehnsüchtig erwartete SMS von Elvira gekommen: „Alles o.k., bin im Hotel „Fiorita", Via Fiume 20". Carola hatte ihr Telefon neben sich auf den Platz gelegt und keine Sekunde aus den Augen gelassen. Sie hatte dann auch sofort zurück geschrieben: „Perfekt. Bin morgen Früh um ca. acht Uhr bei dir. Hab dich lieb. Schlaf gut."

Jetzt war sie wirklich beruhigt und hatte die letzten Stunden mit ihren Mitseglern in dem netten Restaurant, in dem sie schon am ersten Abend zusammengesessen waren, doch noch beinahe ungetrübt genießen können. Und als es schließlich so weit war, hatte es ihr wirklich Leid getan, sich von den anderen verabschieden zu müssen. Sie hatten sich der Reihe nach umarmt und Carola hatte jede und jeden Einzelnen fest gedrückt – Verena, die quirlige Wienerin und Josi, von dem sie im Lauf der Woche festgestellt hatte, dass er, zumindest auf einem Segelboot, doch kein Schnösel war, Rudi, den immer lustigen Norddeutschen mit der schnoddrigen Klappe und Werner, seinen ruhigeren, aber beeindruckend agilen Kompagnon – eines Tages hatte er ihr gestanden, dass er bereits siebzig war, und Carola hatte es kaum glauben können. Sie würden einander, aller Voraussicht nach, nie wieder sehen. Das war ein wirklich seltsamer Gedanke, ein seltsames Gefühl, nachdem man eine Woche lang so eng zusammengelebt, so viele schöne und interessante Erlebnisse und Eindrücke miteinander geteilt hatte.

Als sie schon eine Weile allein im Auto saßen, hatte Carola Cicero gefragt, wie das denn für ihn sei, sich immer wieder von Mannschaften verabschieden zu müssen, und er hatte einen Augenblick nachgedacht und ihr dann geantwortet: „Weißt du Carola, sie bleiben für mich immer lebendig, ich erinnere mich an alle meine Crews. Und das Schöne ist – sie bleiben in meiner Erinnerung immer so, wie sie in unserer gemeinsamen Segelwoche waren. Sie werden nicht älter, sie verändern sich nicht. Und wenn ich irgendwo bin, in einer besonders schönen Bucht oder in einer bestimmten Marina oder in einem Städtchen, das ich schon einmal angelaufen bin, dann fallen mir oft die vielen Gesichter ein, mit denen ich dort war, und manchmal trinke ich einen Schluck auf sie!"

Das fand Carola angemessen.

„Du hättest mich also nicht vergessen?", konnte sie sich nicht zurückhalten, halb im Scherz, halb im Ernst zu fragen.

Und er hatte ihr geantwortet: „Warum sollte ich dich vergessen, Carola? Du bist die, die als Erste mein Herz berührt hat, nachdem Lydia und Emilia aus meinem Leben verschwunden sind."

Es war, als wollte er noch etwas hinzufügen, aber er schwieg.

Wie schön er das gesagt hatte, Carola fühlte die Freude, die sie über diese Worte empfand. Und doch – am Ende dieses Satzes stand ein Fragezeichen. Es war schon richtig – sie war nicht einfach von Bord gegangen und mit Alexandra nachhause gefahren, wie sie es sich oft vorgestellt und im Stillen befürchtet hatte. Aber dennoch stand ihnen immer noch ein Abschied bevor. Aber diese Gedanken wollte Carola jetzt nicht denken, zu sehr genoss sie Ciceros Gegenwart.

Nach einer Weile, sie waren vielleicht eine gute Stunde gefahren, wurde Carola müde. Aufmerksam, wie immer, reagierte Cicero sofort auf ihr unterdrücktes Gähnen und erklärte ihr, wie sie die Sitzlehne kippen konnte. Dann griff er nach hinten auf die Rückbank – und förderte doch tatsächlich ein kleines Polsterkissen zutage, das er ihr reichte. „Du kannst ruhig ein bisschen schlafen. Du versäumst nichts. Draußen ist es finster und es dauert noch Stunden, bis wir in Florenz sind. Also lehn dich zurück und schlaf. Ich kümmere mich um den Rest."

Zweimal hielt Cicero unterwegs an, einmal kurz vor Triest und einmal bei Ferrara. Carola bekam davon nicht viel mit, denn eine tiefe Erschöpfung hatte sie eingeholt und ein grenzenloses Vertrauen in ihren Begleiter ließ sie in einen beinahe kindlich sorglosen Schlaf sinken. Bei der ersten Rast war sie auch ausgestiegen, um ein Bedürfnis zu befriedigen, bei der zweiten ließ sie nur ein unwilliges Brummen hören und schlief einfach weiter, als Cicero ausstieg, um in einer Raststätte einen Kaffee zu trinken.

Cicero trank bei beiden Stopps einen doppelten Espresso, Carola bewunderte ihn dafür, wie er so lange durchhalten konnte. Immerhin hatte er ja, als Skipper, gerade eine Segelwoche hinter sich, in der er letztlich auch in jeder Minute hatte präsent sein müssen.

Als Carola aufwachte und es ihr schließlich gelang, den Schlaf abzuschütteln, stellte sie mehrere Dinge nacheinander fest: Da war einmal die Tatsache, dass ihr Nacken von der abwechselnd schiefen Lagerung auf die eine oder die andere Seite, trotz wunderbar unterstützendem Kopfpolster, steif geworden war. Das war eine nicht sehr angenehme Empfindung. Dafür war die zweite Erkenntnis, die sie traf, umso schöner, nämlich dass immer noch Cicero neben ihr saß. Das Dritte, was sich in Carolas Bewusstsein schob, hing unmittelbar mit dem Zweiten zusammen – das war, dass ihr immer starker Kapitän und, in diesem Fall, Chauffeur, mittlerweile doch ziemlich blass und übernächtig aussah. Und schließlich stellte sie fest, nachdem sie sich die Augen gerieben hatte, dass längst der Morgen graute. Sie fuhren immer noch auf der Autobahn, rundherum konnte Carola nicht viel erkennen. Zum ersten Mal seit langem war der Himmel bewölkt.

„Buongiorno, meine Verehrteste", Ciceros Stimme klang so müde, wie er aussah, aber dennoch war sie voller Wärme und Zuneigung, sodass ihr sofort wieder das Herz aufging.

Sie streckte eine Hand nach ihm aus und legte sie sanft auf seinen Nacken – der mit an Sicherheit grenzender Wahrscheinlichkeit noch um einiges verspannter war als ihr eigener. Leicht fuhr sie mit den Fingern durch sein schönes, dichtes Haar. Hannes hatte nie solches Haar gehabt, nicht einmal, als er noch jünger gewesen war, am Anfang ihrer Beziehung. Wobei er ja bereits fast vierzig gewesen war, als sie ihn kennen gelernt hatte. Sie musste sich eingestehen, und bei dieser Erkenntnis schummelte sich ein leises Lächeln auf ihre Lippen, dass sie sich insgeheim immer gewünscht hatte, einmal mit den Fingern solches Männerhaar durchwühlen zu können …

„Du bist einfach unglaublich, Cicero", sagte sie, und wusste selbst nicht, was genau sie damit meinte – die Tatsache, dass er solche Strapazen auf sich nahm, um ihr zu helfen, dass er bei ihr war, dass er, weiß Gott von welchem versteckten Ort des Universums aufgetaucht war, um sie ins Leben zurückzuführen, dass er wirklich der Piratenkapitän war, von dem sie seit ihrem dreizehnten Lebensjahr geträumt hatte, oder einfach sein Haar, seine Schultern, seine Augen …

Sie riss sich selbst aus ihren gedanklichen Schwärmereien: „Du musst todmüde sein!"

Er brummte, „Es geht schon noch, Prinzessin, aber wenn wir in dem Hotel sind, fragen wir nach einem Zimmer, okay? Ich muss mich ein paar Stunden aufs Ohr hauen!"

Er wandte ihr kurz sein Gesicht zu, und Carola brauchte nur auf die dunklen Ringe unter seinen Augen zu schauen, um ihm sofort zuzustimmen.

„Ja, sicher, das machen wir. Hoffentlich haben sie noch etwas frei."

„Im schlimmsten Fall werfe ich einfach deine Tochter aus dem Bett und leg mich stattdessen hinein", scherzte er. „Und du nimmst dir derweil schön Zeit, um mit Elvira zu reden und dich um sie zu kümmern! Unser Frühstück müssen wir vielleicht verschieben – oder wir machen ein Mittagessen daraus, hm?"

Ihr war alles Recht. Sie fühlte sich schuldig, dass er sich für sie so verausgabte.

„Wo sind wir jetzt, Cicero?"

Sie warf einen Blick auf die Uhr am Armaturenbrett und hätte beinahe einen Satz gemacht, wenn der Gurt sie nicht in den Autositz gedrückt hätte: „Es ist ja schon fast sieben!"

„Ja, du hast richtig gut geschlafen in meiner Gesellschaft", er runzelte die Stirn. „Müsste ich deshalb nicht eigentlich beleidigt sein?"

Sie lächelte ihn verträumt an: „Musst du bestimmt nicht! Ich fühl mich bei dir einfach so wohl und so sicher – so musst du das sehen! Denn es ist nichts als die reine Wahrheit!"

Er brummte: „Einverstanden. Damit kann ich leben."

Dann fügte er hinzu: „Aber – ja, wir sind bald da. Laut Navi bleiben uns noch knapp vierzig Minuten. Du hast direkt die Hoteladresse eingegeben, oder?"

Sie nickte. „Genau", die Adresse hatte sich in ihr Gedächtnis eingegraben, „Hotel „Fiorita", Via Fiume 20. Ich denke, das ist in der Nähe des Bahnhofs."

Er nickte. „Na, dann haben wir es bald geschafft und du kannst dein großes Mädchen wohlbehalten in die Arme schließen. Was ihr dann noch fehlt, und was du ihr nicht geben kannst, wird die Zeit heilen."

Sie fühlte einen Stich, als sie ihn das sagen hörte, denn dabei schoss ihr ein Gedanke in den Sinn – nämlich, dass es ihm vielleicht deshalb so wichtig war, sie dabei zu unterstützen, ihrer Tochter zur Hilfe zu kommen, weil er damals seiner Tochter nicht hatte helfen können. Sie warf ihm einen verstohlenen Seitenblick zu, als könne sie es in seinem Gesicht ablesen, ob sie mit ihrer Vermutung richtig lag.

Vielleicht, überlegte Carola weiter, vielleicht tat es ihm gut, wenn er diesmal zur rechten Zeit kam, wenn diesmal alles gut wurde und ein junges Mädchen gerettet, getröstet, und sicher nachhause gebracht werden konnte.

Carola rechnete kurz nach – Ciceros Tochter war vor acht Jahren gestorben, bei ihrem Tod war sie sieben – somit wäre sie heute fünfzehn Jahre alt. Fünfzehn – und für die nächste Viertelstunde vertiefte sich Carola in Erinnerungen an Elvira, wie sie mit fünfzehn gewesen war, und dann kamen die Bilder nacheinander – Elvira als Baby, als Kindergartenkind, als Schülerin, ihr erster Schultag, ihre Kinderkrankheiten, ihre Spielsachen, Bücher, ihre Freundinnen ... und dann später Elvira bei ihren Handballturnieren, Elvira als Maturantin, ihr erster Freund, ihre Führerscheinprüfung, die Diskussionen um ihren Berufswunsch.

Und der Erinnerungsstrom in Carolas Kopf hielt weiter an: Elviras Auszug von Zuhause, wie Hannes und sie ihr beim Umzug geholfen hatten in ihre Studentenwohnung. Zweiundzwanzig Jahre gemeinsame Lebenszeit hatten sie miteinander verbracht! Wie glücklich war sie doch, dass ihr diese Zeit vergönnt gewesen war! Wie schön, wie intensiv, wie anstrengend, wie herausfordernd, wie beglückend und bereichernd es für sie gewesen war, ihre Tochter über all die Jahre zu begleiten. Und wieder musste sie an etwas denken, was Cicero gesagt hatte – er würde immer, durch dieses Kind, mit seiner Frau verbunden sein, auf eine Art, die keine irdischen oder überirdischen Mächte beeinflussen konnten. Und da durchflutete Carola eine Erkenntnis, die sie, in dieser Form, noch nicht gehabt hatte, und wenn, dann nur in ihrem Kopf, aber jetzt spürte sie es in jeder Faser, und das Gefühl war so überwältigend, dass es ihr schlagartig die Tränen in die Augen trieb: Auch Hannes würde immer ein Teil von ihr bleiben, auch wenn er gestorben war. So wie Elvira immer mit ihr verbunden bleiben würde. Das Band zwischen Vater oder Mutter und Kind, es blieb immer bestehen, nichts konnte daran etwas ändern - nicht der Tod und nicht das Verlassen des elterlichen Nestes und nicht das Erwachsenwerden und nicht die Tatsache, dass sich Tochter oder Mutter in jemanden verliebten.

„Was hast du, Carolina?" Trotz Übermüdung, trotz der Tatsache, dass er sich auf den Verkehr konzentrieren musste und dass sie versucht hatte, ihre Tränen heimlich wegzuwischen, hatte er mitbekommen, dass sie weinte. So war er, so war Cicero.

Sie wandte sich ihm zu und, da er es nun schon bemerkt hatte, weinte sie einfach weiter, ihn gleichzeitig fassungslos anstrahlend: „Ich habe nichts, mein Liebster. Ich bin einfach glücklich."

Mit Ciceros Reaktion auf diesen Satz hatte sie nicht gerechnet – in Sekundenschnelle überprüfte er die Rückspiegel, stieg auf die Bremse und fuhr auf den Pannenstreifen. Er parkte den Wagen, stoppte den Motor, beugte sich zu ihr hinüber und nahm ihr Gesicht in beide Hände.

„Du bist eine wirklich verrückte Frau, Carolina. Und, Gott steh mir bei – ich liebe dich!"

Und dann küsste er ihr die Tränen von den Wangen, und sie war so überrascht, so überwältigt, dass immer neue nachflossen, doch weil er nicht aufhörte, sie wegzuküssen, musste sie irgendwann so lachen, dass das Lachen die Tränen vertrieb.

„Ich liebe dich auch, Cicero", flüsterte sie, „ich lieb dich so sehr, so sehr …!"

Dann gab es keine Worte mehr, auch keine Tränen. Denn sie hielten einander umschlungen, so fest es nur möglich war, stumm, und es fühlte sich für sie an, als hätte die Zeit aufgehört zu vergehen, als wäre dieser Moment nicht mehr und nicht weniger als ein Tropfen Ewigkeit, der sie umschlossen hielt.

Kapitel 16

Kurz vor acht Uhr parkte Cicero seinen Wagen vor dem Hotel „Fiorita".

Das Gebäude war eines jener schönen, alten florentinischen Stadthäuser, die offenkundig einer anderen historischen Epoche entstammten und aufgrund dessen einen besonderen Zauber ausstrahlten, die Fassade, mit frischem hellgrauem Anstrich versehen, war etagenweise von Mauerbändern durchzogen, die großen Fenster mit Simsen und Strukturelementen geschmückt, insgesamt erweckte es den Eindruck von Getragenheit und Symmetrie, und eine gewisse Behäbigkeit und Stattlichkeit wurde auf leicht irritierende Weise zugleich von einer beinahe luftigen ästhetischen Leichtigkeit begleitet.

Während sie über die Schwelle des Eingangs traten, ließ Carola ihren Blick an der Fassade nach oben wandern und zählte drei Stockwerke.

Cicero hatte dem Portier seinen Autoschlüssel in die Hand gedrückt und war Carola gefolgt, die eilig vorgegangen war. Mit zügigen Schritten durchmaß sie das Entree. Die Rezeption war aus dunklem, poliertem Eichenholz und schien, wie der Rest des Gebäudes, schon einige Jahre auf dem Buckel zu haben. In diesem Sinne passte die Erscheinung des Signore, der hinter der Rezeption seinen Posten versah, perfekt zum Gesamteindruck: Es war ein älterer Herr, der ihr mit mäßig interessiertem Gesichtsausdruck entgegensah, sie dann aber in vollendetem, klingendem Italienisch begrüßte. Derweil Carola noch überlegte, wie sie beginnen sollte, hatte Cicero sie bereits sanft beiseite geschoben und begonnen, in ebenso klangvollen Wortsalven auf den Hotelangestellten einzureden, wobei er seine Erklärungen mit ausladenden Gesten unterstrich. Trotz der Anspannung in ihrem Inneren musste Carola im Stillen schmunzeln – sie hatte Cicero noch nie Italienisch sprechen hören, war sich nicht einmal sicher gewesen, ob oder wie gut er es überhaupt konnte. Ihn so zu erleben, war etwas völlig Neues für sie – etwas, das ihr Herz ein paar Takte schneller schlagen ließ! Wahrscheinlich, so vermutete sie lächelnd, wurde bei ihm durch sein italienisches Gegenüber sein fünfzigprozentiger Genpool aktiviert – während in Gesellschaft von kühleren Nordländern eindeutig seine österreichische Hälfte in den Vordergrund rückte.

Der Herr an der Rezeption schien unter Ciceros Redeschwall deutlich an Vitalität zu gewinnen – seine dunklen Augen unter den bereits fast weißen Augenbrauen begannen zu funkeln und nach einer kurzen, freundlich-dienstbeflissenen Worttirade seinerseits begann auch er heftig zu gestikulieren und in offensichtlich mehr oder weniger weitschweifige Ausführungen zu verfallen.

Cicero nickte, dann schien er genügend Informationen erhalten, beziehungsweise Anweisungen erteilt zu haben, denn Carola identifizierte ein knappes „Gracie“, dann fasste er ihren Ellbogen und führte sie in die Richtung, die der Mann ihm gewiesen hatte.

„Sie dürfte bereits im Frühstücksraum sein. Eher ungewöhnlich für eine junge Dame, noch dazu eine mit Liebeskummer – aber sie erwartet dich.“

Sie durchschritten einen Durchgang und dann standen sie in dem nicht übermäßig großen, aber hellen und reduziert und geschmackvoll eingerichteten Frühstücksraum. Carolas Blicke flackerten unruhig umher und durchmaßen den Raum.

„Ich glaube, es ist besser, wenn ich dich jetzt allein lasse“, hörte sie Ciceros Stimme hinter sich.

Abrupt wandte sie sich um: „Aber nein! Ich meine …“, ihre Stimme wurde leiser und sie senkte den Kopf. Solche Überlegungen hatte sie völlig verabsäumt anzustellen. „Wenn es dir so lieber ist …“, setzte sie unschlüssig hinzu.

Er nickte. „Ich denke, es ist im Moment besser. Jetzt ist erst einmal deine Tochter wichtig und dass sie dir ihr Herz ausschütten kann. Du kannst ihr später von dir erzählen – und von mir, wenn du das möchtest."

Einen Einwand ihrerseits wischte er mit einer Handbewegung beiseite, noch ehe sie ihn ausgesprochen hatte.

„Ich habe den Mann nach einem Zimmer gefragt und er hat sogar eines frei, zumindest bis heute um vierzehn Uhr, denn die Gäste, die darin gewohnt haben, sind heute schon kurz nach Mitternacht abgereist. Er hat schnell das Stubenmädchen raufgeschickt, dass sie das Zimmer herrichtet. Das ist perfekt für mich. Lass dir Zeit mit Elvira, ihr könnt gemütlich zusammen frühstücken und ich leg mich für ein paar Stunden schlafen. Spätestens um dreizehn Uhr müsstest du mich sowieso wecken oder wecken lassen, je nachdem, wie euer Tagesplan aussieht. Sieh mich nicht so an, Carolina, das ist wunderbar so für mich, ich lechze wirklich nach einer Mütze voll Schlaf!"

Er schloss sie in die Arme und drückte sie für ein paar Sekunden fest an sich.

„Nun geh schon, Mama Carola!", und mit einem neckischen Zwinkern, das er trotz seiner Müdigkeit noch zustande brachte, schob er sie sanft, aber bestimmt in den Frühstücksraum hinein, dann wandte er sich um und ging.

Carola atmete tief durch, dann setzte sie sich in Bewegung.

Ciceros Umarmung hatte ihr gut getan. Offenbar war sie, bei ihrem ersten Blick durch den Raum, zu aufgeregt gewesen. Jetzt, da ihr Herzschlag sich ein wenig beruhigt hatte, erkannte sie, mit der untrüglichen Sicherheit einer Mutter, den braunen Haarschopf ihrer Tochter hinter einem aus Zimmerpflanzen bestehenden Raumteiler.

„Elvira!", es war ihr egal, dass die wenigen bereits munteren Frühstücksgäste sich nach ihr umdrehten. In der nächsten Sekunde lagen ihre Tochter und sie sich in den Armen.

„Du bist schmal geworden", stellte Carola fest, als sie sich voneinander lösten.

„Aber nein Mama, das bin ich bestimmt nicht", Elviras Gesicht erschien Carola in diesem Moment viel jünger, als sie in Wirklichkeit war. Ihr Mädchen, ihr kleines Mädchen. Noch einmal musste sie sie fest an sich drücken, bis diese protestierte:

„Mama, nun lass gut sein! Ich leb ja noch."

Carola fühlte einen Stich, der durch ihr Herz jagte, und sie musste sich beherrschen, dass sie nicht schon wieder in Tränen ausbrach, doch tapfer brachte sie ein Lächeln zustande – schließlich war sie es jetzt, von der Stärke gefordert war!

„Wie ich sehe, bist du schon beim Frühstück", sagte sie und wies dabei auf das halbaufgegessene Croissant und die beinahe leere Tasse Kaffee auf dem Tisch.

Elvira nickte: „Ja, ich bin heute schon seit halb sieben auf. Ich konnte einfach nicht mehr schlafen, obwohl ich wirklich müde war. Ich bin so froh, dass ich ins Hotel konnte – es ist natürlich noch nichts bezahlt …"

„Aber das ist doch klar. Mach dir keinen Kopf, ich kümmere mich darum."

„Danke Mama."

„Ach Kleines – ich bin ja so froh, dich zu sehen!"

Einen Augenblick sah Carola ihre Tochter an, als hätte sie sie schon lange nicht mehr gesehen. Und im Grunde war es ja auch so.

„Und ich bin vielleicht froh, dich zu sehen, Mama, ehrlich!"

Dann lachten beide und dabei spürten sie, wie die Spannung der letzten Tage und Stunden, die jede auf ihre Weise durchlebt hatte, nachließ.

Carola holte sich einen Kaffee und ein paar Früchte vom Buffet – denn großen Appetit hatte sie im Moment nicht.

Dann setzte sie sich zu ihrer Tochter an den Tisch und forderte sie auf, noch einmal ausführlich und in aller Ruhe zu erzählen.

Natürlich begann sie bei dem Streit mit Marcel, und Carola erfuhr, dass es sich, wie hätte es anders sein können, um Eifersucht und um ein dummes Missverständnis gehandelt hatte – er hatte ein paar Sachen zum Essen besorgt, währenddessen war Elvira bei einem Kaffee im Campingplatzrestaurant sitzen geblieben und hatte gelesen.

Als Marcel zurückkam, hatte er sie in einem, wie er meinte, sehr vertrauten Gespräch mit einem jungen Italiener vorgefunden. Alle Beteuerungen Elviras, dass das nur ein spontaner Wortwechsel und eine völlig harmlose Unterhaltung gewesen waren, hatten nichts genutzt. Dieser Vorfall war im Gegenteil der Auslöser für eine ganze Reihe von Vorwürfen und Vorhaltungen gewesen, die Marcel ihr an den Kopf geschleudert hatte, noch dazu in der Öffentlichkeit, und die, so wie Elvira es schilderte, in ihrem Kern daraus resultierten, dass er sich Elviras Liebe und Zuneigung nicht sicher wäre.

„Ich hab natürlich in den letzten Tagen viel darüber nachgedacht", erläuterte sie ihrer Mutter, „und – ich weiß auch nicht, vielleicht stimmt es sogar, was er mir gesagt hat. Dass ich ihm nicht zeige, dass ich ihn liebe, dass ich in der Öffentlichkeit immer so tue, als wäre er nur ein guter Freund oder ein Bekannter, dass ich ihn auf Distanz halte, dass er nicht weiß, woran er bei mir ist. Ich denke, dass diese Dinge schon vorher da waren, aber er hat nie gesagt, dass ihn etwas stört. Oder er hat vielleicht gedacht, dass es anders wird, wenn wir so lange gemeinsam durch Europa reisen."

Carola nickte. Ja – sie konnte sich gut vorstellen, dass es so war. Während Elvira weiterredete, übte sich Carola in der Rolle der geduldigen und aufmerksamen Zuhörerin – und war unendlich froh, dass ihre Tochter so viel Vertrauen zu ihr hatte, dass sie ihr das Herz ausschüttete. Sie war froh, dass sie hier war und ihre vornehmste Mutterpflicht erfüllen konnte: für ihr Kind da zu sein.

Seltsam und wundervoll war auch, dass Carola, während sie Elvira zuhörte, gewahr wurde, dass ihre Tochter nun wirklich eine erwachsene Frau war! Ihr Auszug von Zuhause hatte ihre Beziehung lose werden lassen, der Tod von Hannes und Carolas Trauer und Rückzug danach hatten die Entfremdung und Entfernung voneinander verstärkt.

Nun war es fast so, als säßen sie als Freundinnen oder Schwestern beieinander. Und Carola fühlte, dass das für die Zukunft so bleiben konnte – wenn sie beide es wollten.

Nachdem Elvira auch noch einmal ausführlich von dem dreisten Taschendiebstahl am Bahnhof *Santa Maria Novella* berichtet hatte, stellte sie endlich jene Frage, auf die Carola schon die ganze Zeit gewartet hatte: „Aber jetzt sag mal du, Mama – du warst Segeln in Kroatien? Wie? Was? Warum?"

Carola nickte und begann, innerlich Anlauf zu nehmen.

Elvira aber sprudelte derweil weiter: „Wie bist du eigentlich jetzt hierher gekommen? Mit dem Zug? Oder ist Alexandra mit dir gefahren? Ist sie auch hier?", in einer unbewussten Geste blickte Elvira um sich, als suche sie eine Frau in Carolas Alter hier an einem der Nebentische.

Carola holte tief Luft und wollte gerade antworten, als das Telefon in ihrer Handtasche, die sie über die Stuhllehne gehängt hatte, klingelte.

Nicht undankbar für die Ablenkung entschuldigte sie sich bei Elvira und kramte nach dem Handy. Es war eine ihr unbekannte Nummer – doch da sie den Apparat nun schon einmal in der Hand hatte, hielt sie ihn an ihr Ohr: „Ja bitte? Hier Carola Haupt."

Elvira beobachtete dabei das Gesicht ihrer Mutter, das einen erstaunten Ausdruck annahm. Carola sagte kein Wort, aber ihre Augenbrauen rückten in Richtung Nasenwurzel und auf ihrer Stirn bildeten sich ein paar steile Falten.

Die Stimme am anderen Ende der Leitung war für Elvira nicht zu hören, aber plötzlich überkam sie eine unbestimmte Ahnung.

„Mama", fragte sie ungeduldig mitten in das Gespräch hinein, „Mama, wer ist es denn?"

Doch Carola lehnte sich in ihrem Sessel zurück und bedeutete Elvira abzuwarten.

Endlich sagte sie: „Ja. Ich denke, das solltest du!"

Mit diesen Worten hielt sie Elvira das Handy hin: „Es ist für dich!"

Elviras Wangen hatten sich gerötet. – „Für mich? Wer ist es?", ihrer Stimme war die Gefühlsbewegung anzumerken.

„Es ist Marcel", Carolas Stimme hingegen war tief und fest. „Er will mit dir reden. Wenn du auch mit ihm sprechen willst – dann bitte sehr!"

Ein rascher Rundumblick vergegenwärtigte Carola die räumlichen Gegebenheiten. Sie machte eine Bewegung mit dem Arm: „Du kannst ja hinausgehen auf die Terrasse."

Elvira schien wie vom Blitz getroffen zu sein und ihre Gesichtsfarbe wechselte gerade von Rot zu Weiß.

„Ich kann nicht", presste sie schließlich heraus. „Ich weiß nicht, was ich ihm sagen soll!"

„Nun ja – in erster Linie ist es ja er, der *dir* etwas sagen will", beschwichtigte Carola. Ins Telefon sprach sie: „Marcel – sei so gut und ruf in fünfzehn Minuten noch einmal an, ja? Dann wird sie mit dir reden."

Sie legte auf und gab Elvira das Handy.

„Hier, nimm. Geh damit auf dein Zimmer und – wenn er dir wichtig ist, dann hör dir an, was er dir zu sagen hat. Gib ihm diese Chance, Elvira, wenn du der Meinung bist, dass er sie verdient."

Elvira schluckte und nahm das Telefon. Dann warf sie Carola einen ratsuchenden Blick aus großen haselnussbraunen Augen zu: „Mama – ich weiß nicht, was ich machen soll! Er hat mich so enttäuscht! Seine sinnlose Eifersucht! Sein Ausrasten vor allen Leuten! Und dass er mich einfach sitzen gelassen hat und auf und davon ist und sich tagelang nicht gemeldet hat! Das verzeih ich ihm nie!"

„Er hat sich jetzt gemeldet. Und er hat es auf sich genommen, zuerst deiner Mutter alles zu erklären. Er hat versucht, dich anzurufen – aber da war dein Handy offenbar schon weg. Dann hat er meine Nummer gegoogelt – zum Glück stehe ich im Telefonbuch."

Elvira nickte und zuckte die Schultern – „Aber nach drei Tagen ist das trotzdem ziemlich spät, oder?"

„Ja, das ist es sicherlich. Und glaub mir – ich hab mich unglaublich zurückhalten müssen, um ihm nicht an Ort und Stelle eine Standpauke zu halten, die sich gewaschen hat! Aber – ich weiß nichts über ihn und nichts über euch. Ihr seid beide erwachsen, Elvira. Und wenn du mich fragst, was ich täte – ich weiß es nicht. Aber ich denke – ich würde ihn anhören, wenn ich …"

„Wenn du was?"

Carola sah ihrer Tochter gerade in die Augen: „Wenn ich ihn lieben würde. Wenn er der Mann wäre, nach dem sich mein Universum ausrichtet, meine Gedanken, meine Gefühle, meine Sehnsucht. Derjenige, ohne dessen Gegenwart ich mir keinen Tag meines Lebens mehr vorstellen kann. Bei dem ich mich vollständig fühle, frei und ganz ich selbst, der mich so sein lässt, wie ich bin und in dessen Armen ich die Welt um mich herum vergesse. Den ich vorbehaltlos liebe und wertschätze und der mich zum Lachen bringt und an dessen Schulter ich bedenkenlos weinen kann. Wenn er das ist, das und vieles andere – dann hör ihn an!"

Während Carola gesprochen hatte, waren Elviras Augen immer größer und immer dunkler geworden.

Ein Moment verstrich, ohne dass eine von ihnen beiden etwas gesagt hätte. Dann flüsterte Elvira: „Mama – hast du dich verliebt?"

Der direkte Angriff ließ bei Carola alle Wälle einstürzen. Obwohl sie wusste, dass es sicherlich einen passenderen Augenblick gegeben hätte, sah sie letztlich keinen Grund, warum sie es ihrer Tochter verschweigen sollte – gerade jetzt, wo sie ihr so viel von ihrem Herzen, ihrer Liebe erzählt hatte. Jetzt, wo sie sich als zwei erwachsene Frauen gegenübersaßen.

„Ja. Ich habe mich wieder verliebt."

Wie würde Elvira darauf reagieren? Eine Sekunde lang hatte Carola Angst, sie könnte es nicht verstehen, ihr Vorhaltungen machen, es als Verrat an ihrem Vater empfinden.

„Ich habe es mir gleich gedacht. Du bist so anders!"

Noch wusste Carola nicht, was in Elviras Kopf vorging, deshalb versuchte sie, Zeit zu gewinnen:

„Wie meinst du das – ich bin so anders?"

„Na ja – anders eben, völlig anders! Ich glaub, so hab ich dich überhaupt noch nie gesehen! Du bist auf einmal so – lebendig, so kraftvoll, du strahlst etwas aus, das ich noch nie an dir bemerkt habe, das du noch nie hattest, denke ich …"

Carola atmete einmal hörbar ein und aus. „Genauso fühle ich mich auch, Elvira – lebendig. Unglaublich lebendig und kraftvoll."

Elvira schluckte: „Mit Marcel fühle ich mich auch lebendig. Aber ich weiß nicht so recht, was ich damit anfangen soll. Es verwirrt mich. Es macht mir Angst. Ich will meine Freiheit nicht aufgeben! Ich hab gerade mein Studium beendet, Mama, ich habe endlich das fertig gelernt, was ich wirklich lernen wollte! Ich habe endlich den Schlüssel in Händen, dass ich das tun kann, was ich immer schon tun wollte! Ich will jetzt nicht in einem Heim und hinter einem Herd verschwinden und gar nichts mehr damit anfangen und alles wegwerfen, wofür ich jahrelang gearbeitet habe, ehe ich überhaupt damit begonnen habe! Ich will hinaus ins Leben, ich will unterrichten, ich will mich bewähren, ich will all das ausprobieren und anwenden, was ich gelernt habe, ich will mein eigenes Geld verdienen, auf eigenen Füßen stehen, die Welt sehen, Spaß haben, unabhängig sein! Meine Gefühle zu Marcel machen mir einen Strich durch die Rechnung!"

„Elvira, mein großes Mädchen – ich bin so unglaublich stolz auf dich. Ich bin so stolz darauf, dass du deine Ausbildung gemacht hast – abgesehen davon, dass natürlich Oma sich auch ganz besonders darüber freut, dass du sozusagen in ihre Fußstapfen trittst. Es ist vollkommen verständlich und natürlich, dass du deine eigenen Pläne hast, dass du ein selbständiges Leben willst! Und ich weiß auch, dass du bei mir gesehen hast, wie du es nicht willst. Nein, nein", winkte sie lächelnd ab, als sie sah, dass Elvira protestieren wollte.

„Es ist schon so – mein Weg hat mich an Heim und Herd geführt, wie du gesagt hast, und vielleicht war das in mancherlei Hinsicht schade. Aber es war eben mein Weg – und er hat mir auch sehr viel

Schönes gebracht! Ich akzeptiere meinen Weg, meine Wahl ohne Wenn und Aber. Und ich gehe ihn jetzt weiter, in eine neue Richtung. Aber ich akzeptiere und verstehe auch dich, wenn du es anders machst. Es ist dein Leben und ich werde immer stolz auf dich sein, egal, was du machst oder wofür du dich jetzt und in Zukunft entscheidest. Wenn ich mir etwas wünsche, als deine Mutter, dann nur das Eine: Dass du glücklich bist, glücklich wirst, dass du die Erfahrungen machst, die du machen willst und vielleicht machen musst. Und eines kann ich dir versprechen: Ich werde ab heute immer für dich da sein, wenn du mich brauchst!"

„Ach Mama!", mit einem Aufschluchzen warf sich Elvira an Carolas Hals.

„Wie ist deine Zimmernummer, Kleines?", flüstere Carola in die dunkle Haarfülle ihrer Tochter – es war wirklich höchste Zeit, dass sie in eine private Umgebung kamen.

„Dreiundzwanzig. Im zweiten Stock", brachte Elvira schniefend hervor.

„Okay. Dann wollen wir einmal sehen, dass du dorthin kommst, denn ich bin mir sicher, die fünfzehn Minuten, die ich Marcel eingeräumt habe, sind so gut wie um!"

Ein neues Schluchzen von Elvira.

Carola ermunterte sie noch einmal, während sie ihren Arm um ihre Schulter gelegt hatte: „Sprich dich mit ihm aus! Wenn ihr euch liebt, dann werdet ihr einen Weg finden, den ihr beide gehen wollt. Und, Elvira, merk dir das, was ich dir jetzt sage: Es gibt eine Liebe, die bewahrt und dich an einem kleinen, sicheren Ort festhält, dich wärmt und dich davor verschont, deine eigenen Schritte machen zu müssen. Das kann sehr bequem sein, auch sehr angenehm und sogar sehr schön. Aber es gibt auch eine andere Art von Liebe – eine, die den Horizont für dich öffnet, die dir jede Freiheit gibt, die dich stark macht, damit du dorthin gehen kannst, wohin du willst. Eine, die dich hält, aber nicht festhält. Und wahrscheinlich gibt es noch unzählige andere Arten von Liebe. Und jede ist es wert, dass du sie durchlebst. Probier sie aus, wenn du ihr begegnest und finde heraus, ob es die Art von Liebe ist, die dich wirklich glücklich macht! Gib ihr, gib dir die Zeit, die du dafür brauchst. Das ist es wert. Und glaub mir, die ich zwanzig Jahre älter bin als du – du hast mehr Zeit dazu, als du jetzt vielleicht denkst. Du musst dich nicht heute für den Rest deines Lebens für eine Art zu lieben oder für eine Art zu leben entscheiden. Entscheide heute, was heute für dich gut ist. Hab keine Angst, dich falsch zu entscheiden. Es gibt kein Falsch, wenn es sich in deinem Herzen richtig anfühlt!"

Elvira fuhr sich mir den Handflächen über das Gesicht und trotz ihrer verquollenen Augen warf sie einen schelmischen Blick in Carolas Richtung: „Du hast aber ganz schön an Weisheit zugelegt, Mama – wo ist denn das passiert? Vielleicht auf einem Segelschiff?"

Carola lachte. Sie waren vor Zimmer Nummer dreiundzwanzig angekommen.

„Kein Kommentar, mein Fräulein!", neckte Carola Elvira und schob sie zur Tür hinein, sich mit einem letzten Blick vergewissernd, dass sie das Handy noch immer in der Hand hielt.

„Ich warte unten in der Lobby auf dich. Und du weißt: Lass dir Zeit!"

Kapitel 17

Carola lag ausgestreckt auf der Wiese, es war Nachmittag und das Gras von der Sonne aufgewärmt. Sie hielt die Arme wie ein Kissen unter dem Kopf, die Hände verschränkt im Nacken. Ihren Körper hatte sie lang ausgestreckt, die Füße übereinander geschlagen, in ihrem Mundwinkel hing ein langer Grashalm, an dessen einem Ende sie gedankenverloren herumkaute. Unter halbgeöffneten Augenlidern blickte sie hinauf in den blauen Sommerhimmel, sie spielte mit dem Heben und Senken ihrer Wimpern und wie die Sonnenstrahlen sich dabei in ihre verschiedenen Farben auffächerten. Sie genoss es, die Erde unter sich zu spüren und die wärmenden Sonnenstrahlen im Gesicht und auf ihren nackten Armen und Unterschenkeln. Ihr Kopf war angenehm leer und sie sog mit der Nase den Duft der Wiese ein, den Duft des Sommers und der Erde. Aus dem einen Steinwurf entfernt stehenden alten Kirschbaum mit den schwarzbraunen, seltsam ausladenden Ästen erklang der Gesang eines Vogels, es war unverkennbar das melodiöse Pfeifen einer Amsel …

Wahrscheinlich war sie für ein paar Minuten eingenickt, denn als plötzlich Elvira vor ihr stand, schreckte Carola aus einem dem Schlaf sehr ähnlichen Zustand hoch.

Während Elvira telefonierte, war Carola wieder nach unten in die Hotellobby gegangen. Nun, da die Anspannung der letzten Tage nachgelassen hatte, hatte sie es fertig gebracht, sich genüsslich wie eine Katze an die Lehne eines mit exquisitem Stoff bezogenen Fauteuils zu schmiegen. Sie saß mit geschlossenen Augen da, mit den Unterarmen auf den bequemen Armstützen und den Nacken nach hinten an die Polsterung gelehnt.

Zum ersten Mal seit ihrem, zumindest für sie, etwas abrupten Abschied vor etwa einer Stunde, hatte sie nicht mehr an ihn gedacht. Das war fast schon etwas Außergewöhnliches, stellte sie in einer Mischung aus leichtem Erschrecken und tiefer Rührung fest: Cicero!

Aus dem Frühstücksbereich drang der anheimelnde Duft von frisch gebrühtem, starkem italienischen Kaffee zu ihr herüber. An der Wand hinter der Rezeption hing eine Uhr, deren Zeiger auf viertel nach neun standen. Als sie hinüberblickte, fing sie das Lächeln des alten Mannes, der dort immer noch seinen Dienst versah, auf, der wahrscheinlich selbst gerade seinen Morgenkaffee eingenommen hatte, denn er wirkte wesentlich frischer als vorhin, als sie angekommen waren.

Wie sehr ihr Leben sich in den letzten Wochen, in den letzten Tagen verändert hatte! Wenn sie versuchte, die Ereignisse gedanklich nachzuvollziehen, wurde ihr beinahe schwindlig.

Sie hätte sich um eine Tageszeitung bemühen können – aber im Grunde war sie froh gewesen, einfach einmal zu verweilen und die Gedanken ziehen zu lassen. Die beiden Menschen, die ihr am meisten von allen auf der Welt am Herzen lagen, waren in ihrer unmittelbaren Nähe und sie würde sie bald wieder sehen.

„Ich hab dich gar nicht kommen gehört!"

Carolas Stimme klang etwas schlaftrunken.

Elvira lächelte und ließ sich in dem nächststehenden Sofa nieder.

„Ich hab ihn angehört, Mama."

Auf ihrem Gesicht hatte sich ein Lächeln ausgebreitet, das jeden kleinen Winkel davon erfasst hatte – die Mundwinkel, die Wangen, die Augen, die Stirn, ja sogar, selbst wenn das im Grunde nicht möglich war, die Haare, die sich, wie immer, in sanften dunklen Wellen um Elviras Kopf schmiegten.

Carola lächelte zurück. Ihre Tochter war so hübsch. „Ja?"

„Nun – es tut ihm über alles leid, dass er die Beherrschung verloren und mich sitzen gelassen hat. Er hat mir erzählt, dass er zuerst, nach seiner überstürzten Flucht, zwar noch geschmollt hätte, aber dann habe ihm sein schlechtes Gewissen keine Ruhe gelassen. Ich hab mich auch bei ihm entschuldigt und ihm gesagt, dass ich viel nachgedacht habe. Ich habe ihm gesagt, wo ich bin und er hat mir versprochen, dass er noch heute bei mir sein wird! Er ist noch gar nicht so weit gekommen, in Padua hat er schon wieder kehrt gemacht. Er hat auch meinen Pass. Ich denke, es gibt einiges, über das wir reden müssen."

Elvira fuhr sich mit beiden Händen durchs Haar und Carola lächelte, denn sie kannte die Geste von sich selbst. Ihre Tochter!

„Ich bin ja so erleichtert, Mama, ich kann es dir gar nicht sagen!", stieß Elvira mit einem Seufzer hervor.

„Ich bin so froh, dass es nicht vorbei ist. Dass ich ihn in ein paar Stunden wiedersehe."

„Und – werdet ihr eure Reise wie geplant fortsetzen, oder fahrt ihr nachhause?"

„Wir werden das sicherlich noch gemeinsam besprechen, aber ich denke, wir werden nachhause fahren. Der Schreck von dem Handtaschendiebstahl sitzt mir doch noch etwas in den Knochen. Und ich muss mich darum kümmern, dass ich mit meinen Sachen, die gestohlen wurden, alles geregelt bekomme. Das geht leichter von zuhause aus. Und – na ja, ich hab auch ehrlich gesagt jetzt mehr das Bedürfnis, mit Marcel in meiner vertrauten Umgebung zu sein. Mit ihm zuhause zu sein – weißt du, wie ich das meine?"

Carola nickte. „Ich denke schon."

Inzwischen war das Leben im Hotel richtig in Schwung gekommen und durch den Eingangsbereich bewegten sich ständig Menschen, sie kamen herein oder verließen das Hotel, manche blieben kurz an der Rezeption stehen, um etwas abzugeben oder entgegenzunehmen oder etwas zu fragen. Carola registrierte aus den Augenwinkeln, dass die Gäste des Hauses denkbar unterschiedlich waren – manche schienen noch Studenten zu sein oder junge Paare, dann wieder gab es herausgeputzte ältere Damen, gut gekleidete Erscheinungen, auch einzelne Herren, manche in mittleren Jahren, die sehr geschäftsmäßig wirkten, dann wieder ältere, die, ähnlich wie ihre weiblichen Altersgenossinnen, eine gewisse, leicht abgetakelte, aber mit Würde zur Schau gestellte Eleganz ausstrahlten. Das ganze Hotel erschien Carola wie eine seltsame Mischung aus Alt und Neu, aus Tradition und moderner Lebensart. Die Einrichtung war edel, aber schlicht, die Wände von frischer, maisgelber Färbung bildeten einen wunderschönen, ansprechenden Kontrast zu den Fliesenböden mit alten italienischen Motiven und Mosaiken, die nur sparsam mit geschmackvollen Läufern belegt waren. Die Türstöcke waren breit und holzvertäfelt, auch die Fenster hatten noch Holzrahmen, die zum Teil Bleiglasscheiben enthielten. Das Schmuckstück des Entrees aber war unzweifelhaft jener Eisengitterfahrstuhl, den sie vorhin gemeinsam mit Elvira benutzt hatte.

Carola nahm Elviras Hände in die ihren und hielt sie fest.

„Hör zu – es bleiben sicher noch einige Stunden Zeit, bis Marcel eintrifft. Und ich selbst habe Zeit bis dreizehn Uhr – warum, erklär ich dir gleich.

Was ich dich fragen will, Elvira: Hättest du Lust, ein wenig mit mir ins Stadtzentrum zu gehen? Wir könnten einfach ein bisschen herumbummeln oder, wenn du willst, irgendein Museum anschauen oder den Dom besichtigen oder tun, was immer uns gefällt.

Oder – und, glaub mir, das wäre für mich genauso in Ordnung – ich gebe dir jetzt etwas Geld, damit du für deine Heimfahrt genug hast, und wir sehen uns in Graz, wann immer dir danach ist – wobei ein zu langes Warten von mir nicht akzeptiert werden wird!"

Ein Augenzwinkern Carolas zeigte Elvira, dass sie die letzte Bemerkung nicht ganz ernst gemeint hatte.

Elvira lächelte matt und sah ihre Mutter dankbar an.

„Mama – sei mir nicht böse, ich hab mit Marcel die Stadt schon ausgiebig besichtigt, bevor wir – na ja, du weißt schon, unsere Auseinandersetzung hatten. Und ich hab, nach allem, was war, wirklich keine Lust mehr auf Florenz."

„Du weißt aber schon, dass Florenz das nicht verdient hat?", versuchte Carola zu scherzen, und Elvira zuckte die Achseln.

„Ja, sicher. Florenz kann nichts dafür. Aber ich mag es jetzt fürs Erste trotzdem nicht mehr sehen. Wenn du mir nicht böse bist, wäre es mir, glaub ich, am liebsten, wenn ich mich einfach noch ein bisschen in mein Zimmer verkrieche und mir Zeit nehme, mich auf Marcel und mein Zusammentreffen mit ihm einzustimmen. Weißt du, es fühlt sich so an, als wäre in mir eine Schleuse aufgegangen und da strömen jetzt lauter neue Gedanken und alte Gefühle durch und ich …"

„Ich versteh dich schon", versicherte Carola ihr mit einem Kopfnicken.

„Du nimmst die zweite Variante aus dem Mama-Service-Angebot des Tages."

Jetzt lächelte Elvira: „Ja, genau."

„Gut", entgegnete Carola, ließ Elviras Hände los und griff nach ihrer Handtasche. „Dann geb ich dir jetzt zweihundert Euro – das reicht doch bis nachhause, oder?"

„Ja Mama, ich denke schon."

„Fein." Carola holte tief Luft.

„Aber bevor ich mich von dir verabschiede, will ich dir noch Folgendes sagen – wobei du es ja schon erraten hast. Ich hab in Graz meine alte Freundin Alexandra aus der Südsteiermark getroffen, ich hab sicher schon von ihr erzählt."

Elvira nickte. „Die, mit der du als Kind immer im Wald unterwegs warst und die Tierärztin werden wollte."

„Genau die. Es war wirklich ein Zufall, ein unglaublicher Zufall. Wir haben uns sofort wieder bestens verstanden und sie hat mich dazu überredet, dass ich mit ihr eine Woche in Kroatien Segeln gehe. Ach Elvira – es war einfach wunderschön! Das Meer, die Inseln, die Ruhe – und das Segeln hat mich richtig fasziniert, ich könnte mir vorstellen, dass ich das wieder machen möchte!"

„Und – das hat, nehme ich an, noch einen besonderen Grund?"

„Ja. So ist es. Ich weiß, das klingt jetzt kitschig, unwahrscheinlich, wie aus einem Dreigroschenroman, aber – ich hab mich doch tatsächlich in den Kapitän verliebt!"

Elvira machte große Augen und ihr Mund blieb offen: „Hast du nicht!"

Carola musste lachen, weil ihre Tochter sie so entgeistert anstarrte: „Doch! Hab ich! Und zwar bis über beide Ohren!"

„Mama!" – da war er wieder, dieser liebevoll vorwurfsvolle Ton, den Elvira seit ihrer Kindheit, natürlich besonders während der Zeit ihrer Pubertät, so oft ihr gegenüber angeschlagen hatte.

„Ja. So ist es wohl."

„Und er hat dich hergebracht?"

Elviras Kombinationsgabe war wirklich ausgezeichnet.

Carola nickte.

„Und – er ist hier im Hotel?", tastete sich Elvira weiter vor.

Wieder konnte es Carola nur bestätigen: „Ja. Er hat sich ein Zimmer genommen, weil er die ganze Nacht durchgefahren ist, damit ich so schnell wie möglich bei dir sein kann. Er schläft jetzt – aber um zwei muss er das Zimmer räumen, und deshalb wollte er, dass ich ihn um ein Uhr Mittag wecke. Jetzt weißt du, warum ich so lange Zeit zur freien Verfügung habe!"

Carola sah es Elvira an, dass in ihr ein Aufruhr tobte.

„Mama das ist – wunderbar! Ich freu mich wirklich für dich und ich sehe, dass es dir gut tut, dass es dir unglaublich gut tut – das Segeln, das Verliebtsein, einfach alles! Du wirkst auf einmal so jung, weißt du, ich glaub, ich hab dich noch nie so gesehen. Und ich gönn es dir von Herzen, glaub mir!"

Carola war so froh, das von ihr zu hören – und sie sagte es Elvira auch.

Dann verschoben sie alle weiteren Erzählungen und Erklärungen auf einen späteren Zeitpunkt. Nun, da sie einander, als Erwachsene, als Freundinnen sozusagen, wieder gefunden hatten, spielte Zeit keine große Rolle mehr.

„Ich lad dich und Marcel einmal zu mir zum Essen ein, wenn ihr Zeit und Lust dazu habt, oder wir gehen einfach einmal in der Stadt einen Kaffee trinken, nur du und ich, und dann reden wir in aller Ruhe", bot Carola ihrer Tochter an und die nickte mit Nachddruck.

„Ja Mama, das machen wir." Sie strahlte sie an und nun war sie es, die ihre Hand ergriff und fest drückte: „Ich freu mich drauf!"

Dann erhoben sie sich aus ihren seidenbezogenen Lehnstühlen und umarmten einander.

„Danke Mama", sagte Elvira, „für alles!"

Carola strich ihr lächelnd über die Wange und nickte stumm. Für den Augenblick hatte sie genug Worte verloren. Nur eins musste sie noch loswerden:

„Ich hab dich sehr lieb, Elvira. Und ich bin unendlich stolz auf dich."

Dann blieb Carola stehen und blickte Elvira nach, wie sie in Richtung Aufzug verschwand. Bevor sie einstieg, drehte sie sich noch einmal zu ihr um und winkte. Dann war sie aus Carolas Gesichtsfeld verschwunden.

Für ein paar Sekunden schloss Carola die Augen, dann zog sie ein paar Mal tief die Luft ein. Ihr Herz wusste, wohin sie jetzt gehen würde.

Gottlob hatte der Mann an der Rezeption ihr Englisch verstanden, denn bei Italienisch hätte Carola passen müssen. Sie hatte zwar in der Schule Französisch gelernt und deshalb verstand sie ein paar Brocken der Landessprache, aber außer ein paar Gruß- beziehungsweise Höflichkeitsfloskeln konnte sie selbst kein Wort italienisch sprechen.

So hatte sie erfahren, dass Cicero in Zimmer 38 untergekommen war. Als sie im dritten Stock aus dem Lift stieg, meinte sie vor lauter Herzklopfen kaum noch Atem schöpfen zu können. Wieder einmal, zum wievielten Mal im Zusammenhang mit Signore Colli, musste sie sich selbst zur Ordnung rufen: Carola reiß dich zusammen, sprach ihre innere Stimme gleichsam auf sie ein, reiß dich zusammen und hör auf, dich wie ein verknallter Teenager zu benehmen. Aber es half nicht viel – Verliebtheit, so stellte sie staunend fest, kam offenbar auch in reiferen Jahren durchaus noch vor!

Zögernd, als wolle sie noch ein bisschen Zeit gewinnen, schritt sie den Hotelgang entlang. Dann stand sie vor der Tür mit der Nummer 38. Carola hob ihre Hand und wollte eben behutsam, um ihn nicht allzu abrupt aus dem Schlaf zu reißen, anklopfen, als sie bemerkte, dass die Tür nur angelehnt war.

Was sollte das bedeuten?

Leicht beunruhigt öffnete sie behutsam die Tür und lugte in den Raum, wobei sie seinen Namen flüsterte: „Cicero! Cicero? Bist du da?"

Drinnen war es fast vollkommen dunkel, denn die Vorhänge, die wohl aus einem dichten Material, vielleicht Samt oder Brokat, bestanden, waren bis auf einen etwa handbreiten Spalt zugezogen.

Nachdem sich ihre Augen an das spärliche Licht gewöhnt hatten, erkannte Carola ein paar Meter von der Tür entfernt an der linken Wand schemenhaft ein Bett im Vordergrund und darauf die Umrisse einer liegenden Gestalt, die leise Schnarchgeräusche von sich gab.

Carola musste schmunzeln.

Behutsam zog sie die Tür hinter sich zu, mit einem leisen Klickgeräusch schnappte das Schloss ein. Dann näherte sie sich dem Schläfer mit tastenden Schritten. Jetzt war sie nahe genug, um unverkennbar Ciceros wirren Haarschopf und seine breiten Schultern sowie einen Teil seiner nackten Brust zu erkennen.

Doch letztlich war es ihre Nase, die ihr endgültig bestätigte, dass sie im richtigen Zimmer war: Sie erkannte zweifelsfrei seinen Geruch, Ciceros Geruch und dieser, gepaart mit dem Anblick seines teilweise nackten Oberkörpers, löste bei Carola etwas aus, das man am ehesten als Sinnesverwirrung einstufen konnte – jedenfalls hätte sie es selbst als solche bezeichnet, wäre sie in der Lage gewesen, sich bei dem, was sie nun tat, von außen über die Schulter zu schauen.

Ohne eine Sekunde darüber nachzudenken, streifte Carola ihre Schuhe ab und öffnete den Reißverschluss ihrer Hose. Stück für Stück entledigte sie sich ihrer Kleidung und ließ alles achtlos liegen, wo es gerade zu liegen kam. Als sie schließlich nur noch in BH und Höschen dastand, zögerte sie nur einen Moment, dann glitt beides ebenfalls zu Boden.

Cicero hatte nichts von alledem bemerkt, zu tief hielt ihn der Erschöpfungsschlaf in seinen Fängen.

Als wolle sie ihn immer noch nicht wecken, hob Carola ganz sanft die dünne Bettdecke an, die über Ciceros Hüften lag, und schlüpfte neben ihn auf das schmale Stück Matratze, das sein Körper freigelassen hatte.

Augenblicklich fühlte sie die Wärme, die von ihm ausging und mit bebendem Herzen ließ sie sich neben ihn gleiten, so nah, dass beinahe jeder Zentimeter ihrer Haut ihn berührte.

Cicero hatte zu schnarchen aufgehört, eine Bewegung ging durch seinen Körper und in dem matten Licht, das im Zimmer herrschte, konnte Carola gerade erkennen, dass er die Augenlider halb öffnete. Mit belegter Stimme murmelte er: „Carolina … bist du ein Traum?"

Carola sah ihn an, wie unglaublich nah er ihr jetzt war, sie konnte es selbst kaum glauben. Beinahe hätte ihre Stimme den Dienst versagt: „Nein, Cicero, mein Liebster, ich bin kein Traum. Ich bin zu dir gekommen. Ich bin da."

Als hätte er in dieser Sekunde begriffen, dass er wahrhaftig nicht mehr träumte, sondern dass ihre plötzliche Anwesenheit in seinem Bett Wirklichkeit war, stemmte er sich mit einem Ruck auf die Ellbogen und starrte sie einen Augenblick lang entgeistert an.

„Carola!", rief er aus, und für einen Moment befürchtete sie, sie hätte das Falsche getan.

„Verzeih mir", stammelte sie, völlig durcheinander, „verzeih, ich wollte nicht, ich hätte nicht …"

„Schschschsch!", schon war sein Zeigefinger sanft auf ihre Lippen geglitten. Jetzt lag sie auf dem Rücken und er hatte sich über sie gebeugt. Sein Gesicht befand sich halb im Dunkeln, doch sie sah ihm in die Augen und erwiderte seinen Blick, der schwer auf ihr ruhte. Der Ausdruck darin war unbewegt. Dann trat auf einmal ein warmer Glanz in seine Augen.

„Carola Haupt, du bist verrückt. Aber ich glaube, das habe ich dir schon einmal gesagt."

Seine Stimme klang pelzig, rau.

Sie schluckte. Was würde er sagen, was würde er tun? War sie zu weit gegangen? Hätte sie ihn schlafen, ihn in Ruhe lassen sollen?

Da spürte sie, wie seine Hand sich schwer auf ihre Schulter legte.

„Du weißt schon, dass ich dich jetzt vollständig erbeuten werde?", murmelte er und seine Stimme hatte einen gefährlichen Unterton.

Carola vergaß beinahe zu atmen, sie spürte ein Brennen in ihrem Unterleib, das sich in einer heftigen Welle nach oben ausbreitete und ihr die Hitze in den Kopf trieb.

„Das weiß ich, mein Kapitän", flüsterte sie.

Im nächsten Augenblick hatte er sich mit seinem ganzen Körper auf sie geschoben, sie stieß vor Überraschung einen leisen Schrei aus, sie spürte, wie er sein Gewicht auf sie sinken ließ.

Er war schwer, sein muskulöser Körper drückte sie in die Matratze, er hielt sie fest, sie konnte sich praktisch nicht mehr bewegen. Dieser neue plötzliche Sinneseindruck verwirrte sie, unwillkürlich versuchte sie, sich mit Bewegungen ihrer Hüften freizukämpfen, doch er ließ ihr keinen Spielraum.

Dass er so unbeweglich auf ihr lag, machte sie verrückt!

„Cicero!", protestierte sie. Als Antwort fühlte sie seine große heiße Hand auf ihrem Mund, die ihn verschloss.

Oh Gott, dachte sie, was war das für ein Angriff!

Trotz seiner dominierenden Geste gab ihr Körper den Kampf nicht auf – als hätten sie eine Art Eigenleben entwickelt, versuchten ihre Hüften erneut, und diesmal noch nachdrücklicher, sich freizukämpfen.

„Hör auf zu zappeln!", raunte er ihr ins Ohr und seine Stimme war ein gutes Stück tiefer und dunkler als sonst. Um seiner Aufforderung Nachdruck zu verleihen, ruckte sein Kopf zur Seite und, wiederum völlig unerwartet, biss er sie nicht gerade sanft ins Ohrläppchen.

Sie hätte erneut aufgeschrien, wenn er ihr nicht den Mund zugehalten hätte.

„Hör auf zu zappeln!", flüsterte er noch einmal ganz nah an ihrem Ohr, sie konnte jeden seiner Atemzüge spüren, „sonst muss ich dich noch festbinden!"

Seine Worte fühlten sich an wie Messer, die direkt in ihren Unterleib schnitten und sie spürte, wie ihre Vagina heftig und sehnsuchtsvoll zuckte. Von einer intensiven Woge der Lust durchzogen, legte sie ihren Kopf in den Nacken, ihr Atem ging tief und schwer und ihre Hüften hatten ihren unwillkürlichen Bewegungsmodus geändert und schwangen nunmehr langsam rhythmisch vor und zurück.

Ciceros Hand glitt von ihrem Mund abwärts und legte sich auf ihre Kehle, die sie ihm entgegenstreckte. Einen Moment lang ließ er sie dort liegen, heiß und schwer und Carola fühlte, wie sie auf ihre Luftröhre drückte. All das erregte sie so sehr, dass sie es kaum fassen konnte. Alles, was Cicero tat, war so neu, so gänzlich unbekannt für sie, dass sie sich vorkam wie eine Jungfrau – und nicht wie eine erwachsene Frau, die über zwei Jahrzehnte mit einem Mann zusammengelebt und ein Kind auf die Welt gebracht hatte! Jede Faser ihres Körpers schien in Aufruhr zu sein, jeder Zentimeter ihrer Haut sich ihm entgegenzustrecken, diesem schweren, dunklen, unbekannten Mann, in dessen Bett sie gekrochen war.

„Oh Cicero", flüsterte sie atemlos, „Cicero …"

„Schschschsch!"

Seine Hand ließ ihre Kehle los und ergriff stattdessen ihr Handgelenk. Ehe sie recht begriffen hatte, wie ihr geschah, hatte er auch ihren zweiten Arm nach oben gebogen und nun hielt er mit einem Griff beide Gelenke über ihrem Kopf fest umschlossen.

„Jetzt bist du meine Gefangene", flüsterte seine Stimme, dunkel und verheißungsvoll, „und ich kann mit dir machen, was ich will!"

Oh Gott, schauderte es Carola, jedes Wort aus seinem Mund war wie Wasser auf die Mühlen ihrer Lust und am liebsten hätte sie ihm entgegen geschrien: Ja! Ja! Mach es, tu es, mach mit mir, was du willst, egal was es ist, ich brenne darauf, dass es endlich geschieht! Aber irgendetwas hielt sie davon zurück, diese Worte auszusprechen, stattdessen hatte sie die Augen geschlossen, um sich noch tiefer, noch intensiver in ihren Körper und seine aufwühlenden Empfindungen, die sie schier um den Verstand zu bringen drohten, zurückzuziehen.

Ciceros freie Hand hatte sich unterhalb ihres Halses auf ihr Brustbein gelegt, das sich unter ihren heftigen Atemzügen hob und senkte. Leicht wie eine Feder lag sie nun dort und für ein paar Sekunden, die ihr wie eine Ewigkeit erschienen, blieb sie einfach unbeweglich dort liegen. Seine Bewegungslosigkeit bereitete ihr beinahe unerträgliche Qualen.

„Cicero!", drängte sie, nur dieses eine Wort über die Lippen bringend, „Cicero!"

„Schschschsch!"

Dann fühlte sie seine Lippen auf ihrem bereits leicht geöffneten Mund, heiß und fordernd drückte er sie auseinander und sein heftiger Kuss war für Carola wie eine Erlösung!

Die ganze Erregung, die sich in ihr aufgestaut hatte, entlud sich endlich selig in diesem Kuss, während er weiterhin ihren Körper unter dem seinen gefangen und ihre Handgelenke wie in einem Schraubstock mit seinen kräftigen Fingern umschlossen hielt.

So sehr war ihre Aufmerksamkeit von dem Spiel ihrer Münder und Lippen gebannt, dass es sie wieder völlig unvorbereitet traf, als er plötzlich mit seiner freien Hand ihre linke Brust umfasste. Sein Griff war, wie alles, was er tat, fordernd, beinahe roh – und doch genau an der Grenze, wo die Lust so groß war, dass sie fast schon zum Schmerz wurde, aber niemals darüber hinausging.

Geknebelt von seinen Küssen, keuchte Carola auf und, gezogen von dem neuen, heftigen Reiz, entwand sie ihm ihr Gesicht – als wäre es für sie unmöglich, beides zugleich zu ertragen.

Als ihr Kopf wieder in den Nacken glitt, rutschte er einfach mit seinen heißen Lippen nach unten und ging dazu über, die Seite ihres Halses mit genüsslicher, quälender Langsamkeit zu küssen, während seine Finger ihre Brustwarze gefunden hatten und diese nun sanft umspielten, gerade ein bisschen mehr, als würde ein warmer Wind über sie hinweg blasen. Carola fühlte sich auf höchst angenehme Weise an ihre Tage auf der „*Seevogel*" zurückerinnert, an die Momente, in denen sie nackt die Luft, den Wind auf der Haut, auf ihren Brüsten gespürt hatte. Bilder von Meereswogen, von blauer Tiefe, weißer Gischt, fliegenden Möwen kamen ihr in den Sinn und für einen Moment meinte sie sogar, Salzgeruch wahrzunehmen.

Sie stöhnte und wand sich unter Ciceros Händen, unter seinem heißen Körper, der immer noch auf ihr lastete.

Dann endlich schob er sich langsam, ganz langsam von ihr herunter und einen Herzschlag lang fühlte sie sich schrecklich alleingelassen, doch dann waren da schon wieder seine Hände, die jetzt beide ihre Brüste fest umschlossen. Sie spürte, wie er eine ihrer aufgerichteten Brustwarzen mit den Lippen berührte, einmal sanft darauf blies, ehe er sie, schon wieder mit plötzlicher Vehemenz, zwischen seine Zähne nahm.

Carola schrie auf. Cicero ließ sich davon kein Stück von seinem ruhigen, genussvollen Tun abhalten. Jetzt saugte er an ihr und sie meinte, es keine Sekunde länger ertragen zu können! Heiße, beinahe schmerzhafte Ströme einer ihr völlig unbekannten, heftigen Lust durchzuckten ihren ganzen Körper, ihre Haut war schweißnass, ebenso wie seine es war, noch nie, niemals zuvor, hatte sie so sehr, so vollkommen das Gefühl gehabt, von einem Mann erobert, genommen zu werden.

Seine Hände hielten ihre Brüste umfasst, sein Mund saugte sich erst auf der einen, dann auf der anderen Seite weiter an ihren Brustwarzen fest, und Carola meinte, sie müsse jeden Augenblick explodieren – die Wogen der Lust, die Wellen der Hitze drohten über ihr zusammenzuschlagen, sie keuchte und rang nach Atem, wusste nicht, ob sie schreien, seinen Namen stammeln oder ihn anflehen sollte, sie endlich zu erlösen.

Dann spürte sie sein hartes Glied an ihren Schenkeln. Ja, dachte sie, endlich, endlich!

Wie von selbst fand ihre Hand seinen steifen Penis und ihre Finger umschlossen ihn mit einem verzweifelten, fordernden Griff, dabei spürte sie seine Größe und Mächtigkeit und Härte. Oh Himmel, raunte eine Stimme in ihrem Kopf, wie wird er sich wohl anfühlen?

Doch plötzlich hatte sie Angst – sie wusste selbst nicht warum oder wovor. Sie wollte ihn so sehr, ihr Körper, ihr Leib, ihre Seele begehrten ihn, wie sie noch nie zuvor einen Mann begehrt hatte, ihre Lust brannte schmerzhaft in ihr und hatte sie über eine Grenze getrieben, die sie nie zuvor überschritten hatte, hinüber in ein Reich der Sinne, in dem sie längst nicht mehr Herrin ihres eigenen Körpers war und sie sich vollkommen, endgültig demjenigen hingeben musste, der sie mit wehenden Fahnen und schallenden Trompeten erstürmte, eroberte, besetzte.

Und doch – doch war da auf einmal etwas in ihr, das sie zurückzog, weg von dem Punkt, an dem sie sich unwiderruflich hingeben würde.

Sie verstand es selbst nicht, doch er hatte die Veränderung innerhalb des Bruchteils von Sekunden bemerkt.

Er hob den Kopf, hörte mit seiner süßen Folter auf, und sah ihr tief in die Augen.

Verzweiflung überkam sie, nein, dachte sie, nein, hör nicht auf!

Ihre Stimme war schneller als ihr Bewusstsein, denn, als wäre es eine Fremde, hörte sie sich selbst sagen: „Es tut mir so leid, Cicero, ich weiß nicht, was auf einmal mit mir los ist!"

Tränen schossen ihr in die Augen. Das Etwas in ihr, das flüchten wollte, stand wie ein Schreckgespenst zwischen ihnen und dann spürte sie ihn wieder – diesen seltsamen Schwindel, von dem sie im Stillen gehofft hatte, dass er nicht wieder kommen würde, jetzt, da sie so glücklich war.

Panik stieg in Carola auf, ein Impuls wollte sie dazu treiben, sich von ihm zu lösen, sich frei zu strampeln.

In diesem Moment hörte sie seine Stimme, es war die Stimme des Kapitäns, eindringlich, sicher, tief, befehlend und einladend, und sie sagte nur ein Wort:

„Komm!"

Und dann sagte sie: „Komm zu mir, Carola! Komm zu mir!"

Seine Arme schlangen sich um sie und hielten sie fest, sie spürte, wie er seine behaarte Brust an ihren Körper drückte, seinen Atem, seine Worte in ihrem Ohr, in ihrem Gesicht, in ihrem Haar:

„Komm zu mir."

Und sie gehorchte. Jede Faser in ihr fokussierte auf die Stimme, die zu ihr sprach, und in ihrem Inneren erhob sich eine Kraft, die sie noch nie gespürt hatte. Es fühlte sich an, als würde sich diese Kraft Ciceros Worten und dem, was er sagte, zuneigen, als würde sie ihm entgegenstürmen und den Rest von ihr mit sich reißen.

„Ja, mein Herr", sagte sie, diesmal mit klarer, fester Stimme, „ich komme zu dir."

Dann drückten seine Knie sanft ihre Beine auseinander und Carola schloss besänftigt, beruhigt, still die Augen. Es war kein Schwindel mehr in ihr, kein Zittern, kein Wanken. Stattdessen gab es nur noch einen großen friedlichen Raum und dieser hatte eine Tür, durch die Cicero Colli nun trat.

Er tat es, wie alles, ruhig, zielsicher, ohne Hast und genau in dem Tempo, genau mit der Heftigkeit, die perfekt für sie war. Genau so, echote es in ihr, genau so!

Während er sich in ihr bewegte, sein männliches Becken auf und ab schob, barg er sie fest in seinen Armen und ihre Hände hielten sich an seinen Oberarmen fest, deren Muskeln unter der Haut gespannt waren. Ihre Wange lehnte an seiner Schulter. Alles war gut, war so unglaublich gut.

Dann fühlte sie die Erregung wieder, diesmal war ihre Vagina deren Epizentrum. Ciceros Penis schob sich gleichmäßig in sie und sie konnte fühlen, wie sie sich für ihn dehnen und weiten musste, sie konnte fühlen, wie er bei jedem Stoß ihren Muttermund nach oben schob, wieder spürte sie die Hitze in sich emporsteigen. Diesmal hatte sie keine Angst.

Ich komme, dachte sie, ich komme zu dir. Und dann kam sie. Mit einer großen, wellenförmigen Bewegung, die mit einem beinahe schmerzhaften Zusammenziehen ihrer Vaginalmuskeln begann, brandete der Orgasmus über sie hinweg, ließ sie noch einmal wohlig aufstöhnen und sekundenlang hatte Carola das Gefühl, als würde sie zerfließen und sie war froh, dass Cicero sie immer noch festhielt, denn sonst hätte sie sich vielleicht aufgelöst. Die Wellen des Höhepunktes rollten über sie hinweg und als sie wusste, dass es jetzt gleich vorbei sein würde, stieß er noch einmal mit großer Wucht in sie, sodass sie wieder aufschreien musste, diesmal wirklich vor Schmerz, und dann hörte sie auch ihn einen tiefen, kehligen Laut ausstoßen, und die Zuckungen seines Höhepunktes trieben sie noch einmal auf einen Gipfel der Lust und gemeinsam beendeten sie schließlich in einem letzten Aufseufzen ihre Vereinigung.

Cicero sank auf ihr zusammen, doch er ließ sie nicht los. Er blieb einfach auf ihr liegen, Wange an Wange, und einer spürte den Atem des anderen, wie er langsam zur Ruhe kam.

Erst nachdem einige köstliche Minuten auf diese Weise verstrichen waren, in denen es in ihnen beiden unendlich still und friedlich war, ließ er sich sanft zur Seite gleiten, sodass sie nun nebeneinander lagen.

Er hielt noch immer ihre Hand.

„Carola?"

Seine Stimme war wieder sanft und sie hatte einen sehr warmen Klang.

„Ja?"

„Du gehörst jetzt zu mir."

Sie schluckte.

„Ist das so?"

Er schob sich auf den Ellbogen und sah sie an: „Selbstverständlich! Was denkst du denn?"

Sie lächelte matt: „Nun – ich würde sagen, es hat sich schon verdammt danach angefühlt!"

„Dann ist die Sache ja klar", stellte er fest.

Und ihr blieb nichts anderes zu sagen als:

„Aye, aye Sir."

Kapitel 18

Das für sie schon vertraute Motorengeräusch von Ciceros Wagen hatte Carola in einen kurzen traumlosen Schlaf versetzt, aus dem sie nun langsam erwachte.

Und wie beim ersten Mal, als sie in Ciceros Passat neben ihm aufgewacht war, stellte sie mit einem Lächeln fest, dass es schön war, dass er neben ihr am Steuer saß.

Noch wehrte sie sich dagegen, vollständig aufzuwachen, denn sie wusste, dass sie bald in Graz sein würden.

Nach ihrem Liebesakt hatten sie noch eine ganze Weile nebeneinander im Bett gelegen, sich an der Hand gehalten und geredet. Carola hatte Cicero von ihrem Zusammentreffen mit Elvira erzählt und wie es mit ihr und Marcel weiterging.

Dann war sie aufgestanden, hatte sich angezogen und Cicero hatte sich noch einmal umgedreht, um zu schlafen.

Da sie Elvira nicht stören wollte – und weil sie sich ja schon von ihr verabschiedet hatte –, ging sie einfach alleine los, sie hatte jetzt das starke Bedürfnis, sich ein wenig an der frischen Luft zu bewegen.

So schlenderte sie die paar Minuten ins Stadtzentrum hinein, über die *Piazza delle Statione*, vorbei an der markanten schwarz-weißen, marmornen Ornamentikfassade der Kirche *Santa Maria Novella* gelangte sie durch malerische Gässchen und zu verschiedenen Palazzi, bis hinunter zum *Lungarno Corsini*, der am Arno entlangführte. Dort angekommen, blieb Carola wie angewurzelt stehen, denn vor ihr tat sich ein wahrlich großartiger Blick auf: Zu ihrer Linken lag eine der wohl berühmtesten Brücken Italiens, die *Ponte Vecchio* – unverkennbar mit ihren nahtlos nebeneinander stehenden, direkt auf der Brücke dicht an dicht errichteten Häusern oder Buden, die seit Ende des 16. Jahrhunderts Goldschmiede und Juweliergeschäfte beherbergten.

Natürlich strömten hier die Touristenscharen überall und Carola ließ sich einfach von der Menge mittreiben, vorbei an wunderschönen Renaissancebauten, Denkmälern, und natürlich auch zu dem berühmten Dom *Santa Maria del Fiore*, durch die engen, pittoresken Gassen mit den vielen bunten Geschäften.

In einem Seitengässchen, etwas abseits der Touristenrouten, hatte sie in einem kleinen Stehimbiss ein Glas Wein getrunken, dann war sie langsam wieder zum Hotel zurückgekehrt.

Um zwanzig vor zwei hatte sie Cicero geweckt und um fünf vor zwei standen sie wieder unten an der Rezeption. Carola hatte die Zimmerrechnung beglichen und anschließend, ihr Versprechen einlösend, Cicero zu einem köstlichen Mittagessen ins Hotelrestaurant eingeladen, bestehend aus Spaghetti mit Parmaschinken und Pilzen zur Vorspeise, gegrillten Calamari beziehungsweise Wolfsbarsch zum Hauptgang und für Carola ein Tiramisu, für Cicero einen Grappa zur Nachspeise, dazu einen halben Liter Rotwein, dessen Löwenanteil Carola bestreiten musste. Dann hatten sie Florenz auf Wiedersehen gesagt und sich in Richtung Österreich in Bewegung gesetzt.

Nach kurzer Diskussion hatte sich Carola damit einverstanden erklärt, dass Cicero sie nach Graz bringen, wie auch damit, dass er dann bei ihr übernachten würde, ehe er sich am nächsten Tag auf den Weg nach Klagenfurt, in seine Wohnung, machen wollte.

Sie waren am späten Nachmittag losgefahren und hatten somit noch einige Stunden Zeit, das Wenige, das man von der Autobahn aus sehen konnte, von Italien zu besichtigen.

Bei Venedig war Cicero ein wenig redseliger geworden, als es normalerweise seine Art war, die Nähe zu Caorle und seiner Verwandtschaft sowie zum Meer und seinen Jugenderinnerungen hatte dies zweifellos bewirkt. Carola war froh, dass er nicht über seine Frau und das Unglück mit seiner Tochter sprach. Er schien auch wirklich nicht daran zu denken. Sie waren beide noch gefangen, bezaubert von ihrer gemeinsamen Stunde auf Zimmer 38 im Hotel „Fiorita".

Bei Udine hatten sie Station gemacht, Cicero einen Kaffee genommen und Carola ein Mineralwasser, dazu hatten sie sich ein Schinkensandwich geteilt – im Grunde waren sie noch ausreichend satt von ihrem späten Mittagessen.

Gegen zweiundzwanzig Uhr war Carola für eine Weile eingenickt.

Als sie wieder aufwachte, streckte sie sich genüsslich in ihrem Sitz, endlich hatte sie sich dazu entschlossen, die Augen zu öffnen und die Gedanken, die Erinnerungen an Florenz und an die Segelwoche mit Cicero abzuschütteln.

„Guten Morgen, meine Schöne!" wurde sie von Cicero begrüßt.

Sie schnurrte und blinzelte ihn von der Seite an.

„Guten Morgen ist gut, Capetan, es ist doch wohl eher bald Mitternacht, oder?"

„Nun ja, nicht ganz", korrigierte Cicero, nachdem er einen kurzen Blick auf die Uhr geworfen hatte, „es ist kurz nach elf – und wir sind bald da! Schau doch mal aus dem Fenster!"

Tatsächlich – als Carola, nun vollständig munter, hinausschaute, erkannte sie die Lichter von Graz. Den Rest der Strecke lotste sie ihn, es war gut, den Kopf zu beschäftigen, denn natürlich war sie nun, so knapp vor dem Ziel, doch ganz schön nervös. Sie brachte einen Mann mit nachhause, so hätte das wohl früher geheißen. Einen *neuen* Mann.

Es fühlte sich seltsam an.

Aber auch schön. Aufregend. Carola fühlte sich jung dabei, jung und lebendig.

Als sie in Carolas Straße hielten, kam ihr das Haus, in dem sie seit so langer Zeit wohnte, seltsam fremd vor.

„Hier sind wir", stellte sie überflüssigerweise fest.

Sie stiegen aus und luden das Gepäck aus dem Kofferraum. Carola kramte ihren Hausschlüssel heraus und öffnete die Tür.

Der Lichtschalter im Stiegenhaus, der Lift.

„Ich wohne im vierten Stock", erklärte sie. Cicero stand stumm neben ihr und nickte. Auf einmal hatte sie das Gefühl, dass auch er sich nicht ganz wohl in seiner Haut fühlte.

Dann war der Lift angekommen und sie stiegen aus. Carola führte ihn weiter bis an ihre Wohnungstür. Auf der Fußmatte stand „Willkommen".

Vor etwas mehr als einer Woche, als sie diese Wohnung verlassen hatte, war sie, das kam ihr auf einmal mit aller Deutlichkeit zu Bewusstsein, eine völlig andere Frau gewesen.

Wie sehr konnte man sich im Laufe einer Woche und eines Tages verändern?

Es war befremdlich, die leeren, dunklen Räume zu betreten, die ihr seltsam unbekannt, unvertraut vorkamen.

Dann blickte sie über die Schulter und sah Cicero. Und mit einem Schlag war das Gefühl des Unbehagens vorbei und ein warmes Behagen breitete sich wie eine Sonne in ihr aus.

Er bemerkte ihren Blick und hob die Augenbrauen: „Was ist, Carola? Warum lächelst du?"

Sie schüttelte den Kopf und strich mit einer Geste ihre Haare aus der Stirn:

„Ich lächle, weil mir gerade klar wird, dass ich zuhause bin!"

Er sah sie verständnislos an.

„Aber das wusstest du doch schon, oder?"

Sie lachte: „Nein Cicero, so habe ich es nicht gemeint!"

Sie bedeutete ihm weiterzukommen.

„Ich erklär dir das ein andermal."

Auf einmal fühlte sie sich ganz als Gastgeberin – so wie er sie auf sein Schiff geführt und ihr alles erklärt und sich um ihr Wohlergehen gekümmert hatte, so wollte auch sie jetzt für ihn da sein und dafür sorgen, dass er alles hatte, was er brauchte.

„Komm herein", sagte sie und zog ihn in Richtung Wohnzimmer. Sie deutete auf die weiße Ledercouch an der Wand. „Bitte setz dich doch, mach es dir bequem! Ich hol uns etwas zu trinken. Was möchtest du?"

Schon war sie in die Küche geeilt und überprüfte ihre Getränkevorräte.

„Ich habe Wasser, schwarzen oder Früchtetee oder Melissentee, Kaffee, haltbare Milch, kein Bier, aber eine Flasche Rotwein und – ja, das war's auch schon."

Sie blickte um die Ecke: „Keinen Travarica. Leider."

Cicero war dabei, ihre Zeitschriften auf dem Couchtisch durchzusehen.

„Keinen Travarica?", wiederholte er, „aber das ist unverzeihlich!"

Sprach's, stand er auf und verschwand im Vorraum. Carola hörte ihn in seiner Reisetasche oder seinem Rucksack wühlen, ehe er wenige Sekunden später wiederkam, stolz eine grüne Flasche präsentierend:

„Aber wir haben Travarica, meine Schöne – ecco!"

Mit einem freudigen Ausruf verschwand Carola in der Küche und kam mit zwei Gläsern zurück, die sie auf den Tisch im Wohnzimmer stellte.

Sie schaltete das große Licht aus und knipste die Stehlampe an. Dann machte sie Anstalten, sich auf den Ledersessel zu setzen, doch Cicero protestierte mit einem herrischen Laut, mit einer eleganten Geste deutete er neben sich:

„No, no, Signorina, die Couch ist breit genug für uns beide!"

„Aye, aye, Capetan!"

Cicero öffnete die grüne Flasche und goss ihnen beiden etwas von der hellgoldenen, scharf und aromatisch riechenden Flüssigkeit ein. Carola kuschelte sich mit abgewinkelten Beinen, beide Füße auf den weichen Polstern, an ihn.

Auf einmal fühlte sich alles gut an, gut und vertraut.

Sie tranken, sie plauderten. Carola fühlte sich unendlich wohl und am liebsten hätte sie die ganze Nacht so mit Cicero gesessen. Doch nach nicht einmal einer halben Stunde wurden sie beide so müde, dass sie beschlossen, ins Bett zu gehen.

Carola zeigte Cicero Badezimmer und Schlafzimmer, in das sie selbst vorging, um, derweil er seine Abendtoilette machte, dort ein wenig zu lüften und das Bett herzurichten – schließlich lag darin seit über einem halben Jahr nur ein Kissen und eine Decke!

Wenig später lagen beide im Bett, Seite an Seite. Als sie das Licht gelöscht hatten, tastete Carola im Dunkeln nach Ciceros Hand. Er kam ihr auf halbem Weg entgegen.

Carola war so müde, dass sie beinahe augenblicklich hinüber glitt in den Schlaf, doch kurz davor spürte sie noch die Freude darüber, dass Cicero ihre Hand hielt.

Kapitel 19

Carola erwachte mit dem unbestimmten Gefühl, dass etwas nicht stimmte.

Verschlafen tastete sie nach dem Wecker auf ihrem Nachttisch – es war fast halb zehn! Sie hatte über neun Stunden geschlafen!

Na ja, dachte sie, und wenn schon! Heute war Sonntag und es gab für sie nichts Dringendes zu erledigen.

Sie seufzte und rekelte sich noch einmal in der Kuhle ihres Bettes. Dann schlug sie die Augen auf.

Der Platz neben ihr war leer, die Decke zurückgeschlagen, der Abdruck, den Ciceros Kopf hinterlassen hatte, noch im Kissen eingedrückt.

Ihre Hand tastete das Leintuch ab – es war kalt. Also war Cicero schon vor einiger Zeit aufgestanden.

Carola setzte sich auf, rieb sich noch einmal kurz die Augen und fuhr sich mit den Fingern durchs Haar. Dann rief sie seinen Namen.

Keine Antwort.

Da erinnerte sie sich, dass ein Gefühl des Unbehagens sie geweckt hatte und hievte sich aus dem Bett. An der Schlafzimmertür hing ihr Morgenmantel, den sie rasch überzog. Mit nackten Füßen tappte sie in den Vorraum, dann ins Badezimmer, ins Wohnzimmer, in die Küche, auf den Balkon.

Nichts. Nirgends eine Spur von Cicero.

In einem Anflug von Panik rannte sie noch einmal in den Vorraum – hatte sie vorhin etwas übersehen?

Und tatsächlich: Seine Sachen waren nicht mehr da! Sie konnte es nicht fassen!

Ihre Lippen formten beinahe tonlos seinen Namen: „Cicero …?"

Sie hatte ein Gefühl, als schwanke der Boden unter ihr, rasch stützte sie sich mit den Händen hinter ihrem Rücken an der Wand ab.

Seine Tasche war weg, sein Rucksack, seine Schuhe, seine Jacke. Carola wusste, dass sie sich den zweiten Blick ins Badezimmer oder auf den Balkon sparen konnte. Und auch den aus dem Fenster auf die Straße, wo er gestern Nacht seinen Passat abgestellt hatte.

Sie wusste, dass er gegangen war, ohne ein Wort, ohne eine Erklärung.

Dafür gab es keine Erklärung.

Hätte sie es wissen müssen? Hatte sie es insgeheim geahnt, aber nicht wahrhaben wollen?

Auf einmal fühlte sie sich unendlich müde. Die Kraft, die sie bis vor wenigen Stunden noch in sich gespürt hatte, war mit einem Schlag verschwunden.

Sie schleppte sich zurück ins Wohnzimmer. Auf dem Couchtisch standen zwei Gläser und eine angebrochene Flasche Travarica.

Als Carola genauer hinsah, entdeckte sie unter der Flasche ein zusammengefaltetes Blatt Papier, sie hatte es offenbar bei ihrem ersten Streifzug durch die Wohnung übersehen.

Schwer, als trüge sie ein Tonnengewicht auf den Schultern, ließ sie sich auf die Couch fallen. Dort hatte sie noch vor wenigen Stunden mit ihm gesessen, hatte mit ihm geredet, gelacht, getrunken und alles war in Ordnung gewesen.

Carola zwang den Kloß, der in ihrem Hals entstanden war, hinunter. Sie brauchte mehrere Sekunden, bis sie sich dazu aufraffen konnte, den Brief, denn das war es zweifellos, zu nehmen und die beiden eng beschriebenen Blätter, die er mit seiner gleichmäßigen, energischen Handschrift gefüllt hatte, zu entfalten.

Carola, meine Liebe! stand da ganz oben auf der ersten Seite und als sie diese Worte las, zitterte ihre Hand so sehr, dass sie den Brief in den Schoß sinken lassen musste. Sie fühlte, wie ihr die Tränen in die Augen schossen, doch sie wollte nicht heulen, sie hatte einfach keine Lust mehr dazu!

„Schluss damit!", befahl sie sich selbst, „Du musst letztlich immer diejenige sein, auf die du dich verlassen kannst!"

Sie legte den Brief beiseite und griff nach der Flasche, die vor ihr auf dem Tisch stand. Dann goss sie sich gute zwei Zentimeter von dem kroatischen Schnaps in eins der beiden Gläser und trank es in zwei kräftigen Schlucken leer.

Phu! Das Zeug brannte ihr die Kehle hinunter und weiter durch den ganzen Brustraum bis in den Magen.

Oh Gott, tat das gut!

„Also gut, mein Kapitän! Dann lass hören, was du mir zu sagen hast!"

Sie sagte es laut zu sich selbst und es hörte sich an wie eine Kampfansage.

Bei diesem zweiten Anlauf schaffte sie es, Ciceros Brief in einem Stück durchzulesen:

Carola, meine Liebe!

Du schläfst so selig wie ein Engel und ich bringe es nicht übers Herz, dich zu wecken. Ich bringe es auch nicht übers Herz, bis morgen Früh bei dir zu bleiben.

Natürlich weiß ich, dass ich dir damit wehtue, aber es ist dennoch das Einzige, was ich – zum jetzigen Zeitpunkt – tun kann!

Ich habe dir meine Geschichte erzählt, du weißt, wer ich bin.

Ich bin mir schon einmal selbst untreu gewesen, als ich Lydia geheiratet habe, obwohl meine innere Stimme mir davon abgeraten hat und ich es besser hätte wissen müssen. Und du weißt, Carola, was dann geschehen ist …

Ich möchte, dass du zwei Dinge weißt:

Erstens: Ich muss jetzt einfach gehen! Wenn ich bleibe, mache ich denselben Fehler noch einmal und ich würde die ganze Zeit darauf warten, dass dem Menschen, den ich am meisten liebe, etwas Schreckliches geschieht. Und – ich könnte so etwas nicht noch einmal ertragen, dazu hätte ich nicht die Kraft!

Zweitens: Es ist die volle Wahrheit, dass ich dich liebe, Carola. Du bist mir so nahe, wie schon seit vielen Jahren niemand mehr.

Vielleicht sogar noch näher, als mir überhaupt jemals ein Mensch gewesen ist, denn wir sind beide nicht mehr zwanzig und wissen mehr vom Leben, als man das tut, wenn man jünger ist. Deshalb ist es umso wertvoller, was wir aneinander, miteinander gefunden haben.

Du bist in meinem Herzen und daran wird sich nie etwas ändern.

Und noch etwas möchte ich dir sagen – nein, eigentlich ist es eine Bitte, die ich dir vortragen möchte, es ist eine so große Bitte, dass ich wirklich zögere, sie zu stellen, und doch tue ich es: Ich weiß, meine Liebste, dass ich dir das Herz herausreiße und ich zwinge meine Gedanken, mir nicht vorzustellen, wie du morgen aufwachen wirst und ich bin nicht da. Es tut mir unendlich leid, dass ich so feige bin und es dir nicht von Angesicht zu Angesicht sage, was ich zu sagen habe. Aber ich fürchte, ich hätte dann nicht die Kraft, das zu tun, was ich tun muss, was richtig ist.

Carola, ich bitte dich um eines: Hasse mich nicht! Und mehr noch: Töte deine Gefühle, die du in deinem Herzen trägst, nicht ab, wenn du das kannst, sondern schließ sie darin ein und bewahre sie wie einen Schatz. Oder anders ausgedrückt: Ich bitte dich, dass du mich nicht vergisst!

Ich brauche Zeit, um mit mir selbst ins Reine zu kommen, vielleicht um zu lernen, dass jetzt jetzt ist und nicht die Vergangenheit, dass du Carola bist und nicht Lydia oder Emilia, und dass nichts Schlimmes passieren muss, nur weil ich dich liebe.

Und ich muss wissen, was ich will. Ich muss ehrlich und vollständig zu dir kommen, wenn ich es tue.

So wie es jetzt ist, wie es jetzt in meinem Herzen aussieht, will ich es nicht.

Und – und auch das ist sehr, sehr wichtig, Carola: Ich muss meine Angelegenheiten mit Lydia regeln! Wie du weißt, bin ich immer noch mit ihr verheiratet. Und ich habe den Verdacht, dass ich mit diesem Umstand nicht länger leben möchte, leben kann.

Ich muss Ordnung machen, ich muss frei sein. Frei von meiner Vergangenheit. Und, wer weiß, vielleicht eines Tages frei für dich.

Vielleicht geht es auch darum, dass ich Emilia endlich loslasse, dass ich sie wirklich begrabe. Vielleicht habe ich das bis jetzt noch nicht getan.

Carola, meine Liebe – du hast in mir so viel bewegt – und wenn ich jetzt gehe, dann gehe ich, auch wenn du es mir vielleicht nicht glaubst, nicht von dir weg.

Ich denke, dass ich das nicht mehr kann.

Aber auch darüber muss ich für mich absolute Klarheit haben.

Denn für halbe Sachen, eine verwaschene, belastete Beziehung bist du mir zu wertvoll.

Also, noch einmal: Ich liebe dich! Und genau deshalb muss ich dich jetzt verlassen.

Verzeih mir, wenn du kannst, es tut mir unendlich leid, dich so zurückzulassen.

Vergiss nicht, was du in der letzten Woche erlebt hast!

Du bist stark, Carola, du gehörst ins Leben!

Und wenn ich irgendwann so weit sein werde – und du mich dann noch willst – werde ich zu dir kommen.

In Liebe.

Dein Cicero Colli

Carola las den Brief ein zweites Mal. Dann ließ sie ihn sinken. Für ein paar Augenblicke saß sie wie versteinert, unfähig, irgendetwas zu tun oder zu denken.

Sie verstand, was Cicero ihr sagen wollte. Sie verstand seine Gedankengänge, seine Gefühle, seine Ängste und seine Beweggründe, so zu handeln, wie er es getan hatte.

Und doch wusste sie nicht, wie sie sich jetzt fühlen sollte.

Sie war wütend, enttäuscht, verletzt, ärgerlich über sich selbst, dass sie sich so hatte in Aufruhr versetzen lassen. Ratlos, was nun werden sollte.

An ihn zu denken, an seinen Geruch, seine Stimme – bedeutete einfach nur Schmerz!

Sie stand auf. Sie fröstelte und zog sich den Morgenmantel enger um den Körper. Dann ging sie zur Balkontür, öffnete sie und trat hinaus.

Es war ein herrlicher Sonntagvormittag, doch wenn man genau hinspürte, merkte man, dass die Hitze dieses Sommers bereits gebrochen war. Zwar war es immer noch August, aber dennoch lag die erste Ahnung von Herbst in der Luft. Selbst wenn es tagsüber noch heiß werden würde, so würden doch die Morgen, die Abende frischer werden.

Unten im Hof schepperte jemand bei den Mülltonnen herum. Die Alleebäume streckten ihre grünen, dichtbeblätterten Zweige aus.

Carola atmete die frische Luft tief in ihre Lungen ein.

Sie würde überleben.

Cicero hatte Recht: Was sie in der letzten Woche erfahren hatte, konnte ihr niemals mehr jemand wegnehmen.

Sie war eine andere Frau geworden, seit sie auf Ciceros Schiff gekommen war – sie war überhaupt wieder eine Frau geworden! Und eine Mutter.

Sie würde Elvira anrufen, nicht heute, aber morgen. Und sie würde sich bei Alexandra melden und sich mit ihr auf ein Abendessen verabreden oder ins Kino oder sonst wohin.

Sie würde Entscheidungen treffen – zum Beispiel die, ob sie die Wohnung behalten oder verkaufen wollte. Wenn sie sie behielt, würde sie sie neu streichen, neue Vorhänge anschaffen, ein paar Möbel hinauswerfen und sich definitiv von allen Dingen trennen, die sie noch an Hannes erinnerten.

Hannes war Geschichte, war Vergangenheit.

Jetzt war die Gegenwart und morgen hatte sie eine Zukunft, die auf sie wartete!

„Ich danke dir, Cicero", sprach sie laut in den hellen Tag hinein. Und in Gedanken setzte sie fort: Ich danke dir, dass du mir begegnet bist und dass du mich wieder zu mir selbst geführt hast. Ich danke dir, dass du dich mir geöffnet hast und für die wunderbaren Tage mit dir. Danke für das, was wir in diesen Tagen hatten – es war mehr, es war besser als alles, was ich jemals zuvor erlebt oder besessen habe. Jetzt weiß ich, dass es so etwas gibt! Jetzt weiß ich, wie sich das Leben anfühlen kann.

Und genau so will ich es ab jetzt immer haben. Mit dir oder ohne dich.

Und natürlich werde ich das alles nicht vergessen oder von mir weisen: Ich werde es bewahren, in meinem Herzen, es ist, wie du sagst, der wertvollste Schatz, den ich haben kann.

Sie fand es ein bisschen schade, dass er ihr nicht seine Post- oder Mailadresse hinterlassen hatte. Natürlich hätte sie sie bei der Charterfirma erfragen können – aber vielleicht war es besser, wenn sie sie nicht wusste.

Einerseits wäre es schön gewesen, wenn sie ihm auf seinen Brief hätte antworten können. Aber andererseits hatte er ihr deutlich genug gemacht, dass er jetzt erstmal seinen Weg allein beschreiten musste.

Carola fuhr sich durchs Haar und auf einmal fühlte sie, dass sie lächelte.

Er sagt mir indirekt, dass ich auf ihn warten soll, dachte sie, aber das werde ich nicht tun. Denn er ist ja ohnehin bei mir.

„Auch du bist in meinem Herzen, solange ich lebe!"

Dann wandte sie sich um und ging wieder in die Wohnung hinein.

Sie würde sich duschen, aufräumen und sich dann eine schöne Tasse heißen Kaffee machen.

Kapitel 20

Carola war den ganzen Vormittag über aktiv gewesen – so wie eigentlich jeden Tag in den vergangenen Wochen.

Sie hatte die Wohnung ausgemistet, sich einen kleinen Renault angeschafft und ein paar Fahrstunden genommen zur Auffrischung ihres jahrzehntelang brachliegenden Wissens, wie man einen Wagen chauffierte, und hatte festgestellt, dass es mir dem Autofahren ähnlich wie mit dem sprichwörtlichen Radfahren war – wenn man es einmal konnte, verlernte man es nicht mehr. Das eigentlich Schwierige war die Überwindung gewesen, damit anzufangen.

Sie hatte mit Alexandra darüber gesprochen und beide hatten sich lachend an das Nackt-ins-Wasser-Springen aus dem Segelurlaub erinnert: Wenn man es erst einmal tat, war es halb so wild!

Carola hatte festgestellt, dass es ihr einen Riesenspaß machte, Auto zu fahren.

Dann war sie gleich in den nächsten Baumarkt gefahren und hatte sich ein paar Eimer Farbe und die üblichen Utensilien zum Streichen gekauft. In der folgenden Woche war sie beinahe nur mit farbbefleckten alten Klamotten herumgelaufen, war von früh bis spät mit Rolle und Pinsel und Abdeckband zugange gewesen, hatte mit Tropfgitter, alten Zeitungen und Abdeckfolie hantiert.

Nach Ablauf der Woche hatte sie ihre gesamte Wohnung – inklusive Küche, Bad und WC – frisch gestrichen gehabt.

Um diese Großtat zu feiern – sie war sich vorgekommen wie eine junge Studentin, die sie nie gewesen war, die gerade ihre erste eigene Wohnung neu bezieht – hatte sie Elvira, Marcel und Alexandra zum Abendessen eingeladen.

Und dieses Essen sollte heute Abend stattfinden! Sie hatte sich überlegt, was sie den Dreien auftischen wollte und bei Elvira und Alexandra angerufen, auf was sie Appetit hätten. Elvira hatte gemeint, das wäre ihr egal – für sie wäre es einfach wunderbar, wieder einmal von ihrer Mama bekocht zu werden.

Das hatte Carola einerseits gefreut und gerührt, andererseits bei ihrer Entscheidung für ein Menü nicht wirklich weitergeholfen.

Alexandra hatte nur vage „vielleicht irgendetwas Kroatisches?" gemurmelt, dann ein wenig herumgedruckst – und war dann endlich mit der Frage herausgerückt, ob sie noch einen vierten Gast mitbringen dürfe.

Carola hatte ihr ziemlich verwundert erklärt, dass sie sich freuen würde, aber trotz ihres wiederholten Bittens war Alexandra nicht dazu zu bewegen gewesen, ihr zu sagen, wer der Überraschungsgast wäre.

„Dann ist es ja keine Überraschung mehr, Carola!"

Damit war die Diskussion beendet gewesen.

Also gut, Carola hatte sich wohl oder übel damit abgefunden, hatte sich aufs Rad geschwungen – denn kurze Wege machte sie immer noch viel lieber mit dem Rad, das brachte den Kreislauf auf Trab – und war einkaufen gefahren: Es würde in Salz eingelegte Sardinen, Oliven und Ruccolasalat zur Vorspeise geben, danach gegrillte Seezungenfilets und Salzkartoffeln. Dazu eine bunte Salatschüssel und einen trockenen Weißwein, von dem sie sicherheitshalber gleich drei Flaschen besorgte. Man konnte ja nie wissen. Und irgendwann, wenn nicht heute Abend, würde er schon getrunken werden!

Als sie auf dem Rückweg vom Supermarkt mit dem Fahrrad durch die Hofeinfahrt bog, wäre Carola beinahe in jemanden hineingefahren, der plötzlich und völlig unvermutet vor ihr stand. Bevor sie reflexartig die Bremsen zog und buchstäblich vom Rad sprang, erkannte sie gerade noch die groß gewachsene, schmale Gestalt mit den leicht hängenden Schultern eines Nachbarn, den sie einige Male im Flur oder vor dem Haus gesehen hatte. Das immer ernst dreinblickende schmale Gesicht unter dem feinen, beinahe jungenhaft wirkenden blonden Haarschopf machte jetzt einen leicht geschockten Eindruck.

268

„Oh Verzeihung!", rief Carola aus, „ich habe Sie nicht gesehen! Und ich glaube, die Sonne hat ein bisschen geblendet."

Der Angesprochene hatte einen Satz rückwärts gemacht und stand nun stocksteif da, mit einer Hand die Brille, die sich ein wenig gelockert hatte, wieder an ihren angestammten Platz an der Nasenwurzel zurückschiebend.

Von ihrem plötzlichen Absprung war Carolas Rad ein wenig zur Seite gekippt und ihre Einkaufstaschen, die sie, nach einer alten Gewohnheit an beiden Seiten der Lenkstange aufgehängt hatte, waren zu Boden gerutscht.

Da ihr Nachbar offenbar noch immer nicht fähig war, etwas zu erwidern, fügte Carola, leicht beschämt wegen ihrer Unachtsamkeit, hinzu: „Es ist Ihnen hoffentlich nichts passiert?"

Endlich brachte er einen Ton heraus: „Nein, nein, keine Sorge."

Dann begann er, ihr dabei zu helfen, ihre Einkäufe wieder aufzuheben und in den Taschen zu verstauen. Gott sei Dank schien alles heil geblieben zu sein.

Er hob den Kopf, ein feines Lächeln wurde auf seinen schmalen Lippen sichtbar: „Sie kochen wohl auch gerne?"

Carola lächelte zurück: „Ja. Ja das tue ich wirklich. Besonders, wenn ich liebe Gäste bewirten kann, so wie heute Abend!"

Er sah ihr gerade in die Augen, dann sagte er etwas, das Carola nicht erwartet hatte: „Es ist schön, Sie so fröhlich und tatendurstig zu sehen!"

Carola zog überrascht eine Augenbraue hoch.

Ihr Gegenüber senkte daraufhin ein wenig verlegen den Blick: „Nach dem Tod Ihres Mannes, meine ich. Das muss sehr schwer für Sie gewesen sein."

Jetzt war es Carola, die einen Augenblick erstarrt war von seiner Direktheit – und überrascht von der Tatsache, dass er das über sie wusste. Dann fiel ihr ein, dass sie damals eine Karte an die Hauspinnwand im Flur gehängt hatte und dass ein paar Nachbarn ihr daraufhin kondoliert hatten. Frau Berger, die die Wohnung direkt neben der ihren hatte, eine nette ältere Dame, hatte ihr sogar einen Kuchen gebacken. Das hatte sie beinahe vergessen.

„Ich danke Ihnen für Ihr Mitgefühl."

Sie sah ihn offen an. „Und Sie haben Recht. Ich bin wieder fröhlich."

„Ja", erwiderte er mit ernstem Nicken, „ja, die Dinge brauchen ihre Zeit."

Weil er sie so direkt ansah, konnte Carola nicht umhin zu bemerken, dass seine Augen sehr sympathisch wirkten, offen und freundlich, und dass sie für einen Mann ausgesprochen schön waren – von einem eigentümlichen hellen Grauton, zu denen die ungewöhnlich langen und dunklen Wimpern einen reizvollen Kontrast bildeten.

Was für eine seltsame Begegnung, dachte Carola. Im Gegensatz zu ihm, der offenbar wusste, wer sie war und der sogar Anteil an ihrem Schicksal nahm, wurde ihr bewusst, dass sie im Grunde keine Ahnung hatte, wer da vor ihr stand. Sie wusste zwar, dass er hier im Haus wohnte, aber das war auch schon alles.

Als hätte er ihre Gedanken erraten, schlug er mit einer kleinen, beinahe etwas komisch wirkenden Geste die Hacken zusammen, verbeugte sich leicht und bemerkte:

„Ich bin übrigens Ihr Nachbar vom zweiten Stock. Mein Name ist Daniel Petzhold. Sehr erfreut."

Carola entgegnete mit einem belustigten Lachen:

„Ich nehme an, Sie meinen, meine Bekanntschaft zu machen und nicht die Tatsache, dass ich Sie beinahe über den Haufen gefahren hätte!"

Da er sie kurz irritiert ansah, beeilte sie sich, wieder mit ernster Miene, anzufügen:

„Es freut mich auch. Ich bin Carola Haupt. Vom vierten Stock."

Er nickte: „Darf ich Ihnen vielleicht noch helfen, Ihre Einkäufe nach oben zu bringen?"

Carola überlegte einen kurzen Moment, dann nahm sie sein Angebot dankend an. Die beiden Taschen waren, allein schon wegen der drei Weinflaschen, tatsächlich recht schwer.

„Das ist sehr freundlich von Ihnen, Herr Petzhold, danke."

Er ließ es sich nicht nehmen, sie bis vor ihre Wohnungstür zu begleiten, dann verbeugte er sich noch einmal auf diese charmant-linkische Weise, die ihm offenbar zu Eigen war, ehe er sich umwandte und verschwand.

Carola blieb einen Moment schmunzelnd auf der Schwelle stehen, dann betrat sie ihre Wohnung.

Das Vorbereiten des Essens machte ihr wirklich großen Spaß. Sie hatte sich eine Schürze umgebunden und aus dem Internet ein *Klapa*-Konzert herausgesucht, zu dessen Klängen sie sich jetzt auf den Abend einstimmte.

Um halb sieben war sie fertig, sodass ihr noch Zeit blieb, sich ein wenig frisch zu machen.

Um sieben läutete es an der Wohnungstür.

Es waren Elvira und Marcel, die ihr lächelnd entgegentraten. Der junge Mann hatte leicht gerötete Wangen, als er ihr einen bunten Blumenstrauß entgegenhielt und Carola nahm ihn lächelnd. Er hatte wohl nicht vergessen, dass sie es gewesen war, die damals in Florenz seinen Anruf entgegengenommen hatte. Wahrscheinlich nahm er an, dass sie ihm, als Elviras Mutter, in diesem Moment nicht gerade wohlgesonnen gewesen war, wo er ihre Tochter so schmählich im Stich gelassen hatte.

Es war das erste Mal seit Hannes' Beerdigung, dass sie sich wieder sahen.

Doch Carolas Herz war voll Freude und Versöhnlichkeit und deshalb nahm sie ihn, nachdem sie ihm die Blumen abgenommen hatte, kurzerhand in den Arm.

„Es freut mich wirklich, dass du mitgekommen bist, Marcel!", versicherte sie ihm und als sie ihn wieder losließ, sah sie auf seinem Gesicht die Erleichterung über diesen Empfang.

„Bitte kommt herein, Elvira kennt sich hier ja aus – obwohl ich in letzter Zeit einiges verändert habe", fügte sie mit einem Augenzwinkern hinzu.

„Die Küche werde ich schon noch finden, Mama, oder?", witzelte Elvira. Sie hatte eine Schachtel in der Hand, die offenbar eine Mehlspeise enthielt – sie hatte angekündigt, dass sie sich um die Nachspeise kümmern wollte.

Carola hatte den Aperitif im Wohnzimmer hergerichtet und war gerade dabei, die Gläser zu füllen, während Elvira und Marcel sich in der Küche zu schaffen machten, als es wenige Minuten später erneut klingelte.

„Ich geh schon!", rief Carola und eilte zur Tür.

Alexandra stand im Türrahmen, in ein buntes, flatterndes Etwas gehüllt, das ihr bis an die Oberschenkel reichte, darunter trug sie eng anliegende Hosen aus einem schwach glänzenden Material.

Ihre dunklen Augen strahlten und Carola bemerkte auf den ersten Blick, dass sie sich geschminkt hatte.

„Du siehst einfach toll aus!", versicherte sie ihr und die beiden Freundinnen küssten sich auf beide Wangen.

„Vielen Dank für die Einladung!", flötete Alexandra, dann trat sie beiseite und gab den Blick auf den vierten Gast dieses Abends frei, der hinter ihr stand, und den Carola noch gar nicht richtig angesehen hatte.

Jetzt trat er mit einem flotten Schritt nach vorne, fasste ihre Hand und deutete formvollendet einen galanten Handkuss an.

Sie blickte in ein gut geschnittenes männliches Gesicht – und dann brauchte sie ein paar Sekunden, bis sie das diffuse Bild aus ihrer Erinnerung mit dem real vor ihr stehenden Mann mit den graumelierten Schläfen in Verbindung gebracht hatte.

Sie stieß einen überraschten Lauf aus: „Nein, das gibt es doch nicht!", rief sie aus. Sie blickte hinüber zu ihrer Freundin: „Alexandra!"

Dann wieder auf ihren Begleiter: „Wir sind uns schon einmal begegnet, nicht wahr? Sie sind doch …"

Da konnte Alexandra nicht mehr an sich halten und lachend fiel sie Carola ins Wort: „Du hast vollkommen Recht, meine Liebe! Das ist dein Retter aus dem Kaffeehaus – darf ich euch noch einmal, gewissermaßen offiziell, vorstellen?" Sie deutete von einem zum anderen: „Meine beste Freundin aus Kindertagen, Carola Haupt – Dr. Kajetan Kreutzner, praktischer Arzt, Spezialist für plötzlich in der Öffentlichkeit auftretende Schwindelattacken – und seit kurzem der Mann, mit dem ich mich, wenn er einverstanden ist, auch in naher Zukunft gerne noch öfter regelmäßig treffen würde!"

Carola war wie vom Blitz getroffen! Alexandra und Dr. Kreutzner lächelten einander an und in beider Augen sprühten nur so die Funken, die Luft zwischen ihnen knisterte beinahe hörbar.

Sprachlos geleitete sie ihre Gäste in die Wohnung.

Das Essen war ein voller Erfolg, es schmeckte vorzüglich und alle genossen den kulinarischen Gruß aus Kroatien und die Gesellschaft der anderen.

Carola genoss es vielleicht am meisten.

Als, Stunden später, alle immer noch angeregt plaudernd beisammen saßen, stand Alexandra auf, fasste Carola am Arm, entschuldigte sich kurz bei den anderen und zog ihre Freundin mit sich auf den Balkon.

„Phu!", stieß sie aus, „hier können wir endlich ungestört miteinander reden!"

Carola schüttelte in gespielter Entrüstung den Kopf: „Du bist mir ja eine! Das darf doch einfach nicht wahr sein! Wo hast du ihn wieder getroffen? Wie habt ihr euch, ich meine – wann hast du dich in ihn verliebt?"

Alexandra lächelte und auf dem Grunde ihrer schönen, beinahe schwarzen Augen glomm ein Feuer: „Ach Carola!", stieß sie hervor, „ist er nicht einfach unglaublich? Er ist so galant, so kultiviert – und, und das ist das Beste dabei: Er ist bei alledem keine Spur langweilig oder gefühlsarm! Er ist gebildet, impulsiv, er interessiert sich für hunderttausend Sachen – und, stell dir vor, es scheint für ihn kein größeres Vergnügen zu geben, als mich zu verwöhnen! Er lädt mich ins Theater ein, in die Oper, zum Abendessen, demnächst wollen wir zusammen übers Wochenende nach Gastein fahren, zum Wandern und Relaxen! Und – sag doch selbst – sieht er nicht wirklich unverschämt gut aus?"

Carola musste über den Redeschwall und die Begeisterung ihrer Freundin lachen:

„Ja, ja, ich habe schon mitbekommen, dass du in ihn verknallt bist! Aber du hast meine Frage noch immer nicht beantwortet: Wie konnte das passieren?"

Alexandra hob die Arme und drehte die Handflächen nach oben:

„Na ja – so wie solche Dinge eben passieren: Völlig unerwartet!"

Und dann berichtete sie, dass sie, einige Tage nachdem sie aus Kroatien zurückgekommen war, fürchterliche Kopfschmerzen bekommen hatte, die tagelang in mehr oder weniger unterschwelliger oder akuter Form angehalten hatten. Zufällig hätte sie in ihrer Handtasche Dr. Kreutzners – Kajetans – Visitenkarte gefunden, die er damals im Café auf den Tisch gelegt hatte, nachdem er bei Carola Erste Hilfe geleistet hatte.

„Also hab ich angerufen und einen Termin bei ihm vereinbart", erzählte Alexandra. „Und dann kam das eine zum anderen. Gefunkt hat es eigentlich in dem Augenblick, als ich seinen Praxisraum betrat. Dann hat er mich mit Akupunktur behandelt, ich musste einige Male zu ihm kommen. Eineinhalb Wochen später hat er mich zum Essen eingeladen."

„Und deine Kopfschmerzen?"

„Weg! Ich bin geheilt!"

„Oh Alexandra! Ich freu mich ja so für dich!", Carola schloss die Freundin noch einmal fest in die Arme.

„Er scheint wirklich ein toller Mann zu sein. Und es ist offensichtlich, dass er von dir ganz hingerissen ist!"

„Ja, das ist er! Zumindest, was ich bisher von ihm kenne. Es ist ja alles noch so frisch …"

Alexandra verstummte und Carola nickte.

„Ja. Aber – wie hat eine gute Freundin einmal zu mir gesagt: Lass es geschehen!"

Alexandra lächelte: „Das tu ich. Und – falls du das vielleicht gerade sagen wolltest: Ich verspreche dir, ich passe gut auf mich auf!"

„Ich weiß, dass du das tust, Alexandra. Du bist diesbezüglich – so wie in manchen anderen Dingen – meine Lehrmeisterin!"

Sie schwiegen eine Weile. Hinter der angelehnten Balkontür rauschten immer noch die Stimmen von Elvira, Marcel und Kajetan, die sich mit der Musik – jetzt waren es dezente Jazzklänge – vermischten.

Dann begann Alexandra zögernd: „Hast du wieder einmal etwas von Cicero gehört?"

Carola zuckte nur so leicht zusammen, dass es die Freundin sicher nicht bemerkt hatte. Jedenfalls hoffte sie das.

„Nein", stellte sie schlicht fest.

Dann fügte sie ob ihrer doch sehr einsilbigen Antwort doch noch hinzu: „Ich denke nicht, dass ich so schnell von ihm hören werde."

Wieder schwiegen beide ein paar Augenblicke lang. Dann sah Carola Alexandra ins Gesicht:

„Weißt du – es ist gut so."

„Wirklich?"

„Ja."

Alexandra holte tief Luft, als müsse sie einen Anlauf nehmen, und tatsächlich war sie sich sehr unsicher, ob sie nicht, wieder einmal, zu direkt, zu fordernd war, aber sie konnte es einfach nicht hinunterschlucken, dafür war ihr Carola zu wichtig. Und für sie gehörte es einfach zu einer innigen Freundschaft, wie sie sie hatten, dazu, über die Gefühle der anderen Bescheid zu wissen und Anteil daran zu nehmen:

„Carola – sei ehrlich: Vermisst du ihn nicht? Wünschst du dir nicht, dass es anders gekommen, dass es mit euch weitergegangen wäre?"

„Ach Alexandra", die Angesprochene seufzte, „Was soll ich dir sagen? Natürlich hätte ein Teil von mir es lieber gehabt, wenn es nicht so plötzlich geendet hätte! Aber weißt du – ich denke, ich bin in letzter Zeit ziemlich erwachsen geworden. Ich habe – und zwar vor allem durch Cicero, aber auch durch dich und Elvira – gelernt, dass ich selbst leben muss und dass ich selbst leben kann! Oder, besser ausgedrückt: Dass ich die Quelle von Lebensfreude und Glück nur in mir selbst finden kann und dass ich und nur ich selbst dafür verantwortlich bin, ob ich das tue oder nicht. Und dass ich mein Leben, meine Lebendigkeit, mein Glücklichsein mit anderen teilen möchte, mit meiner Familie, meinen Freunden oder vielleicht auch mit meinen Nachbarn." Bei diesen Worten dachte sie kurz an Daniel Petzhold.

Dann fuhr sie fort: „Das ist jetzt vielleicht nicht die große Erfüllung in Liebesdingen – aber es ist die vielleicht wertvollste Erkenntnis meines Lebens, und die möchte ich auf keinen Fall missen!

Was wir hatten, Cicero und ich – ich denke das ist mehr, als die meisten Menschen in ihrem Leben bekommen. Es kommt letztlich nicht darauf an, wie lange wir es hatten, sondern dass wir es hatten. Und deshalb bemühe ich mich, mich darauf zu konzentrieren – und nicht etwas nachzutrauern, was, so wie es in meiner Vorstellung existiert, vielleicht ohnehin nie eingetreten wäre."

Alexandra nickte.

„Carola?"

„Hm?"

„Du bist eine wirklich großartige Frau geworden!"

„Danke Süße!"

„Gehen wir wieder rein zu den anderen?"

„Ja, Alexandra. Wir gehen wieder rein zu den anderen."